流年碎物

张映勤○著　左　川○绘

海天出版社
·深圳·

图书在版编目（CIP）数据

流年碎物／张映勤著 . —深圳：海天出版社，2019.4
（卓尔文库）
ISBN 978-7-5507-2301-6

I. ①流… Ⅱ. ①张… Ⅲ. ①散文集－中国－当代 Ⅳ. ① I267

中国版本图书馆 CIP 数据核字 (2018) 第 301434 号

流年碎物

LIUNIAN SUIWU

出 版 人：聂雄前
责任编辑：韩慧强　王媛媛
责任印制：梁立新
封面设计：王吉辰

出版发行：海天出版社
地　　址：深圳市彩田南路海天综合大厦
经　　销：全国新华书店
印　　刷：深圳市新联美术印刷有限公司
开　　本：889 ㎜ × 1194 ㎜　1/32
字　　数：243 千
印　　张：11
版　　次：2019 年 4 月第 1 版第 1 次印刷
定　　价：58.00 元

策　　划：大道行思文化传媒有限公司
地　　址：北京市海淀区蓝靛厂南路 55 号金威大厦 707—708 室（100097）
电　　话：编辑部（010-51505219）　　发行部（010-51505079）
网　　址：www.ompbj.com　　邮箱：ompbj@ompbj.com
新浪微博：@大道行思传媒　　微信：大道行思传媒（ID：ompbj01）
大道行思公司常年法律顾问：天驰君泰律师事务所律师冯培，电话：010-61848179

目 录
Contents

序

吴裕成

　　这部书一文一图的编排形式，应了中华文化的一项传统，叫作左图右史。这恰恰是一部关涉当代社会生活史的书。一位作家与一位漫画家合作，作家记言，画家图话，着眼于他们共同的视角：生活中正在消失的词语。

　　这消失，反映的是城市里，乃至乡村间，一些事物的渐行渐远。比如，已被洗衣机取代的搓板；又如，远比面巾纸环保的手绢。炎炎夏日，北京王府井、天津劝业场，已听不到"冰棍儿败火""汽水解渴"的叫卖声。要办开门七件事，煤本、粮本、副食本、油票、糖票、茶叶票、购物票证，这些计划经济时代的标志性产物，如化石一般，成了博物馆藏品。在时兴纯棉布料的当下，请问"的确良"哪里买得到，何处闻得言？在羽绒服普及的如今，你对幼儿园小朋友说"棉猴儿"，他若不是眨着好奇的眼睛，如听童话，才怪！生活就是这样，社会喜新厌旧地进步着，日常语言吐故纳新地发展着。不经意间，许多事物，连同表述它们的词语，都成了古董。

　　被弃用的词语，如同既往生活的碎片。一块块碎片聚拢起来，五光十色，对语言学来说，是丰富素材的集纳；对当代生活史来说，是原汁原味的纪实。它们的价值，还在于可以充当情感的媒介，勾起亲历者、未亲历者的五味情怀、七彩体味。

当"80后"走向而立，"90后"典礼成年，模仿这样的年代称谓，还可以说，当"30后"将沧桑装满古稀再装入耄耋，当"40后"成为退休的一代人，当"50后"紧随共和国走近花甲年华，"60后"用阅历丈量人生不惑的路程……一句话，当新世纪即将度过第二个十年的时候，这些远去的词语构成离我们最近的历史。在时间上近，在心理上也与我们接近。它们折射社会生活史，直白地讲，就是平民百姓如何过日子的历史。

本书作者张映勤先生是"60后"，插图作者左川先生是"40后"。书中所写所画，记下经历，也融入情感。就说书中"假领子"一题。"假领子"，啥名堂？"80后""90后"未必都能说出道道来。"假领子"其实是真领子。以"假"相称，因为它只有衣领部分，衬在外衣里边，显露出来的，俨然就是一件衬衫。当年布票少，很难置备多件衬衣，又希望穿戴出形象来，民间智慧便有了"假领子"这绝佳的创造。明明"假"的是衬衫，却冠名"假领子"，张冠李戴，也能约定俗成，并无歧义，应是语言学研究难得的实例。"假领子"的人文内核也被写出来画出来，那就是"爱美之心，人皆有之"——人活精气神，物质再匮乏，也要把日子过得像模像样，有滋有味。于是，"袋儿色"染靓生活，自行车"挎斗儿"承载母爱，"暗楼"成了缺房户的"跃层"……

这部书的内容，曾在《今晚报》《深圳晚报》《城市晚报》《江南时报》《厦门日报》《西安晚报》《山西晚报》《温州晚报》和《中老年时报》等十几家报刊刊载，颇得好评。海天出版社慧眼识珠，决定予以结集。付梓前夕，承蒙作者问序于我，谨草成上述文字，实实在在的读后感，权作推介。

记忆中的算盘

现在还有人用算盘吗？我以为，除了个别的专业财会人员，算盘现在恐怕极少有人再用了。它在人们的生活中基本上已经消失殆尽，很难再看到它的踪影了。可是早在三四十年前，算盘却几乎是每个家庭必不可少的计算工具。

算盘的历史可谓久矣，据说早在汉代就已经出现了。中国人的几个手指头噼里啪啦算了两千多年，都是用的这几个算盘珠子。

算盘的规格，呈长方形，四周以木条为框，内有轴心，俗称"档"，由穿着木珠的小木棍固定。档的上端中间用一根横梁隔开，上端有两个珠子，每一个珠子代表五个数，下端有五个珠子，一个珠子代表一个数，运算时定位后拨动珠子运算，谓之珠算。

珠算运算时配有口诀："一九得九，二九十八，三九二十七……"俗称"小九九"，便于记忆，运算简便。平时我们说："这个人心里有个'小九九'。"那意思就是说这个人工于心计，会算计，不吃亏，多带有贬义。

过去在人们生活中算盘的普及十分广泛，商家核算往来账目，收入支出，赢利亏损，大多离不开算盘。即使是不做买卖的普通人家也

几乎每家都有一把算盘，理财算账，家庭收支，水费电费……这么说吧，凡是生活中与计算数字有关的事情大多离不开算盘。

过去，打一手好算盘，曾经是一些买卖人的立业之本、安身之基。听老人讲，中华人民共和国成立以前年轻人学做买卖，有两个必要的条件：写一笔好的毛笔字，打一手好的算盘。它们是当年一些人求职谋生的基本条件——就像现在的外语和计算机知识，没有这两样基本技能，年轻人想找一个好职业那是难上加难。

打算盘难不难？当然不难，总共几十个算盘珠子，加减乘除，算法简单，稍加训练很容易掌握。但是世上的好多事都是入门容易，做到精通、极致就困难了，同样是打算盘，"行家一上手，就知有没有"，高下之分，一目了然。

我小的时候，楼上住着一家邻居，男主人号称"算盘王"，当年已经是近六十岁的人了，中等个头，身材粗壮，一头的白发像秋天里的芦花，潇洒飘逸，风度翩翩。他的眼睛大而黑，再戴上一副瓶子底一样的高度白边近视镜，显得眼睛黑亮无比。老人斯文儒雅、老实本分，平时不言不语，与邻里关系和睦。

"文革"初期的某一天，突然院门口开来一辆大卡车，几个身穿军装臂带袖标的红卫兵从楼上大件小件地往外搬东西，成匹的布码成一垛，箱子、柜子、衣服、鞋帽，装了满满一汽车。"算盘王"也被造反派押在车上，头戴纸糊的高帽子，揪斗示众，惨遭凌辱。后来听说，"算盘王"除了姓王，前面之所以还冠以"算盘"两字，是因为他打得一手好算盘，不仅打得快，算得也准，中华人民共和国成立前曾在一次珠算比赛中拿过大奖，号称全市的三把铁算盘之一。不论他是给自己算，还是帮别人算，总之，这双拨拉算盘珠子的手挣下了不小的家业，从学徒做起，精打细算，苦心经营，渐渐成了几家布匹店的老板。打算盘让他发家致富，改变命运，后来也给他带来了不小的麻烦，不仅家里的财产被查抄，自己还免不了被打入另册，成了被专政的对象，受了几顿皮肉之苦。我想，那时候，这位资本家身份的老邻居对他酷爱的算盘肯定会深恶痛绝的。

我那年过九旬的舅舅，就是一位打算盘的高手。老人在新中国成立前也曾风光一时，办厂子、开银号，时常用一把算盘加减乘除计算着往来账目，算来算去把家业算大了，也把自己算成了被打倒的剥削阶级之一员。我小的时候就经常看他打算盘，虽然后来财产被没收，一度靠变卖维持生活，终至家徒四壁，家境从小康坠入困顿，可算盘始终是老人的心爱之物。家里凡有计算之事，老人一概使用算盘。舅舅架上老花镜，算盘抓在手里上下一抖，"啪啪"两下，档位上下的珠子归位整好，然后放在桌子上摆好，就听算盘珠子"噼啪"作响，手指头上下齐飞，加减乘除，三下五除二，成千上万的数字立马算得。那运算的速度之快不亚于笔算，得出的结果准确无误，可谓是口到心到，心到手到。你刚说出题目，那算盘上的得数就出来了。看老人家打算盘，那才叫赏心悦目，那才叫痛快淋漓，简直就是一种精神享受。直到前些年，家里放着几个计算器，遇到算什么数的时候，老人还是坚持用算盘。

这些年，曾经风光一时、大显身手的算盘是越来越难见到了。它之所以退出人们的日常生活，我想，是因为遇上了它的天敌——电子计算器。

论体积、重量，论方便、功能，论运算速度、准确度，算盘显然不是计算器的对手。算盘打得再好，也得经过人脑，它和计算器的"电脑"相比不可同日而语。

我第一次见到电子计算器是在 20 世纪 70 年代末上中学的时候。

有一天上晚自习的课间，一位同学拿出他父亲从日本带回来的卡西欧牌计算器。那时候，改革开放刚刚开始，国外的洋玩意儿相当稀罕，家里能有人出趟国更是一件很值得骄傲、值得炫耀的大事。计算器是同学父亲的，他将其带到学校也不过是为了让我们开开眼，见识见识这件新鲜的洋玩意儿。计算器做得相当精致，薄薄的一层，只有烟盒大小，显示屏下面是几排小小的按键。几个同学兴奋地围着他，人家得意地演示着手中的计算器，出几道计算题，几个按键轻轻一按，那计算结果马上就出现在了屏幕上，那叫快捷，那叫神奇，看得我们眼睛发直，心生好奇，更心生羡慕。这么小的玩意儿，算得这么快，这么准，简直不可思议。与如此先进的科技产品相比，又黑又笨的老式算盘像是土得掉渣的老古董。过了短短几年，当年十分稀罕的计算器，很快就进入了人们的日常生活，现在早已屡见不鲜，几乎家家都少不了有几个计算器。

有了小巧灵便、快捷方便的电子计算器，原始落后的算盘明显落伍了，它的命运可想而知。

20 世纪 70 年代初，我们上小学那会儿，珠算还是一门专门的功课，每个学生人手一个算盘，每天上下学我背着算盘，囫囵吞枣地学过一阵，"小九九"背得滚瓜烂熟，打起算盘来却笨手笨脚，还不如笔算来得快。当时我就想，都什么年代了还学打算盘，实在是浪费时间。有那工夫，直接用笔在纸上写得了。有这种心理作祟，算盘肯定学得稀松二五眼。如今，多年不用算盘，它的用法早就忘到脖子后面了。至今我还保留着一把黑漆的木算盘，只为了让孩子增加点见识，用是用不上了。

珠算课现在小学生还上不上，我不知道。窃以为，即使是小学生学数学，也没有必要把时间和精力浪费在打算盘上。如今数字化浪潮席卷全球，电子计算机以其强大的功能，使得一切计算难题迎刃而解。时代在进步，生活在变化，该淘汰的东西必须淘汰，即使是老祖宗留下的东西，跟不上时代步伐就得开除出局，有了快捷方便的计算机，我们只好与算盘"拜拜"了，以我的理解，这就叫与时俱进吧！

消失的电报

电报曾经是最为快捷最为便利的无线通讯手段。四十年前，生活贫困，物质匮乏，在很多农村，"通讯基本靠吼，治安基本靠狗，交通基本靠走，取暖基本靠抖"，但是以当时人们的生活水平，即使在大城市，绝大多数家庭没有电话，外地亲友遇有急事要事，电话联系不上，写信邮寄又太慢，只好通过电报传递信息。到了邮电局，写好单子，发报员按照上面写好的内容，译成电码，然后"嘀嘀嗒嗒"敲击着按键，一眨眼的工夫就把信息传到了千里之外。

电报意味着事情紧急重要。比如出门在外，向家人报个平安；比如联系重要业务，通报紧急情况等等。不到万不得已，谁也不会用电报联系。为什么？打电报贵呀！电报的内容按发报的字数收费，没有急着要办的事，谁舍得花这份钱。但除了公务，绝大多数的家庭电报都和突发事件、重大事件有关，让接报人心惊肉跳，坐卧不安。正是由于这个原因，一般情况下人们不会打电报，更怕接电报，除非是事先做好了思想准备。

电报为了及时传送信息，必须争抢时间，不管是白天深夜，接到电报，邮递员都会以最快的速度将它送到收件人的手里。以当时的条件，最快的交通工具也就是摩托车了。什么时候见到邮递员驾着摩托车在街道上风驰电掣般地疯跑，那一定是在送电报呢。

有时候深更半夜，寂静的街上传来一阵"嘟嘟嘟"的摩托车声，就听外面有人喊："某某某，拿戳子！"家里的大人们听到喊声，心惊胆战、慌里慌张忙着找图章。深更半夜来电报，那十有八九是外地亲友出了什么大事。那年月，每个家庭都怕这种突如其来的电报，没有大事、要事、急事，谁会火急火燎地花钱发电报呢！

二十年前，绝大多数家庭都没有电话。外地亲友遇有急事或有别电报局请求发电报传递信息，因此一般人都怕接电报。真没人会惊肉跳！许多人叮嘱亲人没多千万别发电报。二〇〇五年十二月廿日老笔时报 青秋支派发月 忽痕电报乃陕陕勒义晚图友

当然，当年也有一些假电报，那是双方事先捏鼓好，用来骗人的。大多数情况，是发报人迫不得已，用善意的谎言达到个人的目的。

20世纪70年代，城市的知识青年有不少是到外地下乡插队的，自己想回家，父母想孩子，又找不出合适的理由，有些人便通过电报传个假信儿。家长或孩子事先写信约定好用打电报的方式来掩人耳目，骗取领导的信任，然后孩子一脸焦急，拿着家长打来的电报找到领导请假：家里谁谁谁病危病重，让我马上回去。领导见多识广，处事老

练，明知其中有诈，也不好回绝。千里之外，电报的内容真假难辨，无法核实，只好宁可信其有不能信其无，如果不准假，耽误了人家大事，谁也负不起这个责任。没办法，起码的人道总得要讲，准假吧！您瞧，电报成了当时行之有效的假条，屡试不爽，百"骗"百胜。只要你花得起路费，费点儿心思，一纸电报，准能找到请假回家的借口。

当然，利用假电报请假，人们心知肚明，不过谁也不愿捅破这层窗户纸罢了。不到万不得已，不是事出无奈，没人愿意说瞎话骗人。

限于当时的通讯条件，打电报的价格相对昂贵，一个字三毛钱。这三毛钱，能买三斤棒子面或三十块水果糖，能吃三顿早点，喝十五碗豆浆……三毛钱在当年能干不少事儿，全家人吃捞面，买三毛钱的猪肉炸酱，几口人吃得头顶冒汗，通体舒畅。打一次电报花几块钱，想想就让人心疼。所以不到万不得已，没人会打电报。遇到非打不可的情形，为了省钱，人们写的电报内容也尽可能地简明扼要，可谓是字斟句酌，惜字如金。"母病速归"，短短的四个字，便把要讲的内容及要求说清楚了。那意思是说：母亲生病了，肯定还是重病，要你赶快回来，如果回来晚了就有见不到面的危险。这样的电报，言简意赅，立竿见影，马上能唤回急切的游子。当然，真的假的，只有当事人心里清楚。

电报简洁，但得明了，得把事情说清楚。为了少花几毛钱，省几个字，事情没说清楚，反倒可能会起到相反的作用，小者误事，大者毁人。

根据张贤亮小说改编的电影《黑炮事件》，主人公是个棋迷，出差回来后，发现路上带着的象棋丢了一个黑炮棋子，急忙冒雨奔到邮电局，发了一封"丢失黑炮 301 找赵"的电报给旅馆，请求帮助寻找。岂料，这纸电文引起了有关人员的警惕，"黑炮"被怀疑为武器，公安干警以为他是间谍，联想到会不会是特务组织在策划恐怖活动？于是迅即立案侦查。公司领导在调查未果的情况下将木讷本分的赵姓工程师调离关键的技术岗位，加以监控，以致造成工厂引进的进口设备被烧毁。最终，黑炮棋子寄回来了，大家虚惊一场。主人公因为电报的内容过于简单而引起了歧义，不仅给自己惹出了一身的麻烦，也给国家造成了上百万元的损失。电影的内容虽然属于"黑色幽默"，但生活中类似这样的事情肯定发生过。

电报再快，也得人工送递，随着电信通信事业的飞速发展，它已经退出了人们的日常生活。现在，手机、电话、因特网进入到千家万户，别说是在外地，就算是在外国，操起电话，按下键盘，马上就能"千万里追寻到你"，你想躲都躲不掉。

这几年，因特网的发展彻底改变了人们的生活，有了 Wi-Fi，有了微信、QQ 等工具，不仅可以免费通话，就连视频聊天也不花一分钱。全球各地，远隔重洋，只要你在网里，随时随地都可以和亲友见上面、说上话。前几年，我有一次去国外旅游，用手机给家里报平安，打了几次电话就花了上千块钱，那叫一个心疼。这两年，老婆和在国外读书的儿子视频聊天，絮絮叨叨，说起来没完没了，愣是没花一分钱。通信的方便快捷超出了人们的想象。

信息时代把地球变小了，变成了地球村，都在一个村子里住着，电报能不被淘汰吗？

岁月留声机

　　20 世纪 80 年代以前，留声机始终是一件较为罕见的高档商品，普通人家屋里带响的，最多也就是一台收音机，只有极少数富裕家庭才有可能买得起留声机。当然，置办留声机，除了经济条件允许，还得有品位，懂得享受，至少是喜欢听戏曲听音乐，用马克思的话说：得有两只欣赏音乐的耳朵。您想，这两样条件都具备的人家能有多少，说百里挑一一点儿也不过分，留声机曲高和寡，不可能在社会上普及。

　　早期的机械留声机靠发条为动力，椅子面大小的机座上放上唱片，唱针与唱片金属膜面上的声纹接触，震动频率传到喇叭里放大而发出声音。这种老式的留声机，又称唱机，我最初只在电影中见过，《英雄虎胆》中王晓棠扮演的女特务就常听这种玩意儿，那里面播放的嗲声嗲气的女声歌曲，当时被认为是"靡靡之音"。而前几年王家卫在电影《花样年华》中更是用留声机营造出一种奇妙浪漫的情调，引起人们对 20 世纪二三十年代旧上海的温馨回忆，电影里面反复出现的留声机镜头，不仅留声，而且传情。

　　留声机唱片最初由又黑又硬的胶木制成，圆形，碟子大小，内容多为戏曲和歌曲，尤其多的是戏曲，不少名家的唱腔唱段都是通过老唱片保留下来的。留声机留下了一代艺术大师们优美动听的声音，也算是为传承文化、弘扬国粹立下过功劳。

我最早接触到留声机是在 20 世纪 70 年代，那时候随着技术条件的改进，留声机的动力改用电机，声音也由扬声器放送，人们称其为电唱机。它属于留声机的升级换代版，其原理与早先的机械留声机是一样的。而唱片也由老式的黑胶木改为塑料薄膜，唱片薄而透明，分大小两种型号，价格亲民，便于收藏。

电唱机是当年参加工作不久的表哥买的，人家是为了学习——学习英语。表哥勤奋好学，每天端着本书坐在电唱机前一声声地诵读英语单词——"Book，School，Everyday……"记得当年英语热中最受社会青年追捧的是两套教材——《英语九百句》和《基础英语》，风靡一时，备受青睐。表哥沉浸其中，刻苦用功，那台电唱机在呆板地教着操着蹩脚英语的他，而我那时年龄小，对英语丝毫没兴趣，只是觉得电唱机新奇好玩，想听听歌曲。表哥在学习之余也会放上一两张唱片，我们全神贯注、侧耳聆听一些"文革"前的老歌曲。有限的几张歌曲唱片我们反复听过多遍，歌词、旋律早已烂熟于心，至今我还能想起那刺刺啦啦并不悦耳的声音。

我清楚地记得，电唱机呈长方形，浅蓝色人造革包面，密码箱大小，当时表哥是花 60 块钱买的，大概是留声机中最便宜的那种，可是对于一个刚刚参加工作的青年来讲，仍然价值不菲，相当于他两三个月的工资。这样低档的电唱机放出来的声音，效果可想而知，转速慢了或快了，声音都会失真。表哥通过它学会的英语口语，肯定不会是正宗的英式或美式发音。而我们通过它学会的歌曲，多半也是少腔没

调。后来我发现，自己之所以唱歌五音不全上不了台面，也许就是当年模仿唱片歌曲留下的后遗症。

前些年偶尔有个应酬，朋友们酒足饭饱之后喜欢到歌厅里吼上几句，大多数情况下我都是瞪着两眼干坐着。没办法，自小咱就没打好基础，我心知肚明，自己的"卡拉"一点儿也不"OK"，全是当年那台留声机惹的祸。

从 20 世纪 80 年代初开始，留声机被卡带式录音机所取代，逐渐退出了人们的视线。

如今，音响、电视、电脑、CD、MP3 等应有尽有，连录音机都很少有人在用了，留声机更是连物带词一起退出了人们的生活，成了古董，成了文物，成了一些人怀旧的收藏品。由留声机发展到录音机，再到后来的诸多音响电子产品，科学技术的发展真是日新月异。

母亲的缝纫机

　　家庭缝纫机现在还有吗？肯定还有，但早已不是居家必备的用品了。现在年轻人结婚大概不会再有人购置缝纫机了。如今的城市时尚女性，会针线活自己缝制衣服的恐怕像大猩猩一样稀少。她们也许知道香奈尔、兰蔻、星巴克、施华洛世奇，也许懂得美容化妆、减肥保健，却不一定会织毛衣、缝被子。商店里的服装琳琅满目，款式新颖，品种齐全，家中柜子里的服装左一件右一件，多得有的衣服轮不到上身就惨遭淘汰，你让她们买一台缝纫机放在家里，既花钱又占地方，那不是有毛病吗？别人家的情况我不了解，就拿贱内来说，既不年轻也不时尚，人还算勤快，洗衣做饭，操持家务，从不闲着，但是缝纫活从没见她做过，就是白送她一台缝纫机也不会用。

　　当然，上了点年岁的老人家里也许还有缝纫机，但基本上都成了摆设，一年到头那轮子也转不了几回，成了食之无味、弃之可惜的鸡肋。之所以还摆在那里，只不过是因为老年人节俭恋旧，舍不得扔罢了。若论实用价值，几同于无。生活富裕了，再也不用自己做衣服了，即使是缝缝补补的针线活也越来越少了。缝纫机在家庭生活中没有了用武之地，像是人老珠黄的弃妇被彻底打入了冷宫。

可是三四十年以前，缝纫机曾经风光一时，在许多家庭占有重要位置。当年城市有些年轻人所谓的结婚必备之物"三转一响"——自行车、手表、缝纫机、半导体（收音机），缝纫机是其中一项，是一份值得夸耀的家庭财产。那时候，城市里的姑娘出嫁，条件允许的家庭不管女儿会不会做衣服，大多会陪送一台缝纫机，就像陪送的"妆奁""女红"一样。

缝纫机在当年绝对属于家庭的大件物品，虽然说不上是居家必备，却也是相当普遍。不少城市家庭都买上一台，妇女们或互相学习、切磋技艺，或无师自通、自学成才，人人练就了一身做衣服轧缝纫的手艺。有一台缝纫机在家里摆着，大人孩子的衣服有了着落，平时缝缝补补的活计有了依靠。机轮滚滚，针线穿梭，大街小巷到处能听到缝纫机"呱嗒呱嗒"的踩踏声。

20世纪70年代，经济萧条，物质匮乏，人们生活拮据，衣着简单，到商店买成衣的很少，大多是买块布料自己做或找别人做衣服。从小到大，我家的衣服极少在商店里买现成的，大都是母亲自己做。

当年，我们家的蝴蝶牌缝纫机就是母亲的"专机"。小时候，我时常看见母亲坐在那不停地做衣服。她不仅是为了省钱，也是真喜欢这门手艺。从简单的套袖、座椅垫，到复杂的大衣、沙发罩，她都能自己裁剪自己缝制。尤其是春节前夕，更是母亲最为忙碌的时期，除了自己家里的活，不少亲戚朋友也找她帮忙。母亲从来都是来者不拒，会做衣服成了她引以为傲、受人尊重的资本，从某种意义上说，是缝纫机让她找到了实现自我价值的机会。

母亲白天上班，只有利用节假日或晚上的时间在缝纫机上干活，

遇到年节，常常要忙到深夜，有时我一觉醒来，看见昏黄的灯光下，
母亲还在缝纫机前忙碌。她动作轻巧、熟练、敏捷，穿针引线，一丝
不苟，裁剪好的布片一一放好，左手捏住布边，右手按压布料，前拽
后送，两手慢慢挪动布料，脚下用力蹬踏着脚板，缝纫机发出一阵阵
急促的"嗒嗒嗒"声响。到转角处扳起压轴，转向、按下，继续轧着
布料，缝纫机陪伴着母亲一路走过岁月的风风雨雨、点点滴滴。

　　帮别人做衣服，母亲从来没有收过钱，连这种想法都没有过。
三四十年前，人们虽然贫穷，但人与人之间的交往都简单实在，重情
重义，相互帮衬，相互照应，对金钱概念比较淡薄，帮亲戚朋友做一
两件衣服，那是人家瞧得起你，别说不能收钱收物，有时候反而要倒

贴。亲朋好友的有些衣服样式不会做，很可能一剪刀下去把布料裁坏了，遇到这种情况母亲有时就得买一块相同的布料给人家换上。缝纫机不仅缝缀了一件件衣服，更缝缀了联络亲友的感情纽带。

母亲做衣服最大的收获是留下人家的一点碎布头，废物利用，轧成自行车座套、鞋垫什么的。

三十多年前，我上大学时，冬天冷，椅子凉，大部分同学都备有一个座椅垫，一是为了保暖，二是为了占座。到了下午、晚上的自习时间，去晚了，很可能图书馆、公共大教室就找不到座位，放一个坐垫在那儿，为的是占个位置。不是自夸，在这些各式各样的坐垫中，我的坐垫绝对算得上是一枝独秀，"傲视群垫"。那是母亲用火柴盒大小的碎布头剪成三角形拼接在一起的，五颜六色，图案美观，几十块拼接的布头搭配合理，没有重样的，堪称手工制作的艺术品。现在想想，那坐垫从布头的挑选搭配到拼接缝制、熨烫平整，不知花费了母亲多少心血。

家里的缝纫机在不用的时候，机头放下，收进机箱，表面光滑平整的台板上铺上台布，放好台灯，就成了简易的写字台。小时候，我们数不清的作业都是在缝纫机的台板上完成的。

母亲最后施展缝纫手艺是为了她的孙子。二十多年前，犬子还没落生，母亲就忙活开了，小衣服单的棉的薄的厚的，里里外外做了好几身，整天在缝纫机前忙个不停。可是孩子小时候几乎没穿过几件奶奶亲手缝制的小衣服。为什么？自己买的、别人送的衣服都穿不过来，而且样式新颖、颜色漂亮，要不是为了哄老人高兴，她做的衣服孩子连上身的机会都没有。从那以后，母亲这才彻底罢手不干了。缝纫机也像是被打入冷宫，弃置一旁。

　　三十多年前，缝纫机还是凭条供应的紧俏商品。有一年，姐姐准备出嫁，母亲托人弄到一张缝纫机条，想买一台送给姐姐当嫁妆。那年头商场还没有送货上门这项业务，我极不情愿地蹬着借来的三轮车陪母亲到商场的库房去提货。一路上我反复劝说母亲，姐姐并不会缝纫活，对此也丝毫没有兴趣，这种又重又笨的缝纫机买来了也是放在家里白占地方，不如把省下来的钱给她买点别的，而且从发展趋势上看，缝纫机早早晚晚都得被淘汰。苦劝了一道，母亲终于被说服了。

　　时间不长，果然如我所料，缝纫机很快就成了落伍商品。

　　后来随着开放搞活，人们的着装日益丰富多彩样式翻新，母亲明显感到自己年纪大了，手艺也赶不上趟了，找她做活的人基本没有了，缝纫机的使用次数也越来越少，"再就业"的可能彻底断绝。如今，缝纫机成了累赘，被放在阳台闲置一旁，油漆剥落，皮带松弛，家里几次清理东西，母亲都舍不得处理。我理解她的心情，缝纫机承载着老人太多的记忆，凝结了她太多的汗水，酸甜苦辣、幸福快乐，那些记忆深处的东西，老人不会忘记。

　　社会的进步使社会分工越来越细化，许多过去人们自己动手完成的劳动逐渐由一些行业所取代。制衣业的发展，让一些女性从家庭缝纫中解放出来，缝纫机自然结束了它的生命。

想起油印机

　　科学技术的发展突飞猛进、日新月异，尤其是电子产品的更新换代更是让人们猝不及防，有时你连它的功能还未掌握，新一代的升级产品又问世了。

　　以办公用品为例，20世纪80年代，四通打字机引领着办公自动化的一场革命，但仅仅在全国热销了几年，尚未得到普及，很快就成了过时的淘汰产品。比较而言，此前老式的油印机使用历史稍长，从20世纪初印刷传单，到80年代印制文件，几十年里不停地运转，不停地传播信息。它曾经为许多单位组织立下过汗马功劳。

　　当年的油印机有多种型号，生活中比较常见的是办公室用的四开报纸大小的手动便携式油印机。这种油印机由木板做壳，玻璃台面，上面是尼龙网，粘上蜡纸板，油墨辊。印刷的时候，下面放好白纸，上面隔着蜡纸板，用沾满油墨的胶皮辊子反复滚动，油墨透过蜡纸上刻写的字迹印到纸上。

　　当年，限于经济条件、科技水平，一般单位的办公设备都相当简陋落后，油印机算是比较先进高档的用品。少量的文件、报表、材料、学生作业题等基本上都是用油印机印刷的，它虽然比较笨重、麻烦，比不上机器铅印，但在印量不大的情况下要比人工抄写复写便捷省事得多，而且成本很低，有条件的办公室大都购置一台。早期电影中地下党印制的传单报纸，像电影《江姐》中印的《挺进报》以及"文革"中撒满街头的传单，都是油印机的产物。

20世纪70年代初，我从上小学起就接触到油印机，有些习题作业的篇子都是老师提前将它们刻在蜡纸上，我们几个同学帮助老师推胶辊、翻纸张，将一页页篇子印好。那时候，能为老师出力干点活，在我们看来，那是再光荣不过的事情，每一次我们都争先恐后，任劳任怨，乐此不疲。那时候学生的单纯、真诚、热情，非现在可比！

刻蜡版是一件很辛苦的技术活，不仅要求写得一笔好字，还要有相当的握力，用劲均匀。刻重了蜡纸容易刻破，印出来的字漏墨，黑乎乎的一团，既脏又难看；刻轻了油墨透不过去，印出来的字不清楚，所以刻蜡版不是一般人就能干的。上中学以后，我在学校也试着刻过蜡版，蜡纸下面铺着一块密纹的钢板，手持专用的钢针笔在蜡纸上一笔一画工工整整地使劲刻写，时间不长，手腕子就累得酸痛。当年，学校里的试卷、复习材料、作业篇子等都是由油印机一张张印制完成的。

20 世纪 80 年代，我参加工作以后，机关办公室虽然用的还是油印机，但条件得到了改善，蜡纸改用打字机直接打印。每月一期的宣传材料我们还是在油印机上推来推去，届时屋子里散满呛人的油墨味、汽油味，我们几个年轻干部戴着套袖，有掀纸的，有油印的，有装订的，分工配合，流水作业，一边忙碌一边说笑，一份份材料伴着墨香送到有关人员的手里。

油印机带给我们美好的回忆，三十多年过去了，年过半百，青春不再，当我们想起当年一起油印文件的情景，仍然历历在目，心生温馨。

相对而言，油印机属于手工作坊式的办公设备，使用起来不仅麻烦，也不卫生。稍不注意，油墨就会弄到手上身上，印出的材料也不美观。但是在当时的条件下，油印机似乎是唯一比较先进的办公印刷设备。

随着办公自动化的逐步实施，电脑打印机、复印机、扫描仪、传真机进入日常办公，人们的工作效率得到了明显提高，油印机从此也基本上结束了使命，至少在城市中是再难见到了。

时尚饰品纪念章

　　顾名思义，纪念章是用来表示纪念的徽章，现在一些单位举办大型活动，也会偶尔制作一些纪念章。大到全国性的世乒赛、全运会，小到地方行业组织的什么节、什么会等等，有时还将纪念章作为一种微不足道的小礼品分赠有关人员或出售给顾客，只是这些纪念章基本上会以会徽图案等为主，很少有人再戴在胸前了。

　　曾几何时，纪念章风靡全国，几乎是家家必有、人人必戴的时尚饰品，这其中发行量最大、最为人们熟悉的要属像章，印有伟人画像的纪念章，而且有专指，专称毛主席纪念像章。

　　20 世纪 60 年代末的"文革"初期，在极左政治的影响下，人们对领袖的个人迷信、个人崇拜到了无以复加的地步，除了带有宗教色彩的早请示晚汇报跳忠字舞以外，最明显的特征就是几乎人人都佩戴着一枚毛主席像章。

　　像章的材质、大小不一，有金属的、陶瓷的、塑料的；大的有盘子那么大，小的像分币那么小；圆的、方的、长条的，造型各异，内容却大致相同，都是毛泽东主席的画像，全国独此一家，别无二致。

　　当年佩戴像章是一种表示忠心的行为，有些狂热的"革命小将"

为了表现对领袖的极度崇拜，甚至将主席像章直接别在胸前的肌肉上，让人想起来不寒而栗。

到了"文革"中后期，全民佩戴像章逐渐演变成了一种时尚、一种装饰和点缀，每家每户多多少少都收集一些各式各样的毛主席像章。人们相互交换、比较，如果谁的像章新颖别致、做工精细、材质特殊，就会得到别人的羡慕，成为一种炫耀的资本，甚至有些做工精巧、发行量少的像章戴在身上出门，很可能给佩戴者带来伤害，当年一些社会小痞子小流氓经常在大街上冷不防地抢夺行人佩戴的像章，可见像章在当时多么风靡一时。

当年，我戴过最大的一枚像章有碗口大小，那是家里特制的。前面是圆玻璃片，中间夹着毛主席的彩色画像，后面由薄海绵和硬纸夹子做衬，四周将塑料管裁开封住玻璃边框。这种像章如同一面圆镜子，小学生几乎人人都有，不过它不是别在上衣的胸前，而是用绳子穿好挂在脖子上。我们每天戴着它上学下学，比贾二爷随身佩戴的那块通灵宝玉还要珍惜，还要神气。

这种自制的像章还引发了一段故事。

　　我的小学同学王小三因为一起"像章事件"被弄得始终灰溜溜地抬不起头来，直到小学毕业也没有加入红小兵。本来，他的出身不错，父亲是工人，母亲是街道代表，只要遵纪守法，不出大格，就算是调皮捣蛋，就算是学习成绩差，早早晚晚都会让他加入组织，那时候，红小兵是全民性的群众团体，小学生没加入的极少。

　　王小三上面有两个姐姐，家里宠着惯着，有些任性淘气，再加上他长得人高马大，在同学当中就有些说一不二，霸道成性。

　　那时候我们小学生都时兴戴那种挂在脖子上的主席像章。

　　记得是上小学三四年级，有一天做完广播操，老师突然宣布我们班的同学在操场上跑步。胸前戴的像章怎么办？老师让摘下来放在体操台上。同学们摘下脖子上的像章，一一放好，然后开始围着操场跑圈。跑了一圈又一圈，跑得人们气喘吁吁、大汗淋漓，跑步结束后，同学们回到原处去取各自的像章。

　　几十个同学围在那你挑我拣，乱乱哄哄。王小三人高马大，拨开人群，冲到里面，找来找去没找到自己的那一枚像章。他的像章，上面是毛主席去安源的彩色油画，青年毛泽东身穿长袍，手持一把油布雨伞，画像用红色塑料封边。这里面是有这样一枚像章，图案大小基本上和王小三的一样，可是带子的颜色不同，他的像章带子是黑色的，而这个是紫色的。肯定是谁粗心大意拿错了。

　　王小三转过身，拉住同学，逐个往同学的胸前观瞧，如果是别人拿错了也就算了，他发现自己的像章偏偏戴在了魏大朋的脖子上，而这个魏大朋平时又与他有些矛盾，两人都是膀大腰圆，谁也不含糊谁。

　　王小三走过去一把抓住他："哎，你眼睛瞎了，戴我的像章干吗？

摘下来，还我！"

本来魏大朋就不服气，早就憋着火要和他打一架，见王小三这种口气说话，拨开他的手，低头看了看胸前，是自己的像章，没错呀，图案就是毛主席去安源，至于带子的颜色他根本就没注意。王小三这是要找茬打架，魏大朋当然不会给，如果换了别人也许就换过来了，但是王小三要，口气还这么硬，他就不服这个软。

"还你，凭什么还你？你说是你的，怎么证明？我还说是我的呢。"两句话不对付，两人争执起来。

"不给是吧？不给你也别戴！"王小三仗着身强力壮，上去就夺，一把就将像章从对方的脖子上扯下来。魏大朋当然也不是吃素的，冲过来就抢。三扯两拽，两人扭在一起，王小三一气之下，背过身把像章摔在了地上，然后用脚踩了踩，"让你抢，让你抢，谁也别想戴！"只见像章被摔得粉碎，伟人的头像也被踩得破烂不堪。

见此情形，魏大朋拼命抓住了王小三的胳膊，大声喊道："好呀，你敢摔毛主席，还用脚踩，你反革命！反革命！"

魏大朋这么一说，王小三彻底傻了眼，支支吾吾不知道怎么解释。一时冲动，闯下大祸，证据确凿，不容抵赖。

学校的领导、老师、工宣队闻讯赶来，问明了原因，不知如何处理，找来了民警，王小三被扣在学校接受审查。好在他年岁小，家庭成分不错，又事出有因。虽然没有被劳教收监，但在学校的大会小会上检讨了无数次，从此和红小兵组织无缘，直到小学毕业，他都是白牌一个，在同学中弄得灰头土脸，再也不敢趾高气扬了。这场"像章事件"肯定在他心里留下了刻骨铭心的阴影。

　　"文化大革命"结束以后，纪念像章成了特殊年代的特殊收藏，至今我们家的箱子底还保留着两条大毛巾，上面别满了各式各样的毛主席像章。我不知道它们价值几何，也从未想过要将它们出手转让，那是一段难忘的历史，也是一段值得珍藏的记忆。

　　后来社会上出现了各种各样内容不同的纪念章，就像现在有些女性佩戴的胸针，其功能已失去了纪念的意义，纯属是为了服装的美观和点缀。

　　前几年，随着红色旅游的时兴，我到过一些著名的景点，发现不少店铺还在出售少量的像章，只是购买者寥寥，更看不到再有人佩戴了。市场上限量发行的一些金质的毛主席像章，反倒受到一些人的追捧，绝迹多年的像章如今成了一些商家牟利的商品，硬币大小的一枚，价格却卖到了几百元，只是这种像章基本上是为了满足人们的收藏，已经失去了所谓的纪念意义。

　　随着偶像走下神坛，领袖纪念章失去了市场，也表明了一个疯狂时代的结束！

追忆副食本

　　计划经济时代，社会上商品匮乏，城市居民日常购物除了凭票、凭证、凭券、凭条之外，还需要凭各种购货本，这其中家家必备的最有代表性的至少是三大"本儿"——购粮本、购煤本、副食本。顾名思义，前两者是买煤买粮的凭证，根据家庭人口的多少，定量供应。后者名为副食本，其实包含的内容远远超出了鸡鸭鱼肉、烟酒糖果等副食品的界限。火柴、肥皂、粉条、碱面儿、烟囱、灯泡、玻璃、棉线等定量供应的日用小商品都划归副食本供应。简而言之，凡是煤粮之外的限购商品，几乎都由副食本控制。

　　那时候，"本儿"的作用大矣，这么说吧，居家过日子，可以没有钱，但不能没有"本儿"。没钱可以暂时去借，没有"本儿"，意味着你享受不到城市居民的待遇，吃不上饭穿不上衣过不好日子，连你的生存都成问题。您想，这"本儿"的作用有多大。

　　这里只说副食本，一个 64 开、骑马订，印制十分粗糙的小册子，别看只有薄薄的几十个页码，却关系着每家每户的居家必需的生活用品和食品。平时购物，不少定量供应的商品都由它控制着。每月每户供应几盒火柴几条肥皂几两碱面儿等等等等，政府都有严格的定量规定，有钱想多买一点，对不起，下个月再说。凭本供应，限量销售，你想浪费都不行。什么叫计划经济，对老百姓来说，就意味着得计划着算计着过日子。

这是在平时，到了年节，副食本更是大显身手，一些平时市面上见不到买不到的紧俏商品，诸如牛羊肉、鸡蛋、蔬菜、豆腐、花生、瓜子、烟、酒、鱼等等开始凭副食本供应。

节日供应，不仅限量，而且限时。商品是按城市人口配备投放的，到了规定的时间你还没有购买，对不起，过期作废，概不补售，人家商店不能总候着你。所以每到临近年节，商店里就开始排起了长队集体采购。届时，男女老幼黑压压挤成一片，人头攒动，场面壮观，就跟东西不要钱一样。节日的热闹气氛在写满的副食本上得到了充分的体现。

副食本虽然是贫困经济的产物，却在某种意义上保障着城市居民在特殊时期分配资源的相对公平合理。上至领导干部，下到黎民百姓，不分贵贱高低，供应的商品人人有份，谁也别想多吃多占。凭本定量供应体现了特殊时期人们在商品消费上的平等权利。过节每人供应半斤带鱼，全市定价三毛七分钱一斤，个头大小长短宽窄相差无几，你想买几斤平子鱼、黄花鱼解解馋，对不起，爷们儿，有钱也没地方买去。当然，享有政府"特供"的高级干部不在此例，人家有专门的商店、专门的渠道，属于特殊人物。

我小的时候，家里的副食本被姥姥秘笈一般藏在床头的小红木箱子里。

"去，把这个月的鸡蛋买回来！"姥姥背过身，颤颤巍巍地从小箱子里取出副食本，然后千叮咛万嘱咐："排队时小心点，别把本儿丢了。""本儿用手攥住了，千万别放篮子里。"

姥姥知道，我从小爱活动，手脚总不老实，到了街上手里的篮子多半是抡圆了划着圈连蹦带跳地走路。

到副食店买东西，多数时候都要排长队。东西少，顾客多，去晚了很可能无功而返，白耽误工夫。好在那时候人们有的是时间，排队购物成了我们的家常便饭。排队的人越多，说明那东西越紧俏。有时候，看见商店门口排起了长队，有的人禁不住诱惑跑过去凑热闹。"抢购"这个词大概就是从那时候流行的。还别说，当年有不少商品你不抢着购买，很可能就失之交臂，再也没有机会了。

排队轮到了，售货员拿过副食本在上面做好标记，或是手写或是盖章，这才收钱取东西。

姥姥床前的小木箱在我的眼里无异于百宝箱，全家人的柴米油盐吃喝穿用等的证件票券都深藏其中。小木箱虽然重要，却不上锁，我们几个孩子从小就老实听话，从来不在里面翻动，反正那些本儿呀票呀什么的也当不了钱花，它不过就是花钱购物的一种凭证。

姥姥不知道，有一次我偷了家里的副食本。

记得那是上小学四五年级的时候，我们在一个同学家里学习，几个人打逗疯闹，挤在同学家的一扇门口，外面的人要挤进屋里，里面的人顶住大门，互不相让。三挤两撞，就听"哗啦"一声，门上的玻璃被挤碎了一块。我们面面相觑，立刻傻了眼。损坏东西要赔，天经地义。我们四五个人商量，大伙凑钱趁同学家长没下班以前将玻璃买来装好。

量好尺寸，我们找到附近一家玻璃店，一打听，玻璃只要三毛钱，平均每个人6分，这点钱我们还掏得起。可是买玻璃得要副食本，这下把我们难住了，几个同学都是老实巴交的孩子，站在路边我们商量来商量去，谁也不敢回家去偷副食本。咱自小就仗义，见没人说话，最后还是我自告奋勇提出来回家去试试，条件是他们配合我将姥姥叫出来缠住，以便我趁机下手。

偷副食本的事，姥姥始终没发现，好在一年到头人们极少买玻璃。

副食本伴随着人们走过了那段相对贫困的岁月，它不仅记录着那个时代商品供应的紧张，也记载着人们充满苦涩的回忆。

如今，商品极大丰富，凭本供应的时代一去不复返了。副食本成了一个逐渐被人们淡忘的名词。

难忘粮店

俗话说，"民以食为天"。这食从哪儿来？当然得用粮食做。城市里种不了庄稼，城市里的人吃的都是商品粮。什么是商品粮？商品粮是统购统销时期城镇居民从商店里买的粮食。

三四十年前的计划经济时代，城市里专门卖粮食的商店就叫粮店，家家户户在户口所在地附近的指定粮店里购买定量供应的口粮，每个月至少要光顾粮店几次。

20世纪70年代，城乡差别的主要标志就是吃饭问题，粮食由国家统购统销，非农业户口的城镇居民视所从事的职业、工种定量供应商品粮，人无论穷富，钱无论多少，每个人都有固定的粮食定额。轻工、重工、学生、干部、老人、孩子，略有差别。粮食的种类，粗粮细粮、大米面粉也都按一定的比例配给供应。每人每月三十斤左右的粮食定量，在副食紧张、缺油少水的情况下，紧紧巴巴地将就着够吃。多数人是能吃饱不管好，少数人口多饭量大的家庭只好连汤带水混一个水饱。

每月25号借粮的日子一到，粮店门前就排好了长队，孩子大人眼巴巴地等着开门售粮的时刻。这一天，粮店提前供应居民下一个月的粮食，谓之借粮。许多人家到了月底已经是米缸面袋空空如也，就等着米面下锅了。

那时候，同一座城市，居民米面品种的供应基本上是一样的，有时候一阵一阵的也没有准谱。在我居住的城市天津，供应过白面等级质量略差的"黑面"，供应过粗糙难咽的"高粱米"。这还是在条件相对优越的大城市，其他城市的供应情况更是等而下之。据我所知，当年东三省的供应就比天津要差不少，粮食以粗粮为主，主打品种就是难以下咽的"高粱米"；天津每人每月供应半斤食用油，而东三省只有三两。我印象最深的是，每年我们都要给远在东北的三姨捎寄挂面、猪油等。

那时候，每月供应的粮食大致只够当月的，家无余粮，人们要经常光顾粮店。偶尔粮店门口贴出布告：今天供应粳米。消息传出，大街小巷的街坊四邻奔走相告，人们三五成群跑到粮店排队抢购，来晚一步很可能稍好的粳米就被买完了。

每个月到粮店买粮的情景我相信许多中年以上的人都会记忆犹新。

在我的印象里，粮店似乎总是人山人海，门里门外总是排着长队。人们拿着粮本，拿着米面口袋无奈地等候。粮店的面积一般都不大，百十平方米。门口设一柜台窗口，里面坐着收钱收票写本的售货员，交了钱，写好本，到旁边等着称粮装粮。靠墙码着一袋袋摞到屋顶的各种粮食，中间是一排木制装粮食的卧柜，两米左右长，近一米宽一米高，分别装着不同种类的米面及各种豆类杂粮，售货员照粮本上写好的种类、重量，用铁簸箕从柜子里铲出粮食，上称称好，然后通过一个白铁皮做的大漏斗倒到顾客带来的袋子里。那时候粮店卖的都是散装粮食，容器由顾客自备，买一回粮食有时候得一家老少齐上

阵，每个品种装
一个袋子，全家
的粮食一二百
斤，即使是成年
人一次也运不回
去，买一次粮，
得折腾小半天
时间。

　　小时候，最让我难忘
的是冬天里到粮店买红薯
的情景。红薯我们也叫山
芋。下班时分，见粮店来了
卡车，往下卸一麻袋一麻袋的山芋，大人孩子
便兴冲冲地涌到粮店排起了长队。也许是粮店
无法存放吧，山芋那时候从来是不过夜的，都
是当天来当天卖，粮店职工挑灯夜战，直到卖完为
止。届时只见粮店门前人山人海，大人孩子像土改
时分浮财一样，推着自行车、地排子车，喜气洋洋地将一袋一袋的山芋
运回家。时候不长，院子里、楼道内处处飘满了蒸煮山芋的阵阵香味。

　　粮店，在中国人，尤其是城市居民的脑海中留下了特殊的深刻印象。

　　随着经济形势的好转，粮食敞开了供应，再也不用凭粮本限定量
了，不知从什么时候起，红火一时的粮店在街上消失得无影无踪，粮
店成了一个特定时代的特定名词保留在人们的记忆深处。

话说粮票

　　自己做饭买粮食，当然离不开粮店，但是要想买点粮食做成的成品半成品，诸如糕点、馒头、大饼、切面什么的，或是出门在外下馆子吃食堂，怎么办？除了花钱，还要交一定的粮票。

　　什么是粮票？就是购买粮食制品的票证。

　　三四十年前，在供应紧张、资源短缺的计划经济时代，我们经历了一个相对漫长的"票证时代"。

　　类似的票证还有布票、油票、肉票、糖票、烟票、麻酱票等等。有的票证称券、称条，如工业券、纺织券，自行车条、立柜条、电视机条等等。总之，都是当年购买定量供应或相对紧俏商品的票证。这里挂一漏万，只说最有代表性的粮票。

　　俗话说，"民以食为天"。对当年的城市居民来说，其他的票证有与没有，多了少了，似无大碍，唯独不能少了粮票。没有粮票，买不了粮食，对城市居民来说那可是关系到饿肚子的头等大事。百姓的粮食要由票来定量控制，粮票可谓当年人们生活中必不可少的"第一票证"。

　　20 世纪 90 年代以前，城市供应的粮食由国家统购统销，视居民

从事的职业、身份、工种定量供应，人们购买粮食需要凭购粮本到附近专门指定的粮店购买，需要购买粮食制品的，像糕点、面食、早点等则要从购粮本中取出一定数量的粮票。

粮票在社会上出现最早始于中华人民共和国成立后的 1955 年。这一年的 9 月，国家开始在全国范围内实行粮食统购统销，粮食部印制了第一套粮票在全国发行使用，其后，各省市自治区陆续印制各地的地方粮票供非农业户口的城镇居民使用。

粮票要到居住地附近专门指定的粮店凭本领取，品种上分为粗粮票和细粮票，从使用范围上又分为地方粮票和全国粮票。全国粮票由于能在全国通用，只有因公出差或探亲的人员，凭一定级别的单位证明才能到粮店兑取，普通市民取不出全国粮票。

粮票的面额不等，一般分为一两、二两、半斤、一斤、二斤、五斤、十斤。比如早点买一个烧饼，除了交四分钱，还需要交一两粮票，收取的粮票面额与食品中成品粮的重量大致相等。全国似乎只有上海、浙江等极少的省市发行过半两粮票，一两油条（馃子）有两根，精打细算胃口小的上海人有时吃早点只买一根油条。不交粮票，国家吃亏；交一两粮票，顾客不干，这种矛盾，有了半两粮票也就迎刃而解了。

那时候到商场买东西，虽然商品种类少，供应紧张，但还挺麻烦，出门购物，不仅得带钱，还得带各种票证，少一样也不行。好不容易看好了一件上衣，递上钱和布票，人家售货员却不卖给你，得要纺织券。为什么？那衣服的质地是化纤的，等你从家里取了纺织券再来买时，说不定那件衣服就让别人买走了。那年头买东西，就像后来人们常说的有钱不是万能的，光有钱没有相应的票证，有些商品还是买不到。

粮票本来只是购粮的凭证，本身不具有价值，不属于有价证券，不允许在市场上买卖流通，但是城市居民的粮食供应由于受定量限制，粮票也就显得相对紧俏，具有了一定的交换价值。虽然国家明令禁止倒卖，但是在私下里，粮票还是进入了民间流通领域。

那时候，城乡差别之大令人咋舌，城市居民好歹还有商品的定量供应，广大的农民兄弟只能是吃饭靠天、穿衣赖地了，农村的生活比城市更加贫穷困难，有点经济头脑的农民开始用农产品到城里偷偷倒腾粮票、粮食。大街小巷经常能看见推着自行车的农民在那吆喝："换大米嘞，换鸡蛋嘞。"你拿钱买，人家还不卖，得用粮票换。为什么？农村中有相当多的人吃不饱，有了粮票，买点商品粮，相对能解决点口粮。我的一位邻居当年就用五斤粮票换过一只大公鸡，不少家庭都用节余的一点粮票换过农产品。

　　20 世纪 70 年代中期，有一段时间，我们几个同学常用粮票换一点儿葵花瓜子解馋。瓜子当年也是稀罕之物，只有在过春节时每家每户才凭副食本供应几斤，平时根本见不到。进城的农民背着口袋，里面装着炒熟的葵花瓜子。孩子手里的那点粮票，都是父母给的用来买早点的，孩子有时不吃或少吃几顿早点，偷偷攒下一点儿钱和粮票。毛八七的零钱用来买点糖豆之类的零食，几两粮票只能用来换瓜子。当时，二两粮票可以换一大酒盅瓜子，我们将瓜子装在衣兜里，一路走一路嗑，小小的瓜子带给我们难得的快乐与满足。

　　那时候的粮票是增进人们情感的最好物证。孩子多、定量少、粮食不够吃的家庭能有亲戚朋友接济一些粮票，肯定会让人长久感念、铭记在心。对有些家庭来说，粮票甚至比钞票更重要、更被需要，那一张张印制朴质、画面简单的粮票是每一个城市居民一家老小的生活希望。

　　城市中的供应稍微好转，副食品逐渐增多以后，有些家庭的粮票不再那么紧张，粮票也就相对贬值了。过去二三斤粮票能换到的一斤鸡蛋，后来得用二十多斤粮票。到了 20 世纪 80 年代中期，买食品没带粮票的可以用钱贴补，少交一两粮票加二分钱，一度成了不成文的规定，直到 90 年代初，在我的印象里，粮票还在使用。

　　记不清是哪一年，国家取消了粮食定量供应，居民购粮再也不用粮本了。有的家庭存的成百上千斤的粮票一夜之间成了废纸，国营的粮店也逐渐从社会上消失。其实，稍有眼光的人存好了粮票也是一项有意义的收藏。前几年，据媒体报道，一套保留完整的全国各省市粮票在香港拍卖会上拍出了 16 万元的高价。您瞧，粮票的价格看涨，只是它变成了一种历史性的收藏了。

一国两币外汇券

　　中国人的聪明才智实在是无与伦比，"一国两制"的设想堪称是伟大的创举，但是在此之前，我们在一定范围内还一度实行过"一国两币"。这种"币"就是在近四十年前发行的人民币之外的外汇券。

　　外汇券是"中国银行外汇兑换券"的简称。它是在改革开放初期的 1979 年，由中国银行发行的一种替代外币在中国境内流通与人民币等值的兑换券凭证。

　　外汇券从壹角到壹佰圆面额不等，正面图案取材于我国的名胜古迹、名山大川，背面则印有英文"中国银行外汇兑换券"和中英文字"本券的元与人民币等值。本券只限在中国境内指定范围使用，不得挂失"的字样及金额。

　　外汇券主要是按一定的汇率兑换给来华的外宾、侨胞，用以供其支付在中国境内的消费。有一些国内居民支取海外亲友寄来的外汇，中国银行也按汇率换算成相当于人民币数额的外汇券。

　　外汇券是一种限制使用的特殊货币，只有在大城市少数的涉外宾馆、商店等场所才能使用。此种商店里虽然货品不多，但基本上都是市场上平时买不到的进口或出口的紧俏商品，像彩电、冰箱、照相机、

录音机，以及较为高级的烟、酒、糖果等。有些商品，普通老百姓不仅买不到，有的甚至见都没有见过。

当年能花外汇券的人比现在拥有美元还要神气，美元现在到银行就能自由兑换，只要你手里有足够的人民那个"币"，随时随地都能换到，充分体现了在金钱面前人人平等的原则。可当年的外汇券不行，那是极少数人才有资格持有的特殊货币，没有一定的关系和渠道，一般人是很难弄到手的。

所谓"物以稀为贵"，外汇券的炙手可热，使它的行情一路走俏，价格明显超出人民币。一些人私下倒卖，从中获利。那年月，在一些友谊商店、华侨商店的门口，经常能见到有人从事黑市交易。

当年，我的一位同学在中国银行工作，时不时地偷着换点外汇券。那时候，大伙儿都挣着死工资，过着穷日子，人家却提前搞活，步入了小康。这位同学平时出手阔绰，消费高档，想必是利用工作之便得到了不少好处。念在一块长大的同学情分上，人家平价给我换过一点外汇，不多，三四百元，却让我有机会开开眼界。攥着外汇券，我逛了几次友谊商店，在那里绝对能找到高人一等的大款感觉。

到 20 世纪 90 年代，市场逐渐活跃，商品日见丰富。友谊商店的贵族身价开始下跌，里面的有些商品用人民币也能购买，只是价格略高于使用外汇券。礼仪之邦，内外有别嘛。中国人历来热情好客，卖老外一点便宜东西，也算不上过分。

对外开放了，经济发展了，生活富裕了，外汇券也随之"下岗"了。1995 年 1 月 1 日起，外汇券停止了流通。现如今，全球经济出现了一体化趋势，国外的商品摆满了商店的货架，而打着"中国制造"的国货更是源源不断地占领国外的市场。作为特殊历史时期的纪录和见证，外汇券失去了流通的价值，却成了收藏界的新宠。

消失的委托店

委托店这个行业现在的年轻人也许连听都没听说过，三十多年前却是城市商业流通中一个必不可少的组成部分。

委托，是请人代办之意；店，当然是卖东西的地方。顾名思义，委托店就是代卖顾客东西的商店。当年，这里卖的都是一些旧物——有价值的生活旧物，现在人们称之为"二手货"。什么古玩字画、玉器瓷器、照相机、手表、缝纫机，什么皮衣、毛料、座钟、鞋帽、电器、百货等等，品类繁多，应有尽有。家里有废弃不用的旧物，或是想用旧物换钱急用，将东西送到委托店，由服务人员估算价格、代理出售。货物售出后，商店收取一定的佣金。

新中国成立以后，取缔了个人私下交易，买卖双方交易要通过商店才受法律保护。委托店类似旧社会的当铺，双方谈好价钱，东西放在商店寄售，所不同的是，委托店收的东西都是"死当"，不能赎回。

作为旧物流通环节的商店，委托店里的商品价格相对较低，而且东西实用，既方便了群众生活，也使一些商品得到了再利用，很适合贫困年代老百姓勤俭节约的消费方式。

当然，这里说的旧物，是指那些能再次使用并有相当价值的旧物——值钱、可用、便于再次出售的东西。家里的破盆烂罐、老家具、旧衣服、废书本等等是没有资格进入委托店的，那些东西最好的去处是废品收购站。

当年，大城市中有极少数的破落户就是靠变卖家产维持生活的。有的人家，收入不高，开支不小，一个人挣钱养活一大家子，吃喝不愁，日子过得还挺滋润。不偷不抢，不贪不骗不受贿，哪来的钱？人家有家底，过去曾经富裕过，祖上挣过大钱，用天津话说，人家家里"趁捞儿"，有厚实的家底。金银细软、首饰字画、瓷器古董、手表相机……反正有不少贵重的东西，随便拿出一件变卖就比一个月工资还高。后来破败了，可是家里的底子厚，有存货，靠变卖东西贴补家用。

如何变卖？委托店就是主要的销售渠道。"文革"期间，不少成分不好的家庭纷纷被抄家批斗，没收了家产，但是，"瘦死的骆驼比马大"，藏着掖着的值钱物件还是流入了委托店。

我小时候有个叫二子的老邻居，家里过去风光一时，他爸爸据说是金笔厂的老板。当然，公私合营以后彻底破败了，"文革"后期，每到周日，他爸爸偷偷跑一趟委托店，然后全家人到饭馆暴撮一顿。那时候，人们穷，一年也下不了一次馆子。他们家就是再有东西，也经不住倒腾几年的。北京的那些皇亲国戚怎么样，晚清倒台后有的连饭也吃不饱，靠变卖家产，坐吃山空，不可能维持长久。后来，改革开放了，二子和我道出了实情，他爸爸那时候在各个委托店倒腾东西，从甲店低价买了物品，转到乙店高价出售，中间吃差价。委托店的服务人员大多是鉴宝识货的行家里手，二子他爸居然技高一筹，能从委托店里"捡漏儿"，可见眼力非同寻常。二子告诉我，干这种投机生意，得有两个基本条件，一是家里得有闲钱做流动资金，买了东西，待价而沽，获取利润；二是得有相当的眼力，懂行，就像现在收藏界的淘宝高手，能把值钱东西便宜买到手。

当年，有相当一段时间，我也特别爱逛委托店。有的委托店店面宽阔，上下两层，各种生活用品琳琅满目，一应俱全，小到手表、手电筒，大到电扇、电视机，各种档次、各种价位的商品星罗棋布。到了星期天、节假日，委托店里门庭若市，人来人往，生意十分火爆。20 世纪 70 年代，社会上商品匮乏，供应紧张，大商场的货物千篇一律，品种单调，很多商品要凭票证供应，而委托店里的货物不仅不要票证，还经常能见到许多国营大商场里没有的东西，甚至还有少量稀奇古怪、精致漂亮的洋玩意儿。

那时候的委托店，用现在的眼光看，有一些商品具有一定的文物价值，比如老座钟、留声机、瓷瓶、怀表、望远镜等等，都当作普通旧物商品出售，而价格明显低于同类新产品。如果顾客识货、懂行，真能从里面找出物美价廉、具有收藏价值的好东西。可惜我那时年龄不大，兜里也没什么钱，只能随便看看，基本上属于只逛不买的看客。

在我的印象中，只在委托店买过一件东西。那是上了初中以后，我迷上了摄影洗相，想买一架照相机。相机是高档商品，大商场里不仅品种少，价格也相当昂贵。作为一个穷学生，不敢奢望买一台新的相机。从一开始，我的目标就锁定在委托店的二手货上。那些日子，我没事就往委托店跑，货比三家，反复挑选。不知跑了多少家，也不知挑了多少次，最后花了 86 块钱买了一台七成新的东方 S4-135 型相机。那年月，86 块钱，是一笔不小的开支，比两个年轻职工的月工资还要多。正是这 86 块钱，圆了我爱好摄影的梦想。那是我最早的一架照相机——来自委托店的二手相机。

照相机买回来，心里说不出的兴奋。我背着它和同学去照相，那感觉比现在扛着摄像机的专业记者还要风光。这台二手货让我不仅学会了光圈、取景、焦距、速度等照相常识，还掌握了冲卷、放大、洗相等相关技术。后来，这台相机的快门出了点毛病，速度慢、曝光时间短，照出来的相片不理想。毕竟是二手货，带给你的快乐似乎也是二手的。玩了不到一年，我又到委托店将它处理了。不赔不赚，白玩了小一年。这是当年我遇到的最大的一件便宜事，真得感谢那时候的委托店。

久违了，澡堂子

　　见到城市的街头到处都是洗浴中心、洗浴广场、洗浴城的招牌，我想起了小时候街上的澡堂子。

　　词语的变化总是与时代发展、与社会生活的步伐紧密相关的。澡堂子，一个通俗易懂的词语，现在却演化出了那么多的名堂。

　　其实，澡堂子就是专门供人们洗澡的地方。所谓堂子，就是指室内盛水的池子；但是有不少单位的浴室，地方狭小，只有淋浴，不安池子，人们也俗称澡堂子，概指一切可供人们集体洗浴的地方。

　　过去，城市居民住房紧张，设施落后，绝大多数家庭都不具备洗浴的条件，一间屋子半间炕，连吃饭睡觉的地方都相当困难，哪有可能单独辟出一间卫生间供人洗澡。即使那些住房条件稍好的人家，有洗澡的地方，也没有洗澡的设施，电的汽的太阳能的热水器那是近二十年的产物。当年，人们在家里洗澡，也就是烧两壶开水倒到大木盆里随便洗洗，相当不方便。

　　我小的时候，家里的大木盆就是袖珍的澡堂子。脱光了泡在里面，下身热上身凉，母亲急急忙忙给我打一遍肥皂，用水冲干净就算完事。洗一次澡，屋里弄得到处是水，浑身冻得瑟瑟发抖，稍不注意很可能会得一场感冒。所以，除非是夏季，平时不到万不得已，我难得洗一次澡，也怕洗澡，它留给我的印象简直就是受罪。

上了学，长高了，长大了，大木盆连坐都坐不下了。身上脏得实在不行了，只好到街上的公共浴室——澡堂子洗澡。20 世纪 80 年代以前，澡堂子几乎是唯一可供市民洗浴的地方。相当一部分单位都不设浴室，每个月发给职工三五块钱的洗理费作为福利，由职工自己解决洗澡问题。只有一部分大中企业、机关或特殊工种，单位才给职工修建澡堂子，一般市民是享受不到这种待遇的。

习惯是环境养成的，限于条件，当时人们也没有经常洗澡的习惯。只有公休放假，逢年过节，身上脏得实在不行了，才到外面花钱洗一回澡。

俗话说：需求产生供给。经常洗澡的人很少，所以街上的澡堂子也不多。为什么？洗澡得花钱呀！虽然在 20 世纪 70 年代，到澡堂子洗一次澡只要两毛五分钱，可那也是钱呢！穷惯了的人们，能省的则省，能将就的就将就，到澡堂子洗一次澡，虽不敢说是奢侈之举，但也绝对是一件郑重其事的事。

那年月，朋友之间办事应酬，联络感情，不像现在，动不动就请客吃饭下馆子，而是说：事情办妥了，我请你洗澡！可见洗澡在当年也算是一种交际消费。当然，洗完澡，请客的东家一般要多添一壶热茶，买两碟萝卜瓜子，最多也花不了一两块钱。

到公共澡堂子洗澡，先交钱换牌，进到里面的休息厅，就听服务员站在门口大声吆喝："一位，里请！36号！"大厅里的服务人员会引着你凭手牌将衣服脱在编好号的柳条筐里，然后拿上毛巾，换上拖鞋，再到浴室洗澡。拖鞋大多是木质的，鞋板上拴两条布带，俗称"趿拉板"，左右一顺不分号，应该算是澡堂子里的一大特色，以至成了人们熟知的一句歇后语："澡堂子里的拖鞋——一顺的。"穿上这种拖鞋走路，踢里踏拉叭叭作响，鞋韵铿锵，不绝于耳。

浴室一般分为里外两大间，外间是手盆和淋浴，里间是两个水池子，分别灌着温水和热水。里面的温度较高，雾气蒸腾，憋得人喘不过气来。不少人泡在池子里烫澡，泡得头上冒汗通体舒坦时，有的人还要时不时地大声吼上一嗓子——"美！""痛快！"……声音在雾蒙蒙的屋顶回荡不绝，有绕梁三日之功。

人们洗完澡，披上干燥的浴巾，服务人员递上热毛巾，将客人领到大厅里木制的单人榻床上休息。休息厅出售香烟、茶水、青萝卜、瓜子等等，躺在那喝壶茶，吃几片青萝卜，嗑一碟瓜子，或聊天或小睡，可谓是一种享受。那时的澡堂子，可谓服务项目繁多，热情周到，搓澡按摩、理发修脚，睡觉"叫醒"、代买饭菜，甚至还可以为顾客存放自用的毛巾和肥皂。

手头宽裕又有闲工夫的人，有的泡澡堂子上了瘾，没事就约上朋友到澡堂子泡澡，解乏解困，喝茶闲聊，一待就是大半天，人们把这种人称为"堂腻子"。那年月，大城市有点规模的澡堂子，整天都有这样的"堂腻子"出出进进，他们把澡堂子当成了交际会客聊天谈事的休闲场所，只要你不主动离开，没有人赶你走。

天津卫五行八作的闲人不少，他们爱去澡堂子，不说"洗澡"，而是叫"泡澡"。进了澡堂子，跳进滚烫的池子里，往热水里一泡，去污褪泥，皮松肉软，骨头节睁眼，汗毛孔喘气，那叫一个舒服痛快！"哪天我带你泡澡去！"不用问，说这种话的肯定是天津人。

那时候，逢年过节，我的固定项目就是提前到澡堂子洗个澡。只是洗，不是泡，一来禁不住热水烫，二来也嫌池子脏，众多成年人像下饺子一样泡在里面，池子里肯定不干净。

过节的前几天，父亲用自行车驮着我直奔离家不远处的澡堂子。站在水龙头下面，任由热水哗哗地冲，连搓带洗，褪污去泥，将身上积攒的污垢一洗了之。从澡堂子出来，容光焕发，好不惬意。

久违了，澡堂子。木拖鞋、热毛巾、柳条筐、吆喝声、萝卜瓜子和热茶，这一切都成了遥远的记忆。

如今，绝大多数家庭都具备了洗浴条件，有的商品房还有所谓的"双卫"——两个洗浴卫生间。不少人现在养成了睡前洗澡的生活习惯，一家三口在两个洗浴卫生间里可着劲地折腾浪费水，这在过去人们是连想都不敢想的事。

生活水平的提高，住房条件的改善，使传统意义上的澡堂子逐渐减少，几至于无，取而代之的是形形色色的各种洗浴中心，里面装修豪华，设施高档，什么桑拿、按摩、足疗、保健、餐饮、娱乐，一应俱全。当然，项目越多价格越贵，普通百姓是消费不起的，它和过去的澡堂子已经不完全是一回事了。

修补生活的补丁

孩子还小的时候，有一天，我问他："你知道什么叫补丁吗？"

孩子郑重其事地答道："知道，补丁就是游戏软件当初设计得不完美，后来又设计出一些程序来弥补原软件的缺陷。"

孩子熟悉电脑游戏，回答的对不对不好说，但是与我要问的问题却是风马牛不相及。

我想问的其实是衣服上的补丁。当年上了初中的孩子别说在生活中没穿过补丁衣服，恐怕连见也没见过。那么，补丁衣服在现实生活中真的就没有了吗？当然有，但是只有在电影电视舞台上才偶尔出现，而且还得限于历史题材，当代现实题材的影视舞台作品已经很少再见到补丁衣服了。

实话实说，我基本上也没穿过补丁衣服，但小时候，接袖衣、接腿裤却没少穿。身体长高了，衣袖裤腿短了，而衣服还不破不旧，母亲就将腿裤袖口接出一块让我将就着穿。20 世纪 80 年代之前，孩子多、条件差的家庭，穿衣服大多是接力式的，弟弟拣哥哥的、妹妹接姐姐的旧衣服穿在当年是常有的事，勤俭节约嘛！

那时候，家庭经济条件差的孩子穿补丁衣服的遍地都是，并不稀奇。每个家庭基本上都备有一个针线管篓，里面放着针头线脑小碎布，哪个孩子的衣服、袜子破了，做母亲的会找出一块颜色相近的碎布头补上，孩子不嫌不怨，照穿不误。"笑破不笑补"，人们笑话那些穿破衣服不缝不补的人，穿补丁衣服却习以为常，司空见惯，大家同样都过着苦日子，谁笑话谁呀！

　　从遮体保暖的角度考虑，带补丁的衣服与完好的衣服没有多少差别，就是审美效果差点，可当年不少家庭生活困难，哪有闲钱总给孩子添置新衣服。俗话说："人配衣裳马配鞍。"有钱谁不愿意穿件漂亮体面的衣服，打补丁不都是因为贫穷闹的嘛！

　　缝补丁是当时家庭主妇的一项基本功，从颜色搭配到针脚细密都能看出一个家庭主妇的手艺。孩子的穿戴是母亲的脸面，做母亲的是手巧勤快还是懒惰笨拙，一看孩子身上的补丁就能明白个大概。

而现在生活在大都市的年轻白领们会缝补衣服的，不说是百里挑一，至少也是百里挑二。远的不说，我的老婆至今也没混成什么白领，却已经多少年不动针线了。如今人们的物质生活得到了极大的改善，衣服多得穿不过来，别说是补丁衣服，就连捐助贫困灾区的衣服，旧一点都没有人要了。前几天，单位每年一次的冬季捐献又开始了，条件是衣服要全新的，还得带发票。如今，想要一件带点儿补丁的衣服比要一件新衣服还难、还贵，为什么？那得专门加工，得特意制作！

有一回家里一位晚辈从外地来看我，穿着一件样式新颖、质地高档的毛衣，袖子肘部却补了两块皮制的补丁。"好好的毛衣怎么打上了补丁？"我好奇地问他，这位晚辈嘿嘿一笑，"伯伯，这您就不懂了，这不是补丁，是一种装饰，就为了与众不同！"可见我是老了，落伍了，好多东西跟不上潮流了。

当然，更有甚者，现在时装店里还有专门卖破衣服的，俗称"乞丐服"，将好好的新衣服做旧，捯饬出毛边、磨出破洞，"愤青"们穿着它招摇过市，特立独行，体现了一种着装上的返祖现象。不过，这种破衣烂衫奇形怪状的"乞丐服"是人家特意买的，就是为了"扮酷"，为了标新立异，与众不同，你要人家打块补丁人家还不干呢！

假领子真领子

假领子其实是真领子，但它不是一件真正的内衣，只是一件领子而已。问题是，假领子又不完全只是领子，它还有前襟、后片、扣子、扣眼，但只保留了内衣上部的小半截，穿在外衣里面，以假乱真，露出的衣领部分完全与衬衣相同。

20世纪六七十年代，我小的时候，城市居民还比较贫困，收入少，供应紧张，购买许多东西需要票证，单说购买服装，除了需要花钱，还得有布票、纺织券、工业券等等。纺织品基本上也是定量供应，不到年节，一般人是极少添置新衣服的。

那时候，衬衣更是服装中的上品，穿上它，人显得精神体面。可是衬衣的价格相对昂贵、需要布票，一般人难得有几件衬衣。衬衣少，又想穿得漂亮体面，于是人们穷则思变，假领子应运而生，风行一时。

那年月，满大街爱体面的人们穿着干净整齐的衬衣，五颜六色，花花绿绿，那其中就有不少缺衣短袖的假领子混杂其中，招摇过市。好在假领子穿在外衣里面，真假难辨，谁也不会扒了你的外衣，看看里面穿的是真衬衣还是假领子，况且假领子成了一种服装时尚，穿的人多了，即使人们发现了也见惯不怪。大家都过着穷日子，彼此彼此，真的有钱人家会买一件衬衣穿上，谁还会套着假领子呢？

俗话说：需求产生供给。在贫困经济时代，假领子成了世上独一无二、具有中国特色的服装替代品。

买件假领子穿，不仅节省了布料、节省了开支，也照顾到了着装者爱美的心理需求。那时候不少男士在里面穿着这种"超短衫"，外面套上毛衣、秋衣能起到衬衣所能起到的衬托、装饰作用，经济实用、环保节约、清洗方便，所以在困难时期，假领子一经发明便受到广大群众的普遍欢迎。

为了追求美好的生活，将自己打扮得美观漂亮，中国人的聪明才智真是发挥到了极致，小小的一件衬衣，竟能改良得如此完美，如此匠心独具。

那时候我年龄还小，却也有了爱美之心，印象中我就买过两件假领子，城里的百货商场、服装店，各种样式的假领子应有尽有，品种齐全、价格便宜，穿在身上有外衣罩着，足以乱真。

假领子不仅经济实

惠，还方便清洗，即便是套在车轴一样脏的脖子上，弄脏了领子，洗起来也像洗一条手绢一样方便。

假领子是谁发明的，至今不为人知。据说最早出现于上海，后流行全国。上海历来作为中国的时尚之都，引领着服装潮流。由以精明节俭、富于创新而著称的上海人发明的这种实惠价廉的改良服装，在人类服装史上应该留下重重的一笔。从假领子上不难看出，华夏民族实在是聪明智慧的伟大民族。无论条件多么艰苦，我们总能找到应对的办法。

早在 20 世纪 60 年代初，中国人在节粮度荒时期就发明了许多粮食增量法和代食品，像"瓜菜代""人造肉""双蒸饭"等等，不一而足，为了填饱肚子，中国人挖空了心思，想尽了办法，假领子同样是贫困年代人们的另类发明。20 世纪 80 年代以后，随着人们生活水平的逐渐提高，服装样式品种越来越多，假领子完成了它的历史使命，功成身退，绝迹江湖。

这些年，家里的衣服多得穿不过来，有些旧的过时的衣服捐的捐扔的扔，我唯独留下了一件白色的假领子。有一天，孩儿他娘收拾衣柜，找出假领子要用它擦鞋，我赶忙连声呼住："别动，别动我的东西，这是我特意留的。"孩儿他娘一脸的不屑："成摞的衬衣放在那你不穿，还留这个干什么，你也太农民了。"我正色道："你懂什么？你知道你在干什么吗？你这是破坏文物！亲戚朋友、商店超市，你要是再能找到一件假领子，我用名牌衬衣跟他换。"

这件洗得发黄的假领子至今压在箱子底，那是一件古董、一份念想，说不定哪天它就像黄袍马褂一样成了收藏家的猎物，我还等着卖个好价钱呢！

尼龙袜遍足下

我小的时候，几乎是穿着尼龙袜子长大的。

在我的印象中，20世纪70年代，商店里出售的袜子基本上以两个品种为主——棉线袜和尼龙袜。

在尼龙袜子出现以前，棉线袜是城镇居民的首选护脚之物。棉线袜穿着舒服，柔软又吸汗，但它的缺点是弹性较差，尤其是袜口勒得不紧，常常滑落到脚脖子上，堆成一团，既不美观，也不保暖。

那时候服装、纺织品的印染技术也差，棉袜子的色彩不仅单调，而且着色力不强，洗一次掉一次颜色，时间不长，新袜子就变成了旧袜子。

这还不是最主要的，关键是它不结实，棉袜夹在脚和鞋之间，整天私下里亲密接触，三磨两蹭，穿不了多久，脚趾或后跟部分就有可能磨破。袜子破了，再买新的就得花钱，虽说是一两块钱的事，但多数家庭恰恰缺的就是这劳什子，一块两块，日积月累就不是笔小数目，这笔开支一般都不在家庭计划之内。袜子买不起新的就只能打块补丁将就着，好在那时候的人们穿袜子以保暖实用为主，好看不好看是顾不上了。连国家领袖当年都穿着补丁袜子，平头百姓更不会以此为耻。勤俭节约，艰苦朴素嘛。

20世纪70年代，中国人开始批量生产尼龙和腈纶，由尼龙丝织成的尼龙袜一经问世，三拳两脚便在市场上打垮了价廉质次、形象欠佳的棉线袜。尼龙袜虽然价格略贵，而且还一度紧俏，需要凭"工业券"才能买到，但是它结实耐用、久穿不破，一双尼龙袜子的使用寿命要超过棉线袜子好几倍，两相比较，穿尼龙袜子显然更合适、更划算。

尼龙袜弹性强，结实耐磨，质地柔软，保暖性好，而且图案漂亮，色彩鲜艳，易洗易干，当时备受人们的欢迎，城市居民几乎人人都穿上了这种袜子。它以绝对的优势，独领风骚，一统足下。

当然，随着尼龙袜受众的扩大，人们越来越感受到它的缺点也很明显，最主要的是不贴脚、不吸汗、透气性差，尤其是汗脚的人穿双尼龙袜子，再捂上一双"解放"球鞋，那脚底下便成了滋生"腐败"的温床。晚上脱了鞋，一股臭气，顶风能臭出十米之外。换到现在，许多家庭住上了商品房，室内装修豪华，地板瓷砖干净整洁，不少人家养成了进门换拖鞋的习惯，穿双尼龙袜子到别人家里串门，不脱鞋显得不礼貌，脱了鞋，脚臭的暗疾暴露无遗，很可能会出现令人难堪的尴尬局面。

　　后来随着供应形势的好转，尼龙袜的产量扩大，不再紧俏了，它也渐渐失去了人们的专宠。

　　20世纪80年代初，全国日用消费品第一次大幅度涨价。当时我正在大学读书，记得在全系大会上，分管行政的系主任郑重其事地传达相关文件，做解释说明：在许多商品涨价的同时，弹力尼龙袜等极少数几种商品却在降价之列。

　　我清楚地记得当时的情景，系主任操着一口南方口音，反复强调，这一次不是涨价，而是调价——调整日用商品价格。虽然粮油糖棉等绝大部分日常消费品涨价，但是我们也有少部分商品降价呀，"这一次弹力尼龙袜（他读作瓦字音）就降了两毛钱。"有几样东西垫底，有涨有落，宣传口径自然将涨价说成了调价。其实大伙儿心里都十分清楚，这不过玩的是自欺欺人的文字游戏，糊弄老百姓罢了。涨价就是涨价，空口白牙非要说成是调价，瞎话说得和真事儿一样。好在那时候，日用消费品涨价还是关系到国计民生的敏感问题，牵一发而动全身，有关部门慎重对待，层层传达，反复解释，唯恐人心浮动，酿成祸端。到后来，商品价格彻底乱了套，随时随地胡涨乱涨，管你老百姓愿意不愿意，就像这些年的房地产，有时一个月就涨一次，比女人的例假还要准。套用一句时髦词就是，涨价成了新常态，温水煮青蛙，慢慢地我们这些"青蛙"也就适应了。

　　在第一次全国商品大涨价中，尼龙袜牛市下挫，不涨反降，这至少说明，尼龙袜进入了生产过剩的滞销期，逐渐受到人们的排斥。

的确良的确凉

的确良，一种化纤涤纶的纺织物，视其成分，分为纯纺和混纺两种。

的确，为完全、确实、肯定之意；良就是良好、凉就是凉爽的意思。在当年老百姓的心目中，这种布料不仅结实耐磨，穿在身上也十分凉快舒适，故称之为的确良。

的确良服装在社会上走俏，大概是在20世纪70年代中期。这之前，人们的衣物面料主要是棉、毛、丝制品，后两者产量少、价格贵，属于相对稀缺的纺织原材料，自古以来就

是有钱有势的权贵阶层的用品。

评剧电影《刘巧儿》中那位土财主王彦昌唱道："不下地，不流汗，家里的粮食堆成了山；你看我穿的绫罗绸缎，腰里还揣着大洋钱。"一付炫富摆阔、自鸣得意的神情。绫罗绸缎那是非富即贵的有钱人才穿得起的高档衣料，而刘巧儿只能纺棉花生产织布，普通劳动人民穿的粗布衣裳基本上都是原生态的棉织品。

棉布吸汗、柔软，舒服而环保，是现在人们买衣服的首选面料。现如今，越是纯棉的织物价格越高。可早在三十年以前却大不一样。在贫困时代，买衣服不仅要花钱，还要用布票，一年一人三尺布，不够做一身衣服的。当年人们对布料的要求首先是结实耐用，久穿不坏，衡量它的标准用相声段子《卖布头》的话说就是："经撕又经拽，经踢又经踹。"最好是穿在身上三年五年不破不坏，禁使耐用，那才是经济实惠的好东西，至于舒服不舒服、体面不体面、环保不环保，那是另外一回事了。

20 世纪 70 年代初，的确良出现在人们的生活中，很快便成为人们普遍接受和喜爱的大众纺织品。那时候，对穿惯了粗布衣服的国人来说，的确良实在有太多的优点。穿在身上，挺透利落不起皱，易洗易干不褪色，手感光滑细腻，颜色鲜艳漂亮，材质薄而结实，透气性强。虽然价格略高于棉布，但其突出的性价比仍然备受人们青睐。一时间，"三千宠爱在一身"，人们以穿的确良为荣，夏天有这么一件衣服，很能吸引人们羡慕的眼球。

我上中学以后，学校经常有迎接外宾参观的任务，学校规定，凡是有"迎外"等集体活动，学生必须统一着装：白衬衫、蓝裤子、白球鞋，如同现在学生们的校服，几乎成了中国当年中小学生参加重大活动的标志性服装，堪称学生的国服。家庭条件差、服装准备不齐全的个别学生，凡遇到有"迎外"活动，只能被关在教室里不让出来，以免影响学校形象。而穿着体面的同学常常被安排在显眼的位置。那时候，我参加学校书法小组的活动，主要任务是有外国人参观时，装模作样地在那写大字。我自以为毛笔字写得还不错，却总是被安排在教室的角落里，外宾们"咔嚓、咔嚓"的相机镜头极少对准我专心致志的身影。后来，我的棉布白衬衫穿旧了，发黄了。母亲给我买了一件崭新的的确良白衬衣，穿在身上平整无皱，洁白如雪，用皮带扎在裤子里，确是精神抖擞，朝气蓬勃，再有"迎外"活动时，我果然被安排在了教室门口处的第一排座位上。

的确良衬衣，那是我当年最体面最贵重的礼服，平时轻易舍不得穿。

的确良面市之初，产量少，价钱贵，属于紧俏商品。几年之后便迅速普及，几乎成了城市居民人人购买、家家必备的大众产品。

的确良的好处显而易见，但是它的不良之处也十分明显，比如，它不是棉花织的，穿在身上不贴身，夏天不吸汗，冬天不抵寒，化纤成分容易带静电、沾染灰尘，而最重要的是穿着不舒服。

改革开放以后，随着科技的进步、经济的发展，纺织品面料推陈出新，品种丰富多样，流行了十几二十年的的确良，如同姿色渐退的失宠女人被人们冷落在一旁。如今，这种曾经风光一时的衣料"新贵"连名字都要被人们忘却了。

销声匿迹的火烙铁

民用烙铁也有专业和普通之分。专业的烙铁用来焊接，修锅补盆，化锡接线，修补一些人们日常使用的小物件，最有代表性的是电烙铁。这里说的是普通的家用火烙铁，专门用来熨烫衣服，也有人称为熨斗。

四十多年前，我小的时候，家里就有一把烙铁，三角形的头，连接着一尺多长的铁柄，那是母亲做衣服时的工具。

那时候，普通百姓生活拮据，衣着简单朴素，孩子大人的衣服破了，打块补丁，将就着穿。有点缝纫手艺的人家，一般不到商店买成衣，而是买块布料自己做。为什么？穷呀！衣服不仅贵，还得要布票。那时候但凡人们自己能动手制作的东西，大多不会花钱买，能节省就节省，能将就就将就，绝不乱花一分钱。

补衣服、做衣服都离不开烙铁。使用时，将烙铁在火炉子上烧热，布上喷点水，将布片接口处用烙铁熨烫平整。

使用烙铁，关键是掌握火候，烧得太热，容易将布料烙糊；温度不够，熨不平整。熨衣服的时候上面放一张纸，纸不发黄，衣服保证烫不坏。这点窍门，当年的家庭主妇几乎人人精通。

在我的记忆中，母亲的业余时间总是在做衣服，以现在的眼光看，母亲的缝纫手艺最多算是中等水平，做成的衣服大小合适，肥瘦得体，属于样式普通的大众服装，但绝对谈不上漂亮新颖。即使这样，找母亲做衣服的人仍然不少。尤其是到了春节前夕，孩子大人、亲戚朋友、同事邻居的衣服排上了队。母亲白天上班，做衣服只能利用晚上，有一阵子，那缝纫机"呱嗒呱嗒"的声音响到半夜。衣服做好了，最后一道工序就是用烙铁熨烫平整。一件件新衣服经过烙铁的美容，光鲜整洁地穿在人们的身上，那就是对母亲劳动的最大肯定。

母亲会做衣服，远近闻名。给亲戚朋友帮忙，工钱是绝不能收的，剩下点碎布头自己用。家里的坐垫、车套、鞋垫什么的，只要能利用上的，碎布头都会被派上用场。东西做得了，将它们一一熨烫平整，烙铁是必不可少的工具。

母亲最早用的都是老式的铁烙铁、火烙铁，它们都离不开

用炉火加温。后来烙铁也升级换代，逐步换成了各种熨斗，电的汽的温控的，少说也有三四把，现在，炉火不再，家里也不再有缝缝补补的活，过时的火烙铁没有了用武之地，从生活中彻底销声匿迹了。

难觅针线笸箩

敞口无盖，以柳条或篾条等编就的扁圆或方形的盛物器具，就是笸箩。

针线笸箩，顾名思义，当然是盛放针线的笸箩。这东西，多少年不见了，基本上成了被生活淘汰的旧物，尤其是在年轻人的家里，我敢打一分钱的赌，百分之百找不到针线笸箩。

现在人们的生活水平大幅度提高，大到衣服被褥，小到鞋袜帽子，哪一件不是在商店里买现成的，破衣服破袜子早就不穿了，缝缝补补的活计基本上没有了，家里也许还备着针线剪刀，但物件既少，使用率也低，至多用个小盒子放在抽屉里，不可能再用笸箩盛了。生活的富足，改变着人们的生活方式、消费方式，过去自给自足家庭作坊式的生活用品逐步退出了生活舞台。

可是过去不行，过去谁家离得了针线笸箩？谁家少得了缝缝补补的针线活？

早年间，一般人家的闺女出嫁，别管是痴傻呆苶，还是聪明伶俐，别管她横不拿针，竖不拈线，会不会针线活，娘家陪送的嫁妆里面必定少不了针线笸箩。大姑娘、小媳妇成了家庭主妇，缝这补那，针线笸箩就是她们的百宝箱，里面放着针线、布头、剪子、锥子、尺子、

顶针、纽扣、袜板鞋楦儿、鞋底子袜样子、画粉片、松紧带、针线包等等等等，一应俱全，包罗万象。这么说吧，只要是和妇女针线活有关的东西都收罗到笸箩里。您想想，这么多零七八碎的针头线脑小物件，没有个笸箩盛着行吗？

那年头，人们的生活困难，家里孩子大人的许多衣物都要自己缝制。缝衣服，打补丁，纳鞋底，扦被褥……大大小小的针线活不计其数，针线笸箩是居家过日子必不可少的物件。人口多的家庭，家庭主妇隔三差五就要守着个笸箩干点儿针线活。

在我的印象里，街坊邻居、婶子大娘，每家每户都有一个针线笸箩，它陪伴了一代又一代的家庭主妇，成为她们生活中不可缺少的组成部分。

母亲的家里直到现在还保留着一个针线笸箩，脸盆大小，正方形，平时放在衣柜里很少派上用场，但真遇上个用针用线缝缝补补的时候，准能在笸箩里找到你需要的东西。

　　我见过最别致的针线笸箩不是柳条的，是用纸夹板糊的，相当精致美观。

　　小时候，我们家楼上住着一对中年夫妇，男的开着一家布匹店，女的在家操持家务，我们叫她二大娘。二大娘没有孩子，吃穿不愁，闲着没事，就爱做些针线活，平时除了编织就是刺绣，手里从不闲着。她们家大大小小的笸箩、罐子十几个，都是用硬纸板糊的，外面糊着美观漂亮带有各种图案的彩色纸，花花绿绿，煞是好看。

　　女人用的针线笸箩和男人用的工具箱，曾经是家庭生活中必不可少的容器。钉钉子、紧螺丝、劈劈柴、砸东西、修车补胎收拾家具，男人的工具箱里放满了榔头、改锥、钳子、扳手、钉子、螺丝等等小物件，工具箱其实就是他们不叫笸箩的笸箩。

　　有这么一句话说得好：实在不行了，男女都一样（时代不同了，男女都一样）。现在的女人们大多告别了针线笸箩，而男人们在家里还始终保留着工具箱，女人们基本不干针线活了，可我们男人还得照样拿着钳子改锥修这弄那。阴盛阳衰何时了，这辈子怕是改不了了。

　　现在人们的生活条件好了，妇女不再被针线活儿所拖累，针线笸箩也基本上消失殆尽，难觅踪影了，但愿它所承载的那份勤俭持家的传统，不要随之一起丢掉。

袜板儿鞋楦儿

袜板儿鞋楦儿现在很难再见到了，过去却几乎是家家必备的东西。这种不起眼的小物件，现在成了稀罕之物，跑到了旧货市场的地摊上。

袜板儿是干什么用的？用来补袜子。按照鞋的形状制好木板，上面用木头钉好前脚和脚后跟，中间用一根小木条连接，形成工字型。鞋楦儿的形制与袜板儿类似，只是由实木制成，能装进鞋里。

这两样东西，过去几乎家家都有，是家庭主妇们缝袜子做布鞋必不可少的辅助工具。20世纪70年代，城市居民自己动手做鞋穿的家庭已经不多了，鞋楦儿在家庭生活中提前下岗，大多被弃置了。而袜板儿那时还活跃在生活舞台，偶试身手，展示着妇女们缝缝补补的勤俭手艺。

袜子破了还要再补好接着穿，现在的城市年轻人听着都觉得新鲜。在他们眼里，袜子破了最简单最直接的办法就是往垃圾桶里一扔，再拿一双新的穿上。他们哪过过穷日子，从小衣来伸手、饭来张口，整天泡在蜜罐里，早不知艰苦朴素勤俭节约为何物了。可是50岁以上的中年人，有相当一部分人都穿过补丁袜子，就连毛泽东、周恩来这样的领袖人物在 20 世纪六七十年代的困难时期都穿着补丁袜子，更何况平民百姓。

在全民学雷锋的 20 世纪六七十年代，人们都记得雷锋那双缝了又缝、补了又补的千层底袜子，自己省吃俭用，却给灾区邮寄了不少钱，雷锋精神之一就是他保持了中华民族勤俭节约、艰苦奋斗的传统美德。话剧《霓虹灯下的哨兵》中，进城的三排长陈喜受"十里洋场"的香风熏染，嫌弃农村来的妻子，通过把补丁袜子从窗户扔出去的细节，表现了他思想发生的蜕化变质，不珍惜补丁袜子就是忘本，就是丧失了艰苦朴素的作风。老百姓没这么高的觉悟，没这么多的说道，补衣服补袜子纯粹是生活所迫，为了节省。

那时候的人们，笑破不笑补。身上的衣服鞋袜穿的时间长了哪有不破的道理，破了补上接着穿用，绝对不会有人笑话。大家都过着穷日子，人人如此，家家如此，天南地北，概莫能外。

当年，人们穿补丁袜子也不完全是因为买不起新的，勤俭节约养成了习惯，修修补补能利用的东西绝对让它派上用场。

因为袜子的形状特殊，补袜子时用脚状的袜板儿衬上，补出的袜子才看着好看，穿着舒服，所以家庭主妇们大都准备一只袜板儿备用。

我小的时候，脚下的袜子意志薄弱，常常经不住时间的考验，前脚趾后脚跟偶尔露出峥嵘。袜子破了，母亲便找出袜板儿，将袜子套上，勒紧袜口，剪一块小碎布补上。用板袜儿补好的袜子，平整结实不硌脚，藏在鞋里，面貌依旧。

现在别说袜子破洞了补上，就是开了线缝上的都少。袜板儿是干什么用的？年轻人没有几个人知道。

　　到我结婚以后，生活水平提高了。小时候养成的节俭朴素的习惯难改，袜子开线了、破洞了我还舍不得扔掉，想让老婆给缝缝补补接着穿。人家根本不理会，顺手扔过来一双新袜子，还振振有词道："你看现在还有谁穿补丁袜子，别寒碜人了。袜子破了就扔，买新的！"后来想想，老婆的话也不是没有道理，一双袜子值不了几个钱，如果大家还像过去那样都穿补丁袜子，那织袜厂就该关门了。为了国家GDP 的增长，为了维持织袜企业生存，咱多少也得做点贡献。从此，我再也不穿补丁袜子了。

　　当然，袜子不用补了，袜板儿何用之有？它早就被人们不知扔到何处去了。

父亲的袋儿色

袋儿色，天津人此处"色"字读 shǎi，不读 sè，是一种用烟盒大小的小纸袋装的粉状染料。三四十年前，全国各地的小商店、杂货铺都有出售，供人们用来染布和染衣服用。

袋儿色曾经在人们的日常生活中被广泛使用，在贫困时代，普通百姓用袋儿色染整衣物是居家过日子的一项基本内容。

那时候，人们生活节俭，穿着打扮朴素，曾经流行过"新三年、旧三年、缝缝补补又三年"的顺口溜。衣服穿久了、褪色了，不破不烂，还将就着能穿，人们便用袋儿色处理，重新漂染，使其焕然一新。

当年，人们的着装样式十分简单、色彩也相当单一，基本上是以耐脏的蓝、灰、黑、绿为主，这些深色服装褪了色，用袋儿色重染相对容易。当然，这是指单一颜色的服装，如果衣服上印有条纹或图案，袋儿色就没有用武之地了。

那时候城市的居民基本上都用煤球炉子烧水做饭，染衣服时，先用铁盆、铝盆等将水在炉子上烧开，再将提前用水兑好的袋儿色倒入盆中，搅拌均匀。旧衣服入水，用一根木棍上下翻搅，使衣服着色均匀。煮上一阵时间，使颜料与衣服尽可能浸透着染彻底，然后晾凉晾干后，一件重新漂染的衣服就算完成了。

用袋儿色染就的衣服虽然不可能和新衣服一样，但颜色加深加重，效果得到了明显改观。它让不少家庭扮演过简易染衣作坊的角色。

小孩儿正是长身体的年龄，踢球打弹，摸爬滚打，身上的衣服穿得费，一般穿不到褪色，就已经小了、破了，没有漂染价值了。倒是大人们穿衣服在意，即使掉了色也无破损，袋儿色就成了他们的必备之物。

在我的印象中，自己没有穿过重染的旧衣服，但是小时候，我看见过父亲用袋儿色在院子里染他自己的衣服。那是一件洗得发白、晒得褪色的蓝制服，染过之后果然整旧如新。当然，染过的衣服和新衣服是没法比的，穿一段时间，慢慢地还会掉色。

个别困难的人家也有买了粗白布自己染的，但是在我接触的城市居民中极少有自己染布做衣服的。自己染的布，质量肯定比不上在商场买的，价钱也便宜不了多少，所以袋儿色大多被用来染自己家的旧衣服。

袋儿色是特殊时代的产物，所谓"自力更生、丰衣足食"，其实都是经济落后、商品匮乏的表现。当年，人们的工资收入低、经济条件差，除了逢年过节，平时极少买件新衣服穿，这才因陋就简、土法上马，自己用袋儿色美化服装。

现在人们生活富裕了，服装的质量提高了，而且花色、品种、样式层出不穷，不少人的衣服多得穿不过来，等不到穿旧，稍一过时就扔到一边了，袋儿色自然也就在人们的生活中绝迹了。

曾经的小暗楼

这几年，商品房市场异常火爆，房子是越盖越多，越盖越好，当然，那房价也像是被绑上了"神七"火箭，一个劲噌噌地往上涨。

商品房里有一种复式结构，称作跃层，即在房屋套内设有楼梯，上下两层，结构相仿。过去人们幻想的那种理想的生活模式——"楼上楼下，电灯电话"，现在有些人早已提前实现了。其实，这种跃层式建筑并不新鲜，城市里老式的住房早就有过，不要说过去有钱人家的公馆别墅，就是城市贫民一间十几平方米的小屋，人们早就住上了"跃层"。

不过，此"跃层"非彼"跃层"，不可同日而语。十几平方米的居室面积，即使房子再高，搭个二层"跃"上去，也不过就那么点地方。这种"跃层"是当年人们迫不得已搭建的空中楼阁，为的是利用有限的空间，扩大点房子的使用面积，人们将它称为暗楼或阁楼。

三十多年前，大城市的普通百姓家庭，住房相当紧张。城市人口越来越多，住房建设却多少年停步不前。在我的印象里，城市大规模搞市政建设、盖房子是改革开放以后才开始的，此前极少有新的住宅。

当年，普通职工的住房大部分来自单位的福利分房，年轻人结婚能有一间房子那真是祖宗积了阴德。本来房子就不大，再加上添丁进口，孩子多了，孩子大了，睡觉就成了问题。屋里的面积有四面墙在那挡着，不可能再扩大了，但空间还是有的。于是，人们因陋就简，只好在墙上掏洞，搭建阁层。他们用三四根铁管或木檩在墙对面两头架好，上面铺上厚木板，安上护栏，接上梯子，一个简易的小暗楼就算搭成了。

过去的房子，屋里最多也就三米多高，上面搭出一层暗楼，高不过一米左右，这样的高度，成年人弯着腰勉强能坐，基本上只能供人躺着睡觉，就像火车上的卧铺，像大学生宿舍里的上下床，因为三面环墙，没有窗户，又搭在屋子里，所以人们通常将这种搭建的阁楼称为"暗楼"。

一般的暗楼限于居室高度，也就是一层，我却见过两层的暗楼。

三十年以前，我所在的城市政府开始着手解决城市住房困难户问题，人均居住面积不足 2.5 平方米的家庭都可以申请解困。我到一处平房区采访，见到一户退休职工的家里竟然搭着两层的暗楼。

居室面积本来就不大，十平方米多一点，屋里除了床、家具，能活动的空间十分有限。坐在床上，勉强能直起腰，头顶搭着高不足一米的两层小暗楼，能躺不能坐，勉强睡觉而已。

老人告诉我，两个儿子下乡回城，都到了结婚年龄。在单位排队分房子不知要等到猴年马月，可是家里就住着这么一间小平房。老两口愁白了头发也想不出办法，只好在屋里搭建暗楼，两个儿子一家住一层，三户六口挤在一间小屋里。老两口睡在地下的床上，大儿子两口睡第一层暗楼，二儿子两口睡第二层暗楼，像是蒸馒头的笼屉一层挨着一层。因为住房条件太差，两个儿子连孩子都不能要。

那年月，住两层暗楼的家庭虽然少见，但搭一层暗楼的人家比比皆是。

我小的时候，家里始终住着一间楼房，一家五口挤在一张床上。父亲在单位申请了多年，房子丝毫也没有改善的希望。眼看着孩子一个个大了，于是在我上初中的某一天，家里也搭了一个小暗楼。我清楚地记得，暗楼不宽也不高，都超不过一米，只能睡一个人。暗楼虽小，却是自己独立的天地，我在上面放了一个小炕桌，点着自制的小台灯，每天晚上在暗楼上看书学习，优哉游哉地住了两三年。

睡暗楼最难过的是夏天，上面没有窗户，不通风，夏天屋里的热气上升，暗楼上的温度无异于蒸笼，闷热难挨，那种刻骨铭心的滋味让我至今难忘。

想起暗楼，脑子里全是记忆中的过去，那么困难的住房条件，当年我们是怎么熬过来的。中国人好像一辈子都在为房子奋斗，都在为房子所累。难怪房市受到全民的关注，人们经济条件好点了，都想住得宽敞一点。这几年，不少过去睡过暗楼的人现在住上了真正的跃层商品房，想想过去，看看现在，住房条件真有天地之别。

好在随着城市建设步伐的加快，平房危改工程的进一步实施，暗楼基本上已经荡然无存了。如今，它已变成了唤起人们回忆的一个特有名词，再难找到它的踪迹了。

温馨小炕桌

这些年，人们抱怨房价涨得离谱，就像"猴折跟斗——连上了"，但抱怨归抱怨，不可否认的是，现在人们的居住条件的确得到了极大的改善。买了商品房的越来越多，条件改善了，商品房大都会单独辟出一间餐厅来供家人用餐；即使那些暂时还住着老房子的居民，一般也都在方厅或居室摆上一张餐桌用来吃饭，在炕上吃饭的，恐怕只剩下起不来床的病人了。

这是说的现在，过去在炕上吃饭的家庭十分普遍。

早在三十多年前，大城市普通市民的住房条件都很紧张，一间屋子半间炕的家庭为数众多。人口多，房子少而小，屋里就不仅是睡觉的卧室，还有兼作待客的客厅、吃饭的餐厅、学习的书房，以及洗漱的卫生间等等。即使这样，有些人家屋里地上的活动空间还是太小，根本就容不下一张吃饭的桌子。地上摆不开饭桌，总不能站着吃饭，人们想到了床上，炕上的空间可以利用呀！当然，做熟的饭菜不会被直接放在炕上，弯着腰吃饭既不卫生，也不舒服，于是，炕桌应运而生，被派上了用场，许多家庭的炕上就成了袖珍的临时餐厅。

说起来，饭桌上床，也算不上是现代人的发明，古人吃饭不都是席地而坐，围着小桌吃喝不误吗？宴饮聚餐，品茶酌酒，其乐融融，而且一吃就是千百年。就连现在的日本韩国，不还是有人习惯坐在屋里的地上吃饭嘛。可见，古今中外，炕桌是有些历史了。不过，三十多年前人们使用炕桌绝不是发什么思古幽情，玩哪门子造型，实在是因为房子太小，小到屋里放不下一张吃饭的桌子，谁不知道直着腰比弯着腰吃饭舒服！

其实，炕桌就是摆在炕上的桌子，和现在长方形的餐桌形状类似、大小相仿，区别只是四条桌腿短小而已。人口多的，炕桌大点；人口少的，炕桌小点；身材高的，桌腿长点；身材矮的，桌腿短点。炕桌本来是供人们在炕上吃饭用的，大小高矮没有一定之规。好在那时候人们生活水平较差，饭菜简单，炕桌能摆下几个碗碟即可，所以炕桌一般都做得不大，半平方米左右。为什么？屋子本来就小，床上的面积能大到哪去！放好炕桌坐好家人，炕上就挤得满满当当了。在炕上吃饭，人们得盘腿坐着，为了防止饭菜掉在床上弄脏床单，吃饭前，一般家庭多在炕桌下面铺一块油布或塑料布。

炕桌的用途还不仅仅只限于吃饭，它也是孩子的书桌，家里能有放下一张写字台的地方肯定就不会有炕桌。"民以食为天"，您想想，屋里地下连吃饭都没有放饭桌的地方，能有书桌的位置吗？

没有书桌，作业还得照写不误。吃完晚饭，炕桌收拾干净，孩子们铺好书本，盘腿坐下，抄抄写写，涂涂抹抹，小小炕桌伴随着他们走过单调苦涩又快乐无忧的童年。

家里来了客人，炕沿上一坐，沏茶倒水，抽烟聊天，小炕桌又成了招待客人的客桌。

所以，当年许多住房紧张的家庭大多有一个炕桌，除了晚上睡觉，炕桌始终是摆在炕上，它一身多能，不单单是饭桌，还同时兼作书桌、客桌、办公桌等等。

在我的印象里，至少在上初中以前，家里一直用一个长方形的小炕桌，炕桌用的年头长了，漆面磨得露出了木纹；搬来弄去，还磕掉了一个桌角，即使这样，我对这个小炕桌的印象还相当深刻，一家人围坐在炕桌边的情景仿佛就在昨天。

这几年，至少在我生活的城市，炕桌基本上是看不到了。生活条件的改善改变着人们的生活方式、行为方式，小炕桌失去了用武之地，彻底被人们弃置了。

节能小"洩力"

"洩力"这个词是口语，音 xiè，同泄。20 世纪 70 年代前后流行于天津市民的口头，约定俗成，使用成习。书面语应该怎样写，是泄力、解力，还是卸力、泻力，抑或是澥力？我查来查去也没搞清楚，为此，还专门请教过一位著名的民俗学家，最终也没有得到明确的答案。中年以上的人，都知道"洩力"这种东西，但是有音无字，具体这两个字怎么写，几乎没人知道。这里姑且存疑，暂写为"洩力"。

"洩力"是什么？它是一种较小瓦数的家庭照明设施，由变压器和小灯泡组成。也许是为了分洩电力吧，人们俗称它为"洩力"。现在类似的东西还有，不过名字变了，是那种小型的节能灯。两者的主要区别可能在于："洩力"是钨丝小灯泡，得把民用的 220 伏的交流电通过变压器变成 12 伏以下的低电压，而节能灯则是荧光电子管，不必通过变压器。

过去，经济相对落后，电力紧张，人们的生活也较为贫困，为了节省电能，更为了节省开支，人们发明了"洩力"。

"洩力"的电压低、瓦数小、耗电少，在不需要很大光亮的地方安一个小"洩力"灯，既解决了一定的照明，又节省了电力，说到底，就是为了省钱。

在一分钱掰成两半花的贫困时代，钱是省下来的，一分一厘都得算计着花。那时候社会上流行着一句口号："少花钱多办事。"怎么才能少花钱，想方设法省呗！就像老话说的："吃不穷穿不穷，算计不到就受穷。"于是，人们在生活的各个方面都得精打细算，能省的则省，能将就的就将就。在用电方面，许多人家为了省电省钱，开始使用节能的小"洩力"灯。许多家庭的床头、灶间、厕所都装着它，勉强有点亮光，亮度只有几瓦，一灯如豆，类似于煤油灯、手电筒的照明效果，只能让人大致看清周围的环境，以不磕着碰着为限。

在装"洩力"灯时必需配备变压器，也许是限于当时的技术条

件，打开"洩力"灯，变压器里的磁芯发生振动，常常发出"嗡嗡"的声音，似乎在提醒着人们用完了灯马上关掉。

我小的时候，家里的厕所就装着一盏"洩力"灯，小小的灯头似明若暗，想利用那点光明看书看报是绝对不行的，只能集中精力解决个人问题。如果换个亮点的灯泡，也许能惜时如金学学古人"三上"（厕上、马上、枕上）的读书精神，说不定能多学点知识。可惜了，大好的光阴有一部分就是被"洩力"灯浪费掉了。

"洩力"是贫困经济的产物，是普通老百姓勤俭智慧的结晶。那时候，节能省电、勤俭朴素，用不着政府提倡督促，人们自觉地养成了精打细算的习惯，并把它落实到生活的每一细节当中。家家点"洩力"，"洩力"小灯泡的一度流行正是人们节俭度日的明证。

随着人们生活水平的逐渐提高，"洩力"远离人们的生活已经很多年了。在日益富足的今天，使用"洩力"省下的那点能源、开支显然已经微不足道了。"洩力"连词带物成了往日贫困生活的一个注脚，但是它所体现出的那种勤俭节约的精神还是应该发扬光大的。

酸甜苦辣忆伙单

伙单，即伙居单元住宅的简称，就是与别人家大伙儿住在同一个单元房里。五十岁以上的大城市居民中相当一部分人有过住伙单的经历，看到这个词，相信能引起他们特殊的记忆。

二三十年前，福利分房时代，城市的住房相当紧张，有些人在单位工作了一辈子也没有分配过住房。普通老百姓，无权无势，在单位即使能分上住房，给你一间单元房中的拆大（大间）或拆小（小间），与别人伙居，那得念佛烧香，感恩戴德，这叫祖上的荫庇，自己的造化，哪还有挑三拣四的道理，就剩下"没事偷着乐"了。

所谓单元房，是指设施相对完备，有自成体系的住房、厨房、卫生间等等，住户的生活隐私能得到比较好的保护。

单元房无论大小，是为独立家庭设计的，两家以上的住户生活在同一套房子里，这本身就是违反人性的。可是在住房极度紧张的当年，住伙单的人比比皆是，虽然他们都有一肚子苦水、牢骚，可比起那些无房户，毕竟还算有个窝，一个并不温暖、并不幸福、并不够人道的小窝。

与别人住在同一个单元房里，要多麻烦有多麻烦，要多别扭有多别扭。方厅、厨房、厕所公用，水、电甚至燃气等设施都是两家共用，时间长了，锅勺难免不碰到锅沿，两家的摩擦或矛盾时常发生。每个人的生活方式、卫生习惯、脾气禀性难得一致，公用面积谁家占的多了，谁家占的少了；水电谁家用的多了，谁家用的少了；单元房里今天少棵葱，明天少瓣蒜，年深日久，邻居之间诸如此类的矛盾都来了。即使是睡在一个炕头的两口子，生活中都难免磕磕碰碰、吵吵闹闹，更别说两姓旁人的邻居了。可是小两口子斗气不记仇，吵架拌嘴不过宿；邻居就不同了，邻居之间结了仇，心胸狭窄的，疙瘩越系越死，积怨越来越深。轻者勾心斗角、互不理睬；重者相互谩骂、拳脚相加，每个伙居的单元房里，或明或暗或多或少都演出过令人难忘的生活闹剧，这一切都是伙单房惹的祸！非把两三家人掖在同一个单元房里，能不乱套吗？！

有人说，住伙单最悲催的不是房子，而是在于你遇上什么样的邻居。其实，不管你遇上什么人，矛盾都会无处不在，关键问题是，伙单这种分配方式、居住方式，本身就是不合理的、反人性的。

20 世纪 80 年代，我参加工作以后，在单位排队等待福利分房，等了好几年唯一分到的一间住房就是伙单，一间路程遥远邻近市郊的阴面伙单房。对门是单位离休的老干部为子女要的房。人家根本就不缺房子住，找单位要房就是为了享受福利分房的待遇。我则不然，一家三口蜗居一室，要在那十个平方多一点儿的空间里厮守度日。为了摆脱将要住伙单的窘境，我费尽了心力，用足了关系，花了大量的时间精力，最后搭上钱换了一套一居室的独单，这才避免了住伙单生出的是是非非。

多少年以前，有感于伙单对人们身心造成的伤害，有感于中国福利分房的弊害，我写过一篇小说，描写住伙单房中两家发生的曲折故事，描写底层小人物生存的艰难与无奈。不少朋友看完后告诉我："你说的还真是那么回事，住伙单不仅对人的心理，对人的生理也危害不浅。我们那时

候最大的愿望就是能住上一套自己的单元房，哪怕是小一点的一居室，能关起门来过自己的小日子就行。"记得我在小说中说过："住伙单能处理好邻里关系的，绝对有资格办外交了。"

伙单时代非人性反人性的居住方式充分考验了中国人的忍耐力，那里面发生的故事足够写一部长篇小说。那种辛酸，那种屈辱，那种忍让，那种迁就，那种种的勾心斗角、相互算计、相互提防、相互伤害，我相信，每一个住过伙单房的中老年人都会刻骨铭心，永世难忘。

如今，城市居民的住房条件得到了极大改善，那种极不人道的伙单现象消失殆尽，就我所接触的家庭看，再也没有人住伙单了。但是在城市打工的年轻一代，合租一个单元房的现象还比比皆是，个中烦恼，自不待言。

伙单，让人痛苦让人愁，但愿以后连这个名词都不要有人再提起，那实在是一个令人伤心痛苦的话题。

刻骨铭心筒子楼

　　大城市里，过去都有过不少的筒子楼。尤其是一些有点历史和规模的机关学校，大多建有筒子楼供职工暂时居住。后来由于大多数单位住房紧张，有些人家的"暂时"被延长到了十几二十年，过渡性质几乎变成了永久居住。娶妻生子，人口增多，住房面积并没有加大，于是原本没有独立厨厕设施的筒子楼便挤成了乱糟糟的大杂楼。这种楼房每一层都有一条长长的走廊，两侧串联着像学生宿舍一样的一个个房间，通风采光靠的是走廊两端的窗户，状如筒子，故被称为"筒子楼"。

　　筒子楼的结构设施功能如同简易的旅馆宿舍，最初的设计本来是用于单身职工或学生居住休息的，没有考虑到家庭的饮食起居。也就是说，它最初并不是为人们居家生活过日子修建的，所谓宿舍，主要的功能是休息、睡觉。

　　楼里住进了独立生活的一家一户，筒子楼便成了拥挤嘈杂的公房。

　　当年筒子楼的住户基本上是一户一间，两间一户的人家很少，每家每户房间内的面积很小，一般也就是十几个平方米。楼道长长的，南北两侧各有十几二十间左右的房子，走廊是公用的，每家的门口都堆满箱子、柜子、筐子等用来盛放杂物，墙上挂着大葱、蒜辫儿、干辣椒等等。当年的城市还没有通燃气管道，人们都是在自家门口做饭，一个煤炉子，一张破烂小桌，煎炒烹炸、切洗煮炖，走廊就是大家的公共厨房，每家的饭菜都在这里搞定，每天都在演奏着锅碗瓢盆交响曲。筒子楼的盥洗室和厕所也都是公用的，盥洗室里堆着每家的杂物，使用面积基本上相差无几。楼道尽头的厕所不分男女，你一走到厕所附近，里面就会有人传出大声的咳嗽声。

筒子楼当年遍布中国的大中城市，即使是在首都北京，部委机关、高等院校集中了大批外地人才，成家立业、结婚生子，大部分人

都在筒子楼里度过了难忘的岁月。当年我到北京看望朋友，去过很多次他们居住的筒子楼，尽管条件设施相对好一些，但基本状况与其他城市别无二致。

我在筒子楼里住过几年，上了大学以后，母亲在单位分了一间筒子楼住房。房子是闻名全国的南开中学的教师宿舍，房龄起码在五十年以上。我猜想，最初它也许就是学生宿舍或教工宿舍，20世纪初南开中学可是全国招生的名校，也许这座筒子楼住过数不清的名人，光文化界就可能有老舍、曹禺、吴玉如、周汝昌、黄裳、端木蕻良、穆旦、张中行、何其芳等等等等，应该算是一座历史悠久的名楼。

楼是青砖坡顶的三层老楼，斑驳破旧，格局与现在的学生宿舍基本相同。虽然后来的住户比较杂乱，但仍以教师为主。那些在楼道里出来进去、打水做饭的男男女女不少就是教师骨干，有的两鬓斑白住了几十年的老人甚至是著名的特级老师。当然，楼里也不乏食堂大师傅、锅炉工等年轻夫妇家庭。大家基本上是一个单位的教职工家属，生活条件相差无几。邻里之间和睦相处，其乐融融。

我住的这座筒子楼年久失修，设施老化。由于常年人们在楼道里生火做饭，烟熏火燎，墙壁早已被熏成了灰黑色。楼道两侧门对门都是一家一户的居室，只有两头破碎的窗户透出光线，所以即使是大白天，楼道里也是黑乎乎的看不清人影。到了晚上，更是黑得伸手不见五指，走廊的公共灯早就没有了，每家每户在门口安着一个小灯泡照明。

这间房子，我只是偶尔回去睡睡觉。即使这样，初来乍到，我还是感到住着别扭。如果是做饭的时间回来，家家户户都在门口忙活，都是半生不熟的邻居，众目睽睽之下，不打招呼不礼貌，都打招呼又

085

刻骨铭心筒子楼

不可能，弄得你左右为难十分尴尬。好在我那时候年轻，不用开火做饭，只是偶尔来看看，与邻居们几乎没有什么交往。

后来参加了工作，每天晚上我都住在筒子楼里。几年之后，交了现在发展成老婆的女朋友，每周一次的约会总不能全去轧马路泡影院，偶尔我们两个人也到筒子楼的居室小坐。可每一次回去都是硬着头皮，下很大的决心。为什么？怕进那座黑洞洞的筒子楼，怕那一双好奇打量的眼睛。每一次我们都像做贼一样溜进屋里。我想象过，将来真要在这里结婚生子，那会是怎样的一种身心折磨。房间隔音效果差，每天在楼道里生火做饭，排队去厕所，排队去接水倒水，每天和几十个半生不熟的邻居照面打招呼……想起来就让人心烦头痛。好在还没等熬到我结婚，两年以后政府决定改善教师的住房条件，南开中学的这座筒子楼在第一个教师节来临之前，被拆迁改建成了新楼。要不然，以我当时的条件，小家庭肯定要安在那个破旧简易的筒子楼里。

后来看电影《七十二家房客》，让我想起过去的筒子楼，什么叫水深火热的生活，住过筒子楼的人们一定深有体会。

进入 20 世纪 90 年代，筒子楼问题引起了有关方面的重视，中央及地方政府采取种种措施联合行动，对筒子楼进行改造重建新建工程，并做出承诺：决不把筒子楼带入到 21 世纪。到 2000 年为止，全国的筒子楼改造工程基本完成。随着城市建设步伐的加快，昔日的筒子楼在城市中已基本绝迹。尘封的往事，难忘的记忆，如过眼的烟云化作了一段历史。

086

流
年
碎
物

挎斗儿车满街跑

　　挎斗儿车，简称"挎斗儿"，分为两种，一种是三轮摩托挎斗儿，在摩托车的右侧装一个坐人的挎斗儿车，也称"挎子"。电影里常见士兵、警察驾驶、乘坐这种车，机动灵活、轻便快捷。二十多年前城市的公安人员还配备这种车辆，屁股冒烟，嘟嘟作响，风驰电掣，好不威风。现在，摩托挎斗儿基本上绝迹了，至少在大城市已很难见到。

　　另一种是母子挎斗儿，用自行车仿照三轮摩托挎斗儿制作。自行车右侧挎一个带车轮的木制小箱包，上面翻盖或侧面开门。这种挎斗儿是 20 世纪 80 年代以前城市年轻夫妇专门为接送孩子准备的，又称"母子车"。

　　这里只说自行车挎斗儿。

　　三十年前大城市的交通状况比较恶劣，虽然机动车不多，但道窄，车多，交通拥堵。当然，车流主要是成群结队的自行车，尤其是到了上下班的高峰时段，马路上时不时发生一些"肠梗阻"现象。有时骑着自行车，不知什么时候前面堵得水泄不通，你稍有犹豫，再想掉头返回，后面又堵成了一团。于是，交通管理部门重点整治自行车，其中规定，严禁在马路上骑自行车带人。

　　自行车不准骑车带人，这一规定对缓解交通减少事故究竟起到了多大的作用，不得而知。我只知道，这项规定给有小孩儿的年轻夫妇带来了不小的麻烦。

双职工上下班，家里如果没有老人照料，孩子要送到幼儿园、托儿所，一来一去，接送就成了问题。抱着孩子走路？道远人累，体力不支；乘坐公共汽车？人多拥挤，时间也难保障。买辆私家汽车？那时候别说没有卖的，就是有，人们也买不起，那是平民百姓连做梦都不敢想的事，一个月三四十钱工资，买汽车无异于痴人说梦。上有政策，下有对策。万般无奈，孩子家长们只有打自行车的主意，自行车不准带人，但没说挎斗儿不行呀。法无禁止则可为。于是人们仿照三轮摩托，依葫芦画瓢，将自行车改装成母子挎斗儿，它成了当年年轻父母首选的交通工具。

母子挎斗儿是当年天津街面儿上的一景。到了上下班时间，马路上到处是各式各样的挎斗儿车。年轻的妈妈们手握车把，表情木然，急匆匆地骑车往家里赶。旁边的挎斗儿里还装着嗷嗷待哺的孩子呢！她们得赶快回去做饭把他们喂饱。

一辆辆母子挎斗儿穿行在城市的大街小巷，五颜六色，样式各异，做工精巧，争奇斗艳，俨然是一场流动的挎斗儿车展。

当年，天津街面儿上跑着多少辆挎斗儿车，没有人做过统计，但至少应该不低于十万辆。这么大的市场需求量，却没有任何厂家抓住这个商机投入设计生产，所有的商店都不卖母子挎斗儿车。这些车基本上都出自孩子他爸之手，尤其是自行车旁挎的那个"斗儿"，形状颜色各不相同，几乎没有重样的。用木板做好的包厢挎斗儿，刷上油漆，绘上图案，有门有盖有窗户。挎斗儿里面布置得舒服妥帖，被褥、食品、水瓶、玩具，一应俱全。孩子在里面或坐或卧，看景观色，优哉游哉，那感觉应该不亚于乘坐小轿车。

当然，这么说多少有点昧着良心，能有小汽车，谁忍心让孩子受这份活罪。挎斗儿不仅空间有限，而且冬天贼冷，夏天奇热，把祖国的花朵放在这样的闷罐里憋着，实在是没有办法的办法。

贫困年代的逼迫使人们将聪明才智发挥到了极限，物质条件的落后造就了数不清的能工巧匠。为了下一代的成长，年轻的孩子爸爸们想尽了办法、挖空了心思，为孩子搭建了一座座漂亮舒适的流动小窝。他们自力更生，设计制作，锯木料、裁木板、做挎斗儿、刷油漆、焊车架、装车轮，小小的挎斗儿车凝结着他们说不清的汗水与智慧。自己没有手艺、没有条件制作挎斗儿的，没关系，到专门的二手旧物市场去买，有些年轻家长，孩子大了，便将不需要的"挎斗儿"转让。贫困年代，人们用二手货、N手货的比比皆是，旧物利用，互通有无嘛！

不知从哪一天起，挎斗儿似乎一夜之间从街面儿上消失得无影无踪了，现在再想找一辆当年那种母子挎斗儿也许比收藏一辆老爷车还难。

弃而不用的网兜儿

顾名思义，网兜儿就是用绳子织成用来装东西的网状提兜儿。

如今社会进步了，商品极大丰富了，无论买什么东西，贵的贱的、大的小的、多的少的，商家乃至摊贩都会为顾客准备提袋，即使是上自由市场买两毛钱香菜，摊主也会将香菜装在拟纸膜塑料袋中递给你，极大地方便了顾客。倒退到四十年前，即使是微不足道的塑料袋在国内也是罕见之物，购买小件杂物人们都必须自备提袋提篮。

20 世纪 70 年代中期，我参观过一次国外产品的展示会。那年头，改革开放还没有开始，国外商品的展示会十分少见。开幕的当天早上，会场门口已经挤得人山人海。国外商家为参观者准备的产品宣传资料装在一只普通的塑料袋中免费发放。展示会一开场，入口处发放资料的柜台前就被围得水泄不通，里三层外三层的人们举着胳膊疯抢资料袋。不少人领了一份，扔掉里面的产品资料，将塑料袋叠好藏在口袋里，再次冲锋陷阵，挤进人群，索要资料，为的就是多拿两个塑料袋。

看着老外们在那惊奇不解地摇头纳闷，我当时就想，中国人实在是太穷了，为两个不要钱的塑料袋都这么拼命，这要是换了别的什么值钱的赠品，还不得挤出人命来。

那时候人们购买杂物——尤其是买肉蛋蔬菜等日用消费品，用什么来盛，基本上离不开篮子和网兜儿。

十几年前，许多城市的地方政府提出的"菜篮子工程"，就是为了解决城市居民的吃菜难问题，可见篮子在人们日常生活中的重要。它是居家必备之物，至今一些老年人还在普遍使用。而年轻人早就告别了碍手碍脚的篮子，到自由市场买菜，有摊主备好的塑料袋；到超市购物，篮子还得保存起来，既麻烦又没用处，索性就根本不用篮子了。

话扯远了，这里只说网兜儿。它比起篮子来更方便携带，价格也更便宜，其功能就类似于现在的塑料袋。

当年的网兜儿用棉线或尼龙绳编织而成，网眼可松可紧，容积可大可小，攥起来软软一团，放在提包、口袋里不占地方，职工们下班路上买点什么东西装在里面，方便耐用。大的网兜儿可以用来捆扎行李，拉练行军出远门，脸盆被褥衣物等等放到里面，提起来就走。小的网兜儿可以盛放日用杂物，只要东西放到里面漏不出来就行。即使有些小件物品，像茶叶、豆子之类的散碎东西，网眼兜不住，用纸包好，放进网兜儿即可。

那时的网兜儿几乎人手一个，除了商店里出售，一般妇女大多会自己编织。

网兜儿虽小，却帮助人们度过了一段清贫节俭的日子。网兜儿弃而不用，退出了人们的日常生活，不也证明了生活的富裕和社会的进步吗？！

如今替代网兜儿的是一个个拟纸膜塑料袋。它的发明最初曾被视为"一次革命性的解放运动"，塑料袋在方便人们购物的同时也同样带来了严重的环境污染和资源浪费。

有资料表明：中国人每天买菜、购物所用掉的各种塑料袋就在20

亿个以上，一年就是 7000 多亿个，数字之巨令人咋舌。而全球每年使用各种塑料袋更是多达 4 万亿个之多，其回收率却竟只有 1%，即 99% 的塑料袋都演变成废旧塑料垃圾弥漫在我们脚下，成为白色污染。它不仅直接污染了我们的地下水，更直接导致农业持续减产等恶果。同时，在石油资源日趋衰竭的今天，塑料袋生产更加剧了这种趋势，因为

每生产 1 吨的塑料原料，便需耗掉 2 吨重的石油资源。为了落实科学发展观，建设资源节约型社会和环境友好型社会，促进资源综合利用，保护生态环境，推进节能减排工作，政府鼓励群众合理使用塑料购物袋，我国国务院办公厅于 2007 年 12 月 31 日发布了《关于限制生产、销售、使用塑料购物袋的通知》，简称"限塑令"。

"限塑令"要求从 2008 年 6 月 1 日起，所有超市、卖场、集贸市场等商品零售场所实行塑料购物袋有偿使用制度，一律不准免费提供塑料购物袋。"限塑令"的实行，从某种意义上讲，鼓励和引导了消费者重新拎上布袋子或菜篮子，当然还有人们弃而不用的网兜儿。

告别菜篮子

菜篮子，顾名思义，就是盛放蔬菜的篮子。篮字是竹字头，说明它最早是用竹子编的，北方无竹、缺竹，篮子多是用树条或莩草等编就。后来篮子的材质五花八门，发生了很多变化，但变来变去，万变不离其宗，它还是篮子，盛菜的篮子。方的、圆的、深的、浅的，猪腰子形的、元宝状的、一条有梁的、两边带把的，胳膊上挎的，手里拎的，无论模样大小，我们都叫它篮子。

菜篮子有什么可写的，它太普通，太一般，太不起眼了。没错，菜篮子没有身价，值不了仨瓜俩枣，被主人拎到这拎到那，备受压迫蹂躏。可就是这么个小物件，却曾经是家家户户都离不了的东西，每天的吃喝穿用都和它发生着紧密联系。

二三十年前，许多城市的领导都提出过这样一句口号："解决市民的菜篮子问题"，而且还上升到了"工程"的高度来抓。当领导的能惦记着老百姓装菜的篮子，可见这东西不仅关系到平民百姓的吃菜问题，也关系到社会的和谐稳定。您说，菜篮子重要不重要？！

曾几何时，中国人的菜篮子里空洞乏味，没什么内容可装。20世纪 80 年代以前，粮食紧张，副食品更紧张，许多商品都需要凭票证供应，城市居民定量供应，但也只能基本上做到"只管饱不管好"，养鸡养鸭都成了资本主义的苗，还有谁去关心菜篮子里盛着什么？每人每月的粮油蛋菜都有数量限制，市场萧条，物资匮乏，你就是有钱，也没多少东西可买，菜篮子经常处于待岗就业的状态。

俗话说："人是铁饭是钢，一顿不吃饿得慌。"对城市居民来说，吃好吃坏，总得有菜，无论是家庭妇女，还是上班职工，菜篮子是他们必不可少的常备用具。油盐酱醋、肉蛋蔬菜、日用百货、肥皂火柴……只要篮子能盛得下的东西都装在里边，菜篮子一物多用，方便群众，实惠百姓，大街小巷到处能看到它的身影。

其实，当年的蔬菜品种也不多，无非是茄子、土豆、白菜、黄瓜、西红柿等等，即使是这些菜也常常供应不上，一年四季总有一段时间闹起菜荒，即使是夏天，蔬菜也常常断档。按说，夏天正是蔬菜下来的旺季，可不知什么原因，到了夏天，隔一段时间，家家户户就没有菜吃。20 世纪 70 年代，我小时候，印象中好像夏天总是在排队买菜。

放了暑假，父母嘱咐孩子最多的一句话就是："打听着点，来了菜赶紧去买。"那时候是计划经济，没有农贸市场，更没有小菜贩子。居民们都是到附近指定的副食店买菜。副食店平时门庭冷落，连根菜毛都没有。如果哪天来了菜，街坊邻居们奔走相告："二他妈妈，快，快，来西红柿了，赶紧的。"几个大娘提着菜篮子一溜儿小跑直奔副食店而去，双职工家庭的孩子也闻风而动，不敢怠慢，菜篮子是他们手里不可或缺的工具。

风风火火到了副食店，只见门口早就排起了一字长蛇阵，马路边青红相间、大小不一的西红柿堆得像小山一样。售货员在副食本上勾着画着，一边收钱，一边称着。西红柿用簸箕铲到称盘里，大小好坏生熟一律不管，赶上什么是什么，顾客没有权力挑挑拣拣。时间不长，小山一样的西红柿就由形状各异的大小菜篮子搬到了千家万户。突然想起来，当年的西红柿有一种黄色的，沙瓤，微甜，煞是好吃，可惜这么多年再也看不见了。

有的时候，一连几天，副食店无菜可供，市民们的蔬菜断了顿。家里没菜吃，我们放了假的学生奉父母之命到处去买。几个同学提着篮子结伴到远处的副食店去逛，一边走一边玩，买菜是假，闲逛是真，可以理直气壮地疯玩半天。有时走出几十条马路仍然是一无所获，几乎所有的副食店毫无例外都没有菜卖。其实我们哪知道，蔬菜由国家统购统销，统一调拨，凭本供应。我们盲目地瞎转，就是找遍全城也买不到菜。这个道理现在明白了，当时却不知道，提篮买菜成了夏天我们暑期中的一项生活内容，大多无功而返，白耽误工夫。

现在，市场繁荣了，商品丰富了，菜篮子却极少有人再用了。大到超市，小到摊贩，买什么东西都用塑料袋来装。这东西不仅方便，还用不着顾客花钱，可问题是用完了就扔，不仅造成浪费，还污染环境。有人说：20世纪人类最愚蠢的发明就是塑料袋。这东西百年不烂，难以降解，每天无以计数的废塑料袋给我们这个地球制造了多少垃圾？！

有时候坐火车出门，临近城市的郊区，总能看到树上、沟里到处挂着飘着大大小小的塑料袋，如旗帜招展，不仅有碍观瞻，更主要的是还严重地污染环境。

现如今，用塑料袋装东西，人们似乎早已习惯了，甚至离不了了。我家附近的一个超市，前几年响应政府环保号召，向顾客赠送购物的布袋，为鼓励人们使用布袋，人家明确规定，以后凡用布袋购物的顾客，所购商品均可享受打折优惠。即使这样，使用者也人数寥寥，不到两个月超市就坚持不下去了。

弃置的菜篮子，你什么时候才能又回到人们的手上？不仅仅是为了留恋逝去的昨天，更是为了保护纯净的明天。我等待着、盼望着。

一枝独秀回力鞋

　　当年的球鞋中，有一种至高无上的名鞋，风靡一时，备受城市青年的喜爱，它的名字，五十岁以上的中年人刻骨难忘，它就是"回力"——回力鞋的简称，如今的耐克、新百伦、阿迪达斯等名牌运动鞋全都比不上当年它在人们心目中的位置。为什么？现在的名牌运动鞋太多了，多得让人连牌子都记不住。现在的名牌假货也太多了，数量肯定要超过真的名牌。而回力鞋在当年仅此一种，别无二类，绝对保真，在球鞋中一枝独秀，独占鳌头。

　　在我的印象中，当年的回力鞋驰名全国的品牌似乎只有两个，天津生产的双钱牌和上海生产的前进牌。那时候天津的许多工业产品，论质量、论名气在全国除了上海，稳居老二的地位，别的不说，光是家庭生活的几大件：手表、自行车、缝纫机、半导体，全国的名牌产品非津沪莫属；现在天津的工业产品质量名气在全国排到第几，实在是不好讲了。

　　这里只说回力鞋。在我的印象中，回力鞋都是白色的，帆布面，高鞋帮，鞋底与鞋面之间粘着一圈半厘米宽的红色装饰线，鞋内侧用铝铆钉镶着三个透气孔，外侧鞋帮轧着圆形的橡胶商标，美观漂亮，经久耐用。之所以叫回力鞋，大概是因为它的鞋底比一般球鞋厚出两三倍，走起路来富有弹性，不硌脚，似有回力之便。

1976 年，我上了初中，当时最大的愿望就是能拥有一双回力鞋，它比我现在渴望拥有一辆名牌轿车的愿望还要强烈十倍。踢球打弹，蹦跳跑步，脚下能有一双"回力"是

件多么体面的事。俗话说："脚下没鞋穷半截。"这"鞋"，对于我，当年指的就是心仪已久的回力鞋。

那时候，上海生产的前进牌回力鞋在商场里很难见到，属于相当紧俏的商品，只有天津生产的双钱牌回力鞋才能偶尔买到。我至今清楚地记得它当年的价格：八块六毛钱，与当时一瓶茅台酒的价格相同，却比普通的球鞋要贵出两三倍。

买一双回力鞋的愿望，以我们家当时的生活条件而言应该能够满足，可是咱自小就懂事，从没有向父母提出过什么额外的要求，从没有手心朝上向父母要过零花钱。一个初中生，穿一双回力鞋，多少有点奢侈。我不好意思向家里张口，决定自己一点点地存钱实现这个梦想。

　　在那个年代，普通家庭的孩子哪来的钱，最多是父母偶尔给的早点钱和少得可怜的一点零花钱。为了这双鞋，我勒紧裤腰带，一点点地从牙缝里抠，经常省下早点钱饿着肚子去上学。天再热也舍不得吃一根冰棍儿，嘴再馋也强忍着不买零食，一分一毛地积攒着。日积月累，成效却不大，即使只进不出，一分钱不花，怎奈父母给的零花钱十分有限，手里存的那点分分毛毛距离买一双回力鞋还相去甚远。

　　终于有了机会。1976 年，我上初中二年级临近放暑假的某一天，老师突然宣布了一个通知，校办工厂要在假期挑选一些同学参加劳动，与平时不同的是，暑期劳动不白干，适当地发点报酬，学校补助每个同学一人一天三毛钱。这个消息让同学们兴奋异常，大家纷纷报名，选来选去，我有幸忝列其中。

　　当年的三毛钱是个什么概念？能看 6 次 5 分钱一场的学生场电影，能买 10 根水果冰棍儿小豆冰棍儿，能喝两小瓶山海关汽水……总之，能实现一个初中生平时难以实现的诸多愿望。而最为吸引人的是，每天都能有三毛钱的收入，干满一个暑假，就能挣十块多钱，这在 40 年前，对一个中学生来说，无异于天文数字，意外之财。别人的情况不清楚，反正我是从来没有过这么多的零花钱，尤其是这笔钱的意义不同以往，它是通过自己的劳动得来的，完全可以由自己自由支配。这种暑期有偿劳动的诱惑力之大，足以让贪玩成性的我们放弃渴望已久的快乐假期。

　　当年，校办工厂生产一种简易的小型变压器，我们的任务是缠绕磁芯外边的漆包线圈。活的劳动强度不大，却需要格外认真和耐心。我每天早早地就来到学校，在酷暑闷热中干得十分起劲。到了下午收工时，我在心里暗自盘算着：干了一天，又进账三毛了，这样下去，离八块六的目标越来越接近了。半个月下来，校办工厂给同学们结算了一次补助费，攥着那来之不易的几块钱，我心里就别提有多高兴了。手里的钱已足够买一只鞋了，再坚持一段时间，回力鞋就将成双配对，归我所有。

可是做梦也想不到，干了不到一个月，7月28日凌晨，一场突如其来的大地震彻底毁灭了我的梦想。7月下旬，天津的天气闷热难挨，晚上躺在床上昏昏沉沉难以入睡。28日凌晨，我从梦中被母亲拖到地上，睁眼一看，墙和屋顶裂开了一条大缝，从缝隙中看见夜空中闪着一道道白光，屋里的东西七倒八歪，外面传来一阵阵轰鸣和喊叫声。睡眼蒙眬，糊里糊涂，就听母亲说是地震了。我们惊慌失措地跑到门外一看，楼上的外墙已经被掀倒在马路上，砖瓦灰土积满了街道。顷刻之间，四周的楼房变成了残垣断壁的废墟。

第二天一大早，我不顾家人的反对，踩着遍地的碎砖头，仍然按时来到了校办工厂。学校早已是一片狼藉，寂静无声，哪还有老师和同学的影子。

传达室一位值班的老师见到我，一脸的惊讶："干什么，来劳动？都什么时候了你还来劳动？这么大的地震，校办工厂早停工了，赶快回家吧！回家吧！"

我一步三回头，依依不舍、极不情愿地走出校门。她哪知道，我并不愿意大热天闷在屋子里干活，我是舍不得那一天三毛钱的工钱！

可恶的唐山大地震，让我拥有一双回力鞋的梦想成了泡影。好在钱存得差不多了，过了几个月，临近春节，我终于攒足了这笔钱，买回了渴望已久的回力鞋。

那是我终生难忘的一双鞋，一双回力鞋。

不是鹿皮的鹿皮鞋

"小皮鞋嘎嘎响,资产阶级坏思想。"这是 20 世纪 70 年代流行于孩子们口头的顺口溜。那年月,城市普通人家的孩子极少有穿皮鞋的,别说市场上供应紧张,极少有卖皮鞋的,就是有,一般家庭的孩子也穿不起。为什么?皮鞋贵呀!一双皮鞋至少要二三十块钱,相当于家长小半个月的工资。加上孩子穿鞋浪费,踢球打弹,蹦跳跑跃,又正是长身体的时候,孩子脚下的鞋破损率更换率就像人们常说的:和吃鞋差不多。

没有皮鞋,我们就穿布鞋、胶鞋、塑料凉鞋。人人如此,无所谓贵贱之分。偶尔有一两个家庭条件好的小伙伴穿一双皮鞋,倒像是羊群里出现了骆驼,十分扎眼,受人嘲笑、讥讽。那年头,没有富二代、官二代的概念,家家户户的生活条件相差无几,穿戴上稍微搞点特殊化的孩子,一般都会遭到同学们的排斥。

当年人们的生活水平普遍较低,即使是城市居民,即使是双职工家庭,家里养着三五个孩子,温饱都成问题,给孩子买双皮鞋穿,绝对属于不可想象的高消费。

父母收入高,家里孩子少,经济条件好的家庭,想买一双皮鞋也不容易。商店里基本上就看不到皮鞋的影子。也许是当年畜牧业、养殖业落后，皮革相对短缺。买猪肉都要凭肉票，牛羊肉更是到年节时才能凭副食本供应一两斤。您想，肉之不存，皮将焉附。有限的皮革极少用来做成鞋出售，人们的双脚只好暂时受点委屈，用一些布制品包裹着。

说起当年比较大众化的皮鞋，还真有一种——鹿皮鞋，但不是现在人们穿的皮鞋，而是由一种劣质牛皮或猪皮的背面制成的皮鞋：橡胶模压底，磨砂细绒面，呈棕黄、浅黄、咖啡色，鞋帮上两排铝扣眼穿着鞋带。这种鞋也许是因它的颜色质地近似于鹿皮而得名，俗称鹿皮鞋，其实材质和鹿皮一毛钱关系也没有；又因为它的鞋面上有一层

短短的细绒毛，也称翻毛皮鞋。

鹿皮鞋为什么要染成棕黄、咖啡色，不得而知，只知道这种鞋穿新不穿旧，时间长了鞋面常被弄脏，为了用于清理鹿皮鞋，当年市场上还专门出售有一种鹿皮鞋粉。鞋面穿脏了用鞋粉涂在上面，整旧如新，十分方便。但是鞋的毛面上最怕滴上或蹭上油渍，遇到这种情况，鞋粉就没有用武之地了。

我小时候穿过的唯一一双皮鞋就是这种鹿皮鞋。有一年春节，母亲为我们准备新衣新鞋，破例给我买了一双鹿皮鞋。我穿着新买的鹿皮鞋着实高兴了一阵，您想，不是谁家的孩子都能穿得起这种皮鞋的。那年春节，我走东家蹿西家，时不时伸伸脚丫子，为的是让人家看看我穿的新鞋——鹿皮鞋。什么叫足下生辉，那年月，我以为，脚底下穿一双鹿皮鞋就能产生这样的感觉。

可惜好景不长，没过正月十五，我的那双鹿皮鞋就被滴上了蜡烛泪，那是我点着灯笼和小朋友四处瞎蹿时，灯笼里面烧化的蜡烛滴上的。回到家，父母想尽了办法也没清理掉，蜡烛水像两滴眼泪一样凝固在鞋面上，让我看着心里别扭。

鹿皮鞋穿了一阵，部分鞋面磨光了，弄得面目全非，涂上鞋粉也无济于事。后来，母亲干脆给鞋面打上了一层黑鞋油，权当牛皮鞋，虽然不怎么光亮，却也能以假乱真。贫困年代，省吃俭用的百姓总会想出各种办法将破旧的日子补缀得尽可能光鲜亮丽。

鹿皮鞋作为一个时代的产物退出了生活的舞台，谁还记得它曾经为人们的生活带来的温暖与欣慰。

鹿皮鞋，特殊时代的特殊名字、特殊商品，留在了人们的记忆中。想起它，我就想起那段虽然贫困却也快乐的少年时光。

当年的白球鞋

　　20 世纪 60 年代出生的人，有谁没穿过白球鞋呢？帆布面、橡胶底、铝鞋眼，简单朴素的白球鞋在那个年代非常流行。这么说吧，至少在城市里，几乎每一个学生都穿过几双白球鞋。

　　白球鞋并不是用来专门打球的，虽然当年的球鞋、运动鞋品种不多，但是孩子们脚上的鞋基本上都是多功能的，打球、跑步、上学、逛街、购物……一双鞋的功能发挥到了极致。

　　白球鞋为什么几乎人人都穿过，因为它是那个年代学生们参加集体活动的标准用鞋。

　　当年，还没有校服这个词，中小学生遇到有集体活动时，学校要求学生统一着装，基本上都是白衬衣、蓝裤子和一双白球鞋，由家长为孩子自备。

　　一人一双白球鞋，曾经是城市学校中一条不成文的规定。虽然服装的新旧程度不同，但颜色基本一致，上千号学生站在操场上，一片蓝白相间的颜色，尤其是人人脚下一双白晃晃的球鞋，确是显得整整齐齐，颇为壮观。

　　雪白雪白的球鞋，物美价廉，穿在脚下，让人显得精神抖擞。穿着一双白球鞋走在肮脏的马路上格外扎眼。孩子们踢球打弹脚下不老实，白球鞋太娇贵，不禁脏，用不了一天鞋就穿得面目全非。所以平时我一般也不穿它，怕洗着麻烦。白色的鞋面蹭上黑道子更显眼、更难看，穿脏了总得洗，而且得仔仔细细地洗。

洗的次数多了，白球鞋就变得发黄，那时候商店里专门有卖白球鞋粉的，洗完了鞋在上面抹上一层鞋粉，晒干了，球鞋焕然一新，雪白如初。除了白球鞋粉，我还用过其他的方法为白球鞋增白，挤上点牙膏、涂上点白粉笔等等，同样能起到增白的作用。

实事求是地说，与其他那些篮球鞋、绿球鞋相比，白球鞋除了相对美观漂亮之外，实用性并不好，除了爱脏，它的鞋底也薄，缺少弹性，远不如别的球鞋舒服耐用。

我上小学以后，有一段时间，电台里正在播放长篇小说《渔岛怒潮》，每天收听小说联播，成了孩子们最主要的娱乐活动之一，就像现在有些人每天热衷于看电视连续剧一样。当时《渔岛怒潮》里有一个轻浮风骚的地主婆，绰号就叫"小白鞋"。那时候平时谁要是穿一双白球鞋上学校，有些调皮的男同学就会围着起哄："小白鞋，小白鞋来了。"吓得许多孩子平时都不敢穿白球鞋。所以虽然人人都有白球鞋，却基本上只在参加学校运动会、歌咏会、体操比赛等集体活动的时候才穿。从某种意义上说，白球鞋成了那个年代学生们的礼鞋。

除了学生，当年穿白球鞋最多的还有医院里的护士，白大褂、白帽子、白球鞋，那是人家的职业服装，而当年在白颜色的鞋里，除了白球鞋还真就找不出别的质地和样式。

现在，白球鞋很少能再见到了，各式各样舒适的运动鞋摆满了商

店，那种简陋的薄底白球鞋成了羞于见人的丑小鸭，从人们脚下渐渐消失了。有一天晚上散步，我竟然在地摊上看见了久违的白球鞋，问了问摊主，价钱相当便宜，说是运动鞋厂剩下的库存。我毫不犹豫地买了一双，本想锻炼的时候穿上它，却始终没找到合适的机会。白球鞋一直躺在柜子底，直到放得发黄也没穿过。

时尚名包话"军挎"

"军挎",是军用挎包的简称,与此类似的名词还有军帽、军鞋、军裤、军褂、军大衣、军腰带(武装带)等等。曾几何时,这些部队战士用的衣物成了城市青年追求的时尚,一身"国防绿"那是许多年轻人梦寐以求的装扮。

三四十年前,别说是全套的军用衣物,就是身上有那么一两件真正的军品,在同学朋友中也绝对能炫耀一番。这些军用物品几乎是当年全民的第一名牌,其流行范围之广、流行时间之长远远超过现在的任何商品。

这里挂一漏万,只说"军挎"。

"军挎"是由粗布面、帆布带轧成的一种极普通的绿色挎包,至今还在部队中使用。当年,它风靡一时,广为社会青年青睐,有着特殊的时代背景。

"文革"中后期,大学停止招生,工厂停止招工,中学生毕业之后几乎全都上山下乡,到农村接受再教育去了。当年所有的职业中唯有参军入伍最受尊重、最受欢迎,军人受到人们的广泛崇敬,社会地位如日中天。当时的口号是"全国人民学习解放军"。谁家里有在部队参军工作的，那是莫大的荣誉，正所谓"一人参军，全家光荣"。也许是爱屋及乌，随之而来的，军人的日常用品也极受人们的欢迎喜爱。背个"军挎"、戴个军帽，甚至身上随便有点儿沾军字的物件，似乎也会被人高看一眼。

最初，"军挎"之类的东西只有那些出身军干、革干家庭的子弟才有，穿戴着它，确是飒爽英姿，威风凛凛，在物质贫乏、商品单调的当年透着一股豪气，用句现在的时髦词，那才叫"帅呆了，酷毙了"。渐渐地，社会上的一些青年追风模仿，以使用军品为荣，大街上到处飘着军帽军服，到处晃着军绿挎包，当然，那里面有相当一部分是滥竽充数的冒牌货。

"军挎"在社会上走俏，最初货源一度成了问题。家里没有军人的人只好想尽办法找亲戚朋友淘换，有一些社会青年甚至铤而走险到街上去抢。有一段时期，在有些学校的门口，放学时常有几个流里流气的不良青年骑着自

行车等在那，见到有戴军帽、背"军挎"的学生走出校门，他们骑车跟到人少静僻处，上去就抢就夺。遇到不含糊奋力反抗的，少不了一场搏斗火拼。为抢一件"军挎"、军帽而致人伤残

的事件在当时时有发生。

最讲究的"军挎"当年是洗得发白、上面绣有红五星和"为人民服务"字样的老"军挎"。"物以稀为贵",能有这样的军挎包,说明家里亲属中有老资格的军人,就像当时最时髦的军服——衔服一样,那是20世纪五六十年代部队实行军衔制时的军人服装,穿在身上显示着一种不同凡响的家庭背景。

20世纪70年代,学生的课业负担不重,拿"军挎"当书包足够用了,里面装不了几本书,不像现在,学生背着沉重的双肩包,足有十几二十斤。"军挎"简单方便,实惠多用,上下学单肩挎着,就是书包;走累了拿它垫在屁股底下,就成了坐垫;什么地方脏了,用它擦蹭尘土,"军挎"又成了抹布;在有些人手里它还被当作武器,抡起"军挎",既可防身,又可攻击。后来"军挎"背在了一些社会不良青年的身上,开始变了味,"军挎"里装的内容不再是书本文具,有的藏着板砖、火枪和刮刀等,招摇过市,危害一方。当年,背带松垮,斜背"军挎",成了一些社会小流氓们的形象标志之一,一般学生再不敢轻易背着"军挎"上街了。

"需求产生供给。"后来,社会上出现了大量各种仿制的"军挎",军品民用,流行于世,许多商店都有出售,价钱只有两三块钱,许多学生都喜欢买一个背在身上。一时间,遍地流行军绿书包,它风行全国的时间长达十几二十年。我上中学的时候,"军挎"已经相当普及,许多学生上下学背的书包都是清一色的绿"军挎"。至今,在有些军品服饰专卖店中仍能看到它的身影,"军挎"成了个别另类青年的新宠。

一帽难求说军帽

当年风靡社会的军人衣物本想挂一漏万，只写"军挎"，可是从报纸上看过我写的一组忆旧小文，几个朋友撺掇我再写一写军帽，说那才是最有代表性的，当年的男孩子谁没戴过军帽呢？众意难违，索性再露把怯，说一回军帽。

三四十年前，我想拥有一顶军帽的愿望，比我现在想拥有一身名牌服装的心情，要强烈百倍。现在的名牌服装，只要舍得花钱，随便在哪一家大商场都能买到，而当年的军帽，不是拿钱就能买的，尤其是正宗的军帽，家里亲戚朋友没有当兵的，没有一定的社会关系，想有一顶真正的军帽那是难之又难，当年的军帽，可谓是"一帽难求"，相当珍贵。

有一顶真正的军帽戴在头上，那简直太神气了。这么说吧，有一段时期我连做梦都梦见自己有了一顶真正的军帽。那时候，军人的社会地位至高无上，军服、军帽、军用品成了年轻人最热衷追求的时髦东西，即使是戴一顶军帽也足够让人们羡慕的。当年如果有人问起学生们将来的最大理想，得到的回答十有八九是长大了想当解放军。当然，上阵杀敌、保家卫国，天真的孩子们未必想过，能参军最现实最具体的目的大多是为了能穿一身绿军装，满足一下小小的虚荣心。穿着军装照张相，飒爽英姿，威武帅气，那真是羡煞人也！

"飒爽英姿五尺枪，曙光初照演兵场，中华儿女多奇志，不爱红装爱武装。"毛泽东主席这首为《女民兵题照》所写的诗，在军人地位至高无上的特殊年代，无疑推动了全民军装流行的趋势，身穿绿军装，头戴绿军帽，手持红宝书，成了20世纪70年代青年人标志性的装扮，人们趋之若鹜，以穿军装、用军品为时尚、新潮。

我没有那么高的奢望，从没想过穿着一身国防绿招摇过市，只想要一顶军帽，想象中戴着它，肯定与众不同，引人瞩目。可军帽当初没有卖的，家里的亲戚朋友想来想去，想到了远在千里之外的云南当兵的舅舅，人家是"文革"前哈军工毕业分配到部队当参谋的，而且

是我的亲舅舅。那时我常年生活在姥姥家，每年最盼望的一件事就是眼巴巴地等着一身戎装的舅舅春节时回家过年。舅舅回来了，他的军装我试了又试，那顶帽子没事就戴在头上玩，可我始终不敢张嘴要，当然舅舅也从来没理会过，部队的军用品在那个年代太贵重了，我不敢奢望舅舅能给我点什么，家里的亲戚朋友、侄男侄女一大帮，即使舅舅有点军用物品送人，也轮不到我的头上。况且，当年的军帽，即使是军人也不能随便送人的，新军帽要用旧军帽来换，当年属于一物难觅的稀缺物品。

可是大街上到处飘满了绿军帽，人家的军帽是从哪来的？后来我才知道，那里面有相当一部分是仿造的赝品，在有些商店就能买到。我和一个同样渴望得到军帽的同学跑了好远的路，转了不知多少家商店，终于买了一顶的确良的假军帽。帽子的颜色簇新铮绿，不仔细看，还真看不出真假，美中不足的是里面的布衬上没有部队标记。为了冒充真的军帽，我和同学用橡皮刻了一个图章印在上面，照猫画虎随便写上了解放军某某部队的番号。

有一段时间，这顶假军帽我天天都戴在头上，走起路来，昂首挺胸，好不得意，还时不时地捏捏帽顶，让它整齐挺括。有一天放学回家的路上，冷不丁头上被人抓了一把，下意识地摸了摸脑袋，帽子没了。只见前面一个小伙子骑着自行车疯跑，后面跟上来两个骑车的同伙，流里流气，面带恶相，我知道是遇上了抢军帽的小流氓。身不由已在后面追着大喊："假的，假的，不是真的……"追了几步，终于停了下来，毕竟脑袋比帽子重要，真追上了，帽子没要回来，小流氓再给我一刀，太不值得了。

军帽被人抢走，在那时候太正常不过了。几乎每天放学，学校门口都会站着几个小玩闹，军帽随时都有被抢的危险。当然，人家要的是真军帽，没想到从我头上抓走的是一顶假冒的仿制品。

好在我的橡皮图章还留着，过两天再买一顶盖上图章，假军帽照戴不误。

现在想起来，那两年真是走火入魔，军帽就像是赁来的，时不时地扣在脑袋上。我至今天冷了还习惯戴帽子，很可能就是那时候戴惯了军帽留下的后遗症。

有一次，翻看家里过去的老相册，看见我们几个中学同学的合影。一人一脸苦大仇深多灾多难的痛苦表情，皱着眉头，双目无神，傻里傻气，却每人戴着一顶军帽。我想象不出当年我们为什么会喜欢这种帽子，也许这就是盲从，这就是时尚，毫无道理可讲。

不知从哪一年开始，军帽成了落伍的东西，现在谁要再戴一顶当年的军帽招摇过市，那肯定被看作是神经不正常。

武装带系在外

"帅不帅,看皮带",这个世界真奇怪,如今的现代都市生活,男人的皮带也成了身份的象征。举止稳重、风度翩翩的男人,总会在腰间这一细节处,刻意去装饰一番。

其实,何止是皮带,在追求时尚、追求享受的今天,人们身上的穿戴日益高档化、名牌化,成千上万块钱一条的皮带比比皆是,猪皮、牛皮、羊皮、鳄鱼皮……皮带的质地、花色、钩扣千变万化,推陈出新,即使是最便宜的皮带也比过去美观耐用多了。

过去的皮带没有这么多品种,过去的皮带说是皮带,其实真正用皮子做成的少而又少,大部分材质是帆布的。三四十年以前,武装带风行一时,尤其是城市青年,基本上人人都系过。之所以叫武装带,想必是来源于部队。

武装带用帆布做成,也称帆布皮带,一般都呈浅草绿色,系扣的方式有扣式和穿眼式,带扣有黄铜或电镀的,布带厚重,宽大,可调节长短。武装带比几尺布做的腰带或者几尺细布绳做的腰带都要简练些,也是裤子样式大面积发生演变后的结果。冬天,武装带不像人造革皮带那样僵硬、容易老化裂口子,所以在各种皮制皮带还没有盛行时，帆布武装带颇有市场，比人造革皮带更受人们的喜爱。

　　武装带流行的真正原因与当年人们对军人的极度崇拜与盲目模仿有关，那时的军装军品的地位几乎超过今天所有的名牌名品服饰，尤其是到了"文革"初期，红卫兵将这种以军装军品为美的时尚趋势推向了极致。人们除了追求各色军装以外，皮带也是必不可少的点缀。蓝裤子配一件国防绿上衣，斜挎一个黄色帆布的军用挎包，腰上横扎一条武装带，可算是登峰造极的装束。这种莫名其妙的打扮在当年被认为是一种时髦的装束，大家不以为怪，反以为荣。

　　当年人们系的武装带和现在不同，也许是为了使皮带为人所知，

也许是为了使自己显得精神，皮带大多系在上衣外面，就像现在马路上警察系的武装带一样。臂戴红袖标、腰扎武装带几乎成了"革命小将"的固定标志，"文革"期间的老照片中这样的装束比比皆是。

当然，当年皮带除装饰性之外，在有些人手里它还有一个特殊的用途——当作武器用于自卫或攻击。皮带解下来成了鞭子，成了凶器，后来一些社会不良青年斗殴时，经常以皮带攻击对方，铁头布带抡起来常常致人伤残。

绿色武装带在当年相当走俏，它结实耐用，价格便宜，尽管后来悄悄地从上衣外面隐退到了裤子上，但在真正的皮质皮带尚未大量面市之前，武装带作为替代品，一直是人们普遍使用的饰品。

从小到大，我用过多少条武装带，实在是记不清了。我只知道，20世纪70年代，城市青年腰上的所谓皮带十有八九都是那种帆布做成的武装带。现在，武装带被花样翻新的各种真正皮带所取代，退出了人们的生活。

"奇装异服"喇叭裤

年逾天命的中年人，对喇叭裤肯定记忆犹新。四十年前，改革开放伊始，国门渐开，最先引领服装新潮流的便是喇叭裤。

所谓喇叭裤，因裤子形状似喇叭而得名。它的特点是：低腰短裆，紧裹屁股；裤腿上窄下宽，从膝盖以下逐渐张开，裤口的尺寸明显大于膝盖的尺寸，形成喇叭状；裤长一般盖住鞋面鞋跟，走起路来，兼有扫地的功能。

四十年前，人们的服装样式极为单调，尤其是男式服装，更为千篇一律，呆板傻气。当时城市中的男装仅有毛式制服、中山装、夹克衫等几种，裤子大概只有一种又肥又大的直筒裤了。

引领时装新潮的，从来都是以青年人为主。"文革"结束以后，电影市场开始逐步解禁，港台和国外的影片陆续引进，年轻人从海外电影中受到影响，将裤腿悄悄放开，体现了一种青年人后"文革"时代叛逆的性格。

作为一种新生事物，当年喇叭裤的出现引起过许多人的反对和抵制。那时候，"文革"刚刚结束，社会风气在极左政治的影响下，人们的思想还比较保守僵化，稍微新潮一点的服装，均被视为奇装异服遭

到排斥。

在喇叭裤流行之前的"文革"后期，城市个别青年中时兴过一种瘦腿裤，穿着者多为地痞、流氓、小玩闹，几乎成了当时不良青年的服装标志。

20世纪70年代中期，我上中学的时候，普通学生是不敢穿瘦腿裤的，那时候学校是明令禁止学生留长发、穿所谓的奇装异服的，教务处的老师隔三差五就要检查学生的发型和着装。

有一天上学，我发现学校大门口站着两三位拿着剪刀的老师，表情严肃，目光锐利，两只眼睛像刀子一样扫描着同学们的裤子。我知道，那是在检查同学们有没有穿瘦腿裤的。我们在老师的逼视下，像囚犯一样胆战心惊地走进校门，听说真有个别学生被强行拉到一边剪开了裤腿。当然，都是一些表现不好的"问题"学生。

　　那时候，教师剪学生的瘦腿裤似乎是天经地义的事，好像没有遇到过来自家长或社会的反对、质疑。您想想，穿瘦腿裤的都是些什么人？打架斗殴、吸烟搭伴的小玩闹，老师对这些人管束教育，付诸行动，有些家长正求之不得呢。

　　在社会的严厉抵制排斥下，瘦腿裤始终限于个别另类青年群体，受人唾弃，渐至不兴。

　　喇叭裤的命运也是一样，它一开始出现就受到了多数人的反对，穿喇叭裤甚至被上升到政治的高度，着装者被视为"追求资产阶级生活方式""流里流气""不三不四"。有些中规中矩的正经人家是不会让孩子穿这种时髦裤子的。

　　随着社会的发展进步，人们对服装的态度开始趋于宽容理解。毕竟以当时的标准看，喇叭裤是一种具有创新意义的裤型，穿在身上比那些又肥又大的直筒裤漂亮许多。它后来逐渐在社会青年中流行，穿的人多了，人们也就见怪不怪，习以为常了。20 世纪 80 年代以后，这种最受争议的服装，最终被人们接受，成了风行一时的主流裤型。

　　如今，进入到了多元化发展的时代，人们开始追求自我、张扬个性，服装样式越来越多姿多彩，千变万化，现在再有人穿着过时的喇叭裤上街，一定会被视为"老土"了。

街上流行蛤蟆镜

蛤蟆镜，墨镜的一种，大镜片，浅颜色，挡风养目，防晒遮阳，20 世纪 80 年代在城市青年中风靡一时，成为时髦男女的专宠。

为什么叫蛤蟆镜？也许是因为镜片大，颜色浅，戴在人的脸上像蛤蟆的两只大眼睛，故而得名。

在贫困年代，墨镜始终属于少数人才拥有的奢侈品，普通百姓只能满足于吃饱穿暖，真有点闲钱还不够用来改善生活的，买副墨镜戴上，用老百姓的话说："那不是屁㦬的吗？！"所以那时候戴墨镜的人少而又少，保护眼睛——根本就没有那种意识。再者说，什么人才戴墨镜，电影里那些汉奸特务黑社会等反面人物才戴那玩意儿，墨镜给人的感觉多少有点流里流气不正经。

直到三十多年前，改革开放以后，墨镜才开始在社会上逐渐多起来，佩戴的主要群体是城市中的时尚青年。年轻人流行戴墨镜，极少考虑遮阳养眼的实际作用，真正的目的是为了美观漂亮，增加点潇洒的风度，用现在的话说就是"扮酷"。当然，那种样式陈旧、怪里怪气的老式水晶圆墨镜早已落伍，年轻人追求的是新颖别致、美观大方的新式墨镜，这种墨镜中最时尚、最流行的就是所谓的蛤蟆镜。

禁锢多年的国门逐渐打开以后，人们从进口的影视作品中窥见了外面的花花世界，最先吸引人们——尤其是青年人眼球的是港台或西方人的穿着打扮和生活方式。西施蹙眉，东施效颦，模仿人家的穿戴就成了一些新潮青年的时尚。

当年的蛤蟆镜也叫麦克镜。大约是在 20 世纪 70 年代末，电视里播出了一部美国科幻电视连续剧《大西洋底来的人》，那是中国人第一次比较集中地接触到美国电视文化，其中电视剧的主人公麦克·哈里斯就经常戴着一副蛤蟆镜，麦克身材彪悍，英俊潇洒，表情冷酷，戴着浅而透明的大墨镜，确是威风凛凛，风度翩翩。一时间，麦克的形象受到了不少青年的热烈追捧，用句现在流行的话说，迷恋麦克的"粉丝"难以计数。这些人热衷于模仿心目中的偶像，爱屋及乌，人家的身高体型是爹妈给的，想变成麦克只有投胎转世、回炉变种，这辈子是没指望了，可是弄一副麦克脸上的墨镜戴戴总不是件难事。于是，不少时髦青年想方设法买一副"麦克镜"戴上，多少找到一点增加颜值指数的感觉。一时间，不少城市青年不管脸盘大小，脸型如何，方脸、圆脸、瓜子脸，都架上了麦克戴的那种浅色墨镜，大街上到处晃着蛤蟆眼一样的大眼镜。

当年一些年轻人戴的蛤蟆镜，有一个突出的特点，上面贴的小商标不揭下来，以显示那是正宗的"舶来品"——进口货，招摇过市，目空一切。也难怪，封闭了几十年的中国人，乍一开放，难免有点崇洋媚外的心理，商标上的外国字母多少能满足他们小小的虚荣心。其实，他们哪知道，当年的蛤蟆镜极少有真正进口的，基本上都是广东、福建一带厂家仿造的冒牌货。中国人造假，我以为，第一单大生意就是从仿造麦克戴的蛤蟆镜开始的。

实事求是地讲，相对于老式落伍的墨镜而言，蛤蟆镜的确是样式新颖，美观漂亮，它的一度风行也反映了我们当年工业产品的落后单调，说明那时的墨镜产量稀少，品种单一，样式落伍，难以满足青年人的审美消费需要。换到现在，各种墨镜花色品种繁多，样式档次应有尽有，为人们提供了极大的选择空间，生活的进步使青年人的审美消费从趋同从众走向了求异，走向了追求个性化，蛤蟆镜被人们抛弃也是一种历史的必然。

陈年旧事话 "棉猴儿"

"只要路线对了头，没有棉猴儿可以有棉猴儿。"这是相声大师马三立的相声段子《买猴儿》中的一句话。棉猴儿这个词大家耳熟能详，记忆犹新，在相当长的一段时期，它曾经是人们普遍穿着的冬装棉衣。

当然，如果问现在的孩子什么是棉猴儿，肯定不会有人知道它为何物。年长一些的人，棉猴儿三个字还会勾起他们的一些回忆，逝去的生活、逝去的情景与棉猴儿勾连在一起，扯不断、理还乱，别有一番滋味在心头。

棉猴儿棉裤，黑色条绒面五眼棉鞋，在 20 世纪 80 年代羽绒服和皮夹克尚未流行之前，是北方城市孩子冬天的主要保暖服装。

棉猴儿是一种帽子和上衣连为一体的棉大衣，里面蓄着厚厚的棉花，虽然显得有些笨重，但穿在身上相当暖和。为什么叫棉猴儿，不得而知，也许是裹着棉大衣、戴着棉帽兜儿的样子有点像猴子的缘故吧。

马三立的相声《算卦》里还有一个段子，一个算卦的在石板上写上"没有"二字，扣着，问围观的人，有工作吗？有老婆吗？父母在不在？孩子怎么样等等……一般人三问两问准有没有的，他一翻石板，

"没有！""看了吗，我这卦就是灵！"有一次他遇到一个全合人，有工作，自己有买卖，父母岳父母兄弟姐妹都有，孩子一男一女，连小舅子都有，他没辙了，问了一句：

"哦，小舅子也有？天儿凉啦，你有棉猴儿吗？"

那位全合人应道，"我、我没有棉猴儿。"

"哦！"这位一翻石板，"没有！""怎么样，咱这卦就是灵！"

——好么，算命算出棉猴儿来了。

可想而知，那时候的北方城市，人们穿的过冬棉衣种类很少，基本上就是棉猴儿。除了孩子，有些大人只要条件允许，也是穿着棉猴儿。在物质紧张、服装样式单调的过去，棉猴儿是最实用最大众化的

服装。

棉猴儿背后的棉帽兜儿和衣服连成一体，挡风保暖，怀里有两个斜插的口袋儿。一到冬天，满大街到处都是五颜六色大大小小的棉猴儿，面料以细条绒和涤卡布为主。男孩儿穿的是单色的，小姑娘儿穿的多是小碎花的，严严实实的小棉猴儿包得身体暖暖和和，贫穷而快乐的童年在棉猴儿的温暖下慢慢度过。

在我印象里，小的时候冬天一直都穿着棉猴儿。后面的棉帽兜儿护住脑袋、护住耳朵，护住脖子，确是十分暖和。可是穿棉猴儿也有缺点，那就是要想回头儿的时候帽子不跟脑袋转，有些麻烦和别扭，不像现在的羽绒服帽子可以摘下来。再就是棉猴儿里面填的都是天然的棉花，穿在身上有些笨重。但是那种沉甸甸的感觉让人更觉温暖，就像盖惯了厚棉被，突然换一条鸭绒被、蚕丝被反而觉得轻飘飘的不舒服。

20 世纪 80 年代以后，服装样式开始多样化，棉衣的材质也发生了很大变化，皮革制品、羽绒制品、腈纶棉、喷胶棉等替代品大行于世，人们的着装日益追求新颖别致个性化，棉猴儿成了落伍的服装被人们无情地抛弃，也许有一天，再听到上面那段相声，对棉猴儿一词得添加注解了。

国服中山装

　　中山装流行的时间可谓长矣，从辛亥革命以后到"文革"结束以前，它一直是我国男式服装的主要样式，中山装一度有国服之称。

　　说起来，中山装绝对是根红苗正，它的提倡者是孙中山先生。

　　1923 年，孙中山在广州任陆海军大元帅，在选择典礼服装时犯了难，西装挺括潇洒，但式样烦琐，穿着不便，又毕竟属于"舶来品"，不大适应当时中国人生活审美的要求；而原来传统的对襟式短衫褂、大襟式长衫等服装，样式陈旧，缺乏那种与时俱进、奋发向上的时代精神。于是"孙中山参照中国原有的衣裤特点，吸收南洋华侨的'企领文装'和'西装样式'，本着'适于卫生，便于动作，易于经济，壮于观瞻'的原则，亲自主持设计"，由裁缝制出一种新的服装式样。（见《中华文化习俗辞典》）

　　中华民国政府后来通令将中山装定为礼服，修改中山装的造型，并赋予了新的含义。依据"礼义廉耻"定前身四个口袋，袋盖为倒笔架，寓意为以文治国、依据五权（行政、立法、司法、考试、监察）分立原则，前身改为五粒纽扣，依据三民主义（民族、民权、民生）原则，将袖口定为三粒扣子；衣领定为翻领封闭式，显示严谨治国的理念。后背不破缝，表示国家和平统一之大义。您看，一件简单的上衣有这么多讲究，被赋予这么郑重的政治含义。

中山装由于具备外形对称，大方、美观、实用、方便，制作不限材质等优点，自诞生之日起，逐渐得到广大群众的欢迎，成为男人最通行和喜欢穿着的服饰。尤其是新中国成立以后，由于革命领袖和革命干部都穿中山装，人民群众也以这种服装来表达对新时代的欢迎。于是中山装在社会上广泛流行，成为了中国男装的一款标志性服装。

20 世纪 60 年代以后，中山装真正得到了大范围的普及，上至国家领导人，下至普通老百姓，只要是成年男人，大多穿一件中山装，上班当工作服穿，下班挤公共汽车穿，出席会议穿，出席婚礼穿，甚至新郎官在结婚仪式上也穿。中山装取代了工作服、便服、礼服，在男人服装

领域一枝独秀。百货店的男装柜台上最多的便是各种颜色的中山装。

那时候穿中山装，为了整齐大方，身上的扣子一律要系好，甚至在领子口还缝有一个小领勾，系好扣子，挂上领勾，中山装穿在身上确是精神抖擞，英姿勃勃。

当年爱穿中山装的男人还有一个特点，别管识字不识字的，几乎都在左胸口袋上插一支钢笔，自以为有学问的插两支，知识分子有可能插上三支。再多的，那可能就是修理钢笔的了。

"文革"时一度流行过军便装。军便装的造型其实仿同中山装，其区别在于，中山装是明口袋，而军便装是暗口袋；中山装造型方正，军便装则大幅收腰，以适应军便装系武装带的特殊要求。

但军便装的流行丝毫没有动摇中山装的统治地位，在一切庄严的场合，中山装仍然无可替代，年轻人结婚，拍革命化的结婚照，依然是以中山装为主，它既是男性的常服，也是礼服。

20世纪80年代以前，经济落后，物资匮乏，人们的服装颜色与样式相当单调，衣服基本上以蓝灰黑绿等深颜色为主，深颜色禁脏不爱掉色，即使是现在，在一些经济落后地区，蓝灰黑绿仍是人们爱穿的服装颜色。当年的中山装，我见到的主要就是蓝灰色。

上了中学以后，中山装已经普及到了学生群体。看见别的同学穿着它，我也买了一件蓝色的穿上。这件衣服成了我的常服，上学下学、逛街串门，自我感觉良好。

改革开放以后，随着人们的思想解放，人性化空间得到了迅速发展。不论年龄、不分场合千人一衣的着装方式自然而然地遭到淘汰。中山装从此基本上销声匿迹，至少在大众生活中失去了市场。如今，风光一时的中山装在各大商场中已难觅其踪。

赏心悦目蛤蜊油

　　蛤蜊，天津方言读作"嘎喇"，为正音起见，这里写作蛤蜊。

　　20 世纪六七十年代，人们的生活普遍贫困，普通市民的物质条件只能满足于吃饱穿暖，那时候的化妆品基本上已经绝迹，什么眼影唇膏粉底霜，什么面膜柔肤水增白蜜，没有那么多花样名堂。美容化妆业在社会上走俏，那是物质条件改善、生活水平提高之后。

　　俗话说，"爱美之心人皆有之"，而且久已有之，即使不为化妆，皮肤的保养也是至关重要的，尤其是一张脸，从古到今，都是人们重点保护的部位，有这么一句话说得好："树活一张皮，人活一张脸。"可是在当时的条件下，"爱美一族"们想在脸上下功夫，留住青春的光彩，也往往苦于无计可施，无物可用。讲究一点的出门前抹一点凡士林、雪花膏，重在护肤，谈不上化妆。那时候的护肤品有一个通称的大众名词——"擦脸油"，通俗易懂，以一概全，突出了人们对保护脸部门面的重视。

　　当年护肤品中最为流行、最为大众的似乎非蛤蜊油莫属。在我小的时候，北方的冬季寒冷干燥，呼呼的西北风在街上刮着，泣鬼神、动天地，加上人们的保暖穿戴又相对简陋，所以一到严冬，我的手脚经常冻得干裂，脸上的皮肤被北风吹得像一个剐蹭了道子的小苹果。每到冬天，冻手冻脚、皮肤吹皴的现象司空见惯，手脸吹皴了冻裂了，没别的办法，抹上点蛤蜊油，权当护肤美容。

当年，几乎街上所有的百货店杂货铺都出售蛤蜊油，它价格便宜，实用耐用，深受广大市民的喜爱。

我小的时候，每到秋冬季节，出门上学前，姥姥都在我的脸上手上抹一点蛤蜊油。北风凛冽，严寒刺骨，蛤蜊油保护着我们稚嫩的肌肤。到了教室，屋里点着大火炉，上课中间，不时有校工进来添煤弄火。炉火烧得通旺，火舌头在炉膛里呼呼作响，可我穿着厚棉鞋的双脚还是被冻裂了。放学回到家，姥姥会把我的鞋袜脱下，在脚后跟的冻伤处抹的还是蛤蜊油。小小的蛤蜊油陪伴我们走过一个个寒冬，迎来一个个春天。

当年的蛤蜊油视蛤蜊壳的大小分几个等级，一般有乒乓球大小。在我的印象中，小盒的蛤蜊油只卖 7 分钱，至于另一种大众品牌铝盒雪花膏——"万紫千红"的出现那是后来的事。

蛤蜊油虽然价廉，却也物美，不用说它的护肤功效，仅就外包装而言，绝对赏心悦目：蛤蜊壳完整洁净，光泽呈牙白色，上面涂上薄薄的蜡质，光滑柔润，贴有精致的商标，如同精巧漂亮的工艺品。城市中的孩子有不少是通过蛤蜊油认识贝壳的，姑娘们衣兜里装上蛤蜊油到学校上学，课间掏出来相互比较着，看看谁的蛤蜊壳更大，图案条纹更漂亮。蛤蜊油代表着那个年代孩子们对美的向往，对幸福的满足。

至于为什么要用蛤蜊壳做包装容器盛装护肤油，我以为最根本的

原因还是贫穷。金属制品造价略高，塑料制品尚未普及，蛤蜊壳是沿海生长的贝类外壳，废物利用，也算是当时国人的一项发明。

现在想想，用蛤蜊壳做包装有点不可思议，从它的挑选分类、处理加工到灌装原料、包装运输，得需要多少工时工序，得包含多少人的辛勤劳动。也许是因为当时原材料紧张，加上劳动力价低，这才有可能使蛤蜊油走进人们的日常生活。

如果不算经济账，蛤蜊油实在是一种既经济实惠又绿色环保的护肤佳品，它为贫困时代的人们做出过特殊的贡献。

居家必备万金油

　　有一天收拾家里的药箱子，从里面翻腾出一盒万金油，比钢镚略大的一个小铁盒，上面印着精致的虎头标志，打开盒子，一股清爽冰凉的味道扑鼻而来。

　　久违了，万金油！

　　万金油是学名，人们习惯把它叫作"清凉油"，简称"凉油"。它的主要成分是薄荷脑、薄荷油、桉叶油、樟脑、丁香油等等，这些成分有抗偏头痛、抗抑郁、止呕吐、抗昏迷、兴奋和止痛作用，虽然"治标不治本"，解决不了根本的问题，但有个头疼脑热、蚊叮虫咬的小毛病，万金油确能起到暂时缓解痛苦的作用。

　　三四十年前，就像广告中所说的，万金油是"居家旅行必备良药"，当年，它和仁丹、避瘟散一样，因其功效多样、携带方便、价格便宜，是每个家庭必不可少的常备用药。尤其是到了夏天，万金油的作用几乎发挥到了极致，头疼脑热，往太阳穴上抹一点儿；肚子不舒服，往肚脐眼上抹一点儿；蚊虫叮咬，抹一点止痛止痒；出门在外，备上一盒防止晕车……您说，小灾小病，有它不能干的吗？所以就有了"万金油"的美称。

万金油作为一种药是美称，用来形容人却不怎么好听，说某个人是"万金油"式的人物，那意思是说他可能什么都懂一点，放在哪个部门、哪个岗位都可以，但是对什么东西都并不真懂，起码是不专业，不精通，管不了大用，属于可有可无、无足轻重的人物，语义多含讽刺。

其实，"万金油"本来就是这样，什么病都能治的药，大概并不能真正治什么病，感冒鼻塞、头痛脑热、晕车晕船、蚊叮虫咬，几乎没有它不行的。但这种所谓的"万能"良药，也就是起到清热解毒、醒脑兴奋、止痒止痛的辅助作用，真有了病，还得到医院看大夫。

最正宗的万金油，当属上面说的带有虎头标志的"虎标万金油"，曾畅销东南亚各国和中国各地，无人不知，无人不晓，在近一个世纪的漫长岁月里独领风骚，名扬全球。

50岁左右的人，几乎人人都用过万金油，看着不起眼的小铁盒，却作用非凡，为当时的人们做出过不小的贡献。

万金油据说还可以内服，有兴奋神经、散热发汗、抑制病菌的作用。但是我所接触的，人们都是将其用于外涂。炎热的夏天，更是万金油大显身手的季节。酷暑盛夏，头昏脑涨，往太阳穴上抹一点儿，立刻神清气爽，脑袋舒服；被蚊叮虫咬，奇痒难挨，在咬过的地方抹一点万金油，立竿见影，效果明显。

那时候万金油虽然常需常备，价格也不贵，但当时物资匮乏，生活困难，人们用"万金油"时总是小心翼翼的。我从小就没离开过万金油，每次用的时候，都是用手指尖挑出一点点，在皮肤上抹了又抹，最后，还要用挑了油的手指在身上的其他地方再抹几下，生怕浪费了一丁点儿。

　　万金油一盒一盒地在我身上抹完，我也一天天地长大了。后来，市场上出现了效果更好的"风油精"以及五花八门的防暑降温用品，"万金油"唯我独尊、称雄市场的局面被彻底打破，逐渐淡出了人们的生活。曾经到处可见、居家必备的万金油现在竟成了渐行渐远的罕见之物。时代的发展让人们有了多种多样的选择，这，无疑就是一种进步。

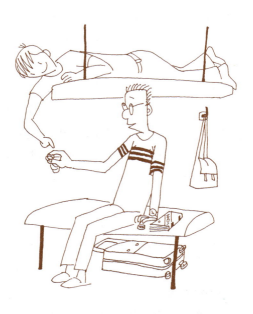

记忆中的宝塔糖

白色或粉色的带着小螺纹的圆锥形宝塔形状，红枣大小，包装纸底部印着粉色的圆圈，甜滋滋的酥脆可口，这就是宝塔糖。20 世纪 70 年代，我们小的时候，每个孩子都爱吃宝塔糖。

其实，宝塔糖不是糖，宝塔糖是一种做成宝塔形状的药，专门用来驱除肠道寄生虫的驱虫药。这位问了，是药三分毒，是药三分苦，没病没灾的，没听说过有人爱吃药的。这您就不懂了，药得看什么药，有的药就不苦。像山楂丸，甜甜的酸酸的，用山楂和蜂蜜调制熬成的膏丸，消食开胃，没有一点药味，很好吃，现在想起来还是觉得好吃。宝塔糖就是这种药，它绝对没有苦味，绝对受孩子们的欢迎。为什么？就因为它甘甜可口。

放到现在，别说是药，就是再甜的糖孩子们也不感兴趣了。那么多的零食供他们选择，走进任何一家食品店、超市，儿童食品都是满满当当好几排货架子，大的小的、盒的袋的、吃的喝的应有尽有，就算买回一盒高级糖果放在家里，城市里的有些孩子很可能连动都不动一块。自小就生活在食品过剩的年代里，用老人的话讲，现在的孩子真是泡在蜜罐里了。过去不行，过去的孩子太缺嘴了。

20 世纪 70 年代，中国人的贫穷是现在的年轻人无法想象的。人们的生活条件和现在不可同日而语，即使是双职工家庭，父母大多挣着几十块钱工资，孩子多的，吃饭穿衣都成问题，孩子少的，生活条件好的也买不到什么东西，商品匮乏，供应紧张，买什么东西都要凭副食本定量供应，一人一个月半斤油、一斤肉、二两麻酱……家家如此，没有高低贵贱之分，有时连二分钱一盒的火柴都要凭本供应。在买什么都需要凭票证排长队的特殊年代，小孩能有什么零食可言。商店里别说没有，就是有，寻常百姓家的孩子也买不起。

有时候孩子一边吃着零食一边问我："爸爸，你们小时候有什么好吃的？"

一句话，倒真把我问住了。是呀，我们小时候都有什么零食呢？我和孩儿他娘搜肠刮肚也没想出十样来，而现在儿童食品多得让人记不住。

我们这一代中年人，可谓是"先天不足，后天失调"，生于节粮度荒的20世纪60年代，长于物质匮乏的70年代。但与同龄人相比，毕竟身处大都市，家境也还说得过去，不曾挨过饿受过苦，而且多多少少还有那么点零食，也算是幸运了。

那时候孩子们的主要零食就是食品店副食店卖的糖果，即使是一两分钱一块，大多数孩子也只能偶尔买一块解解馋。这么说吧，只要是甜的东西，基本上都是孩子们喜欢的食品，即使是宝塔糖。

孩子生病急坏了大人，喂孩子吃药一直是让家长头痛的问题。小时候吃药，我记得总得就着一点糖，不像现在，专供儿童的药品有那么多的花样。一种消炎药，竟然有橘子、菠萝、葡萄、柠檬、草莓等多种口味。时代不同了，连药都时尚了，价格当然也是不菲，商家在孩子身上想尽了办法，挖空了心思，赚足了银子。

现在想起来，宝塔糖就是那时专门为孩子特制的，人家抓住了孩子的特点和家长的心理，难怪在市场上独领风骚。

当然，宝塔糖终究是药不是糖，作为药品，价钱肯定比糖果要贵许多，所以除非小孩肚子里长了虫子，疼得不行了，家长才有可能给孩子买着吃。

我现在也没弄明白，那时候的小孩儿为什么总闹肚子痛。是卫生条件不好？是吃的东西不干净？城市里长大的孩子，多少还知道点卫生常识，病从口入，饭前洗手的道理还是懂的，虽然食品不丰富，可那都是健康的绿色食品呀！没有瘦肉精，没有苏丹红，没有福尔马林，更没有三聚氰胺……不清楚，反正那时候孩子闹肚子是常有的事。闹了肚子怎么办？用不着上医院，家长到药店买上一包宝塔糖，花销不大，保证疗效明显，药到病除。

我吃过宝塔糖，不像糖果那么齁甜，还有一股淡淡的清香味，吃过之后，确是难忘。后来有了药效更好价格更便宜的驱虫药，宝塔糖很少能见到了。但是它独特的形状、独特的味道却深藏在人们的记忆里。

家家喝"高末儿"

"高末儿"这个词现在是再也听不到了，但是在我小的时候，20
世纪 70 年代，北方城市的普通人家喝茶，一般多是喝"高末儿"。为
什么？"高末儿"便宜呀！它是卖完茶叶后箱子里剩下的茶底子，也就
是所谓的茶叶末子。那时候，茶叶不管好坏、贵贱，也不论品种、档
次，碎茶一律称为"高末儿"。天津人幽默，善于自我解嘲，明明是
舍不得花钱买好茶叶，明明喝的是便宜的茶叶末子，但也要冠以一个
"高"字，意为高级茶叶的末子。

"来二两高末儿！"顾客在柜台前一声招呼，服务员二话不说，
从茶叶箱子底下铲出几勺茶叶末子，称好、打包，纸绳子十字一系，
顾客拎着纸包走出茶叶店，大摇大摆，趾高气扬，一点也不觉得寒酸
气馁。

那年月，人们的温饱还没有解决，不是家家都能喝得起茶叶，俗
话说"开门七件事，柴米油盐酱醋茶"，茶叶叨陪末座，属于可有可无
的饮品。在那个贫困年代，对普通百姓来说，能有二两"高末儿"喝
就算不错了。脚下的鞋再破，也比光着脚走路舒服。茶叶再次也是茶，
无论是款待客人还是自己享受，大多数家庭都备着点"高末儿"。

家家喝"高末儿"，当年它几乎成了茶叶的代名词。

"高末儿"之所以一度风行于世，主要是因为它物美价廉。茶叶虽然不成形，碎成了渣子，但沏出的茶水味道并不差，而且价钱便宜，只是完好茶叶的几分之一。

一个白瓷茶壶，抓上一把"高末儿"放进去，续上滚烫的开水，沁香扑鼻的茶水就沏得了。茶叶泡在壶里，沏出的茶水色重味浓，至于壶里泡的是散碎的"高末儿"，还是完整的好茶叶那就不得而知了。那时候茶叶店的买卖人大多规矩本分，恪守职业道德，还不像现在的商人唯利是图，坑骗顾客，"高末儿"中有相当一部分是好茶叶，冠以"高末儿"低价出售，其实也是变相的打折促销。

"高末儿"的品种基本上都是花茶。三十多年前，不仅京津一带，几乎绝大多数的北方人，喝茶都是以茉莉花茶为主。也许是因为那时候交通不便，物流不发达，南方新采下来的茶叶运到北方，基本上都成陈茶了。茶叶经茉莉花一熏，喧宾夺主，真正的茶味被掩盖了。那种香，不是茶的清新之香，而是茉莉花的浓艳之香，就像人老珠黄的女人，只能靠涂脂抹粉来掩盖一脸的沧桑。好在多数北方人喝茶并不太讲究，也不懂得品茶，一般人品不出茶叶的好坏。人们喝茶多以色重味浓为第一要义，花茶沏上三淋色味依旧，耐沏耐泡，经济实惠。不像南方人习惯喝的绿茶，味道虽好，却过于清淡。

北方人喝茶，重在喝，不在品；重内容，轻过程，透着性格的粗放豪爽。在慢慢品咂的南方人看来，北方人喝茶无异于"牛饮"。而南方人喝工夫茶用的小小茶具，北方人只能用来喝酒了。一粗一细，一大一小，一简一繁，南北方不同地域的性格差异由此可见一斑。

这些年，人们生活富裕了，喝茶的档次提高了。北方人喝茶也追赶着时尚，什么西湖龙井、君山银针、黄山毛峰、安溪铁观音、信阳毛尖、六安瓜片、云南普洱，林林总总，不一而足，但喝来喝去，多数北方人似乎还是钟情于花茶。

经济的发展带来商业的繁荣，如今茶叶的品种多得让人记不住，而且一律都冠以名茶，那价钱更是"抽风掷骰子——没有准点儿"。

前几年到庐山，在山顶的街上逛商店。到处都是茶叶店，到处都是庐山著名的云雾茶。我就纳闷，就算把庐山的树叶都摘下来也炒不出这么多的茶叶。

"假货，不用问，肯定是假货。"我提醒着同行的朋友，防止被人"忽悠"，上当受骗。

我们随便在街上遛着，小商贩看见我们热情得像是久别重逢的亲人。有一种茶，忘了名字，茶形看着不错，红豆似的小小一团，煞是可爱。看看标价，一斤1200元。都怪我停留片刻，多看了两眼，商贩马上凑到眼前，大肆地介绍推销。

长话短说，一番讨价还价之后，您猜我多少钱拿下的。60元，天呀！只是标价的二十分之一，像白捡的一样。冲动之下，脑子一热，我们两人各买了十几桶，打算回来送给朋友。第二天在车上我们向同行的旅客炫耀昨晚的成果，没想到别人拿出同样的茶叶，一问价钱，我们差点没昏过去，30，人家是30元钱一斤买的。您说这茶叶价钱的谎有多大。

后来仔细想想，我们不可能不上当，俗话说"买的没有卖的精"，两个人生地不熟的北方茶盲到南方的旅游景点买茶叶，不挨宰才怪了。

这些年，城市里开了不少的茶社，我和朋友去过几次。茶社环境幽雅，装修豪华，无饭厅嘈杂之声，有雅室清静之趣，茶香袅袅，清音缭绕，确是个休闲聊天的好去处。但是当服务小姐问到喝什么茶时，我们大多一脸茫然。是啊，我们只知道是来喝茶，至于茶有什么讲究，什么品种，我们实在不甚了了。我也看过几次茶道表演，参观过南方几处茶场，但是说心里话，那些烦琐的程序，那些复杂的说道，我一样也没记住。我觉得，喝茶如同饮食习惯，从小喝着"高末儿"长大的人，即使再附庸风雅，也改变不了渗到肌肤、浸入灵魂的习性。

留在记忆中的"高末儿"从生活中销声匿迹了，人们饮茶的这种变化也反映着时代的进步！

街头遍布大碗茶

现在街上卖大碗茶的几乎见不到了，茶水摊退路进店，挂起了茶馆、茶社的招牌，里面环境幽雅，装修豪华，服务小姐用精致的茶具为您殷勤地泡茶倒茶。自然那茶水的价格也陡然倍增，一壶茶少则上百，多则上千，普通市民是消费不起的。茶馆、茶社，卖的不是茶水，是环境、是服务，那里的茶水与当年两分钱一碗的大碗茶相比，一个是身价不凡的贵族，一个是质朴土气的平民，两者有着天壤之别。

天津不像北京、成都等城市，早年间没有几家茶馆、茶社，倒是街头到处有卖大碗茶的小摊。一个小桌，上面摆满粗瓷大碗，旁边放着几个小板凳和两三把大茶壶。路人口渴了走累了，坐下来花两分钱买一碗茶水喝，既解渴又解乏，极大地方便了过往群众。

20世纪70年代以后，茶水摊进行了改良，粗瓷碗大多换成了玻璃杯，杯口处加盖了一块方形的小玻璃片，用于防尘。冷茶热茶摆满一桌，上面放着一块硬纸片，明码标价写着：茶水两分一碗。

大碗茶是当年天津城市的一道风景，是最为大众化的低级饮品，一年四季都有卖的，贴近百姓，方便群众。喝一碗大碗茶，冬天可以取暖，夏天可以解渴，还有小板凳可以坐下来歇息，马路边胡同口闹市区，车站码头商业街，只要是过往人流密集的场所，大多能见到卖大碗茶的茶摊。人们喝大碗茶，原因无它，主要是为了方便解渴，价钱便宜。

在贫困年代，商品单一，商店里小摊上卖的饮料基本上只有瓶装的汽水一种，而价钱比起大碗茶要贵上十倍左右，最便宜的小玻璃瓶汽水当年也要一毛五分钱，多数人舍不得买汽水喝。走在大街上口渴难挨，茶水摊几乎成了人们最佳的选择，花两分钱喝上一大碗，既解渴去暑，又能顺便歇歇脚，实在是一种经济实惠的享受，尤其是那些生活在社会最底层的市民，诸如跑街拉货蹬三轮的大多离不开街头茶摊。

摊主为了招揽生意，茶水煮成了浅红色，而其中的茶味却明显不足。那都是小贩用质量最差、最便宜的粗制大叶茶反复煮出来的，色重而味淡。您想想，二分钱一大碗的茶水，那茶叶能好到哪去。好在大碗茶的消费对象主要都是普通百姓，喝茶其实是为了喝水，是为了解渴解乏，真正想品茶的绝不会跑到大街上的泡茶摊。

我当年在街上极少喝大碗茶，一来年龄小，走远道的机会少，口渴了忍着回家喝水，绝不轻易花那二分钱；二来是嫌大碗茶不干净，马路上暴土扬尘，茶碗茶杯又有多少人反复使用，卫生难以保障。后来听说有个别的摊贩为了加重茶的颜色在水里加了色素，这样的茶水更令人望而生畏不敢喝了。

不知从哪一天起，遍布街头的大碗茶好像一夜之间消失了踪影。随着人们生活水平日益提高，社会商品逐渐丰富，瓶装的矿泉水、净化水、各种饮料遍布街头，人们随时随地都能解决口渴问题；同时，人们的健康卫生意识也在日见强化，社会的进步淘汰了许多不合时宜的陈旧事物，这其中就包括街头的大碗茶。

冰棍儿败火，三分一根

"冰棍儿，败火……"

"小豆冰棍儿，三分一根……"

这是我少年时期经常听到的吆喝声，这声音就像一阵清凉的风刮到心里，对我充满了诱惑，肚子里的馋虫立时被勾到嗓子眼，真想立马冲出屋去，跑到街上卖冰棍儿的推车老头那儿买上一根。

20世纪70年代的小豆冰棍儿，现在想起来，没有比它更好吃的冷食了。到了炎热的夏天，我最大的心愿就是手里能举着一根冰棍儿，一根小豆冰棍儿。可惜的是手里一分钱也没有，我舔着嘴唇，咽着口水央求着姥姥："给我买一根吧，就一根。"任凭我怎么软磨硬泡，姥姥从来不为所动，她不说行，也不说不行，就是不搭理我，直到卖冰棍儿的吆喝声渐行渐远，渐渐消失在马路尽头。

姥姥一直疼爱我，我在家里最小，可上面连表哥表姐还有几个孩子，一人三分就是两三毛钱，这点钱在当时够买二三斤棒子面的。姥姥操持着一大家子的吃喝穿用，不能不算计着过日子。老人做事从来是一碗水端平，不会破例单独给我开小灶。

小豆冰棍儿，冰凉透心，香甜可口，能吃一根那是多大的享受。我渴望着，幻想着，心中暗想，等我长大有了钱，一定要把它吃个够，吃顶了为止。

挨到三伏天，热得实在不行了。姥姥这才大发慈悲，给我们几个孩子发放防暑降温费，一人一天三分钱，人人有份，不多不少，够买一根小豆冰棍儿的。捏着这来之不易的两三个硬币，我欢天喜地跑到街上去买冰棍儿。

那年头城市里个体经营的商贩基本绝迹了，只有家庭困难的老年人，街道才给起照卖冰棍儿。这些老头儿老太太推着冰棍儿车有时沿街叫卖，有时就停留在路口的阴凉处，一只漆成白色的木箱子，里面用棉絮被子包裹着一层层冰棍儿。我神气十足地递上钱，指定让卖冰棍儿的给我拿箱子底层最硬的冰棍儿，硬的冰棍儿凉，冻得结实。

揭开包装的蜡纸，我举着冰棍儿一边走一边慢慢地享用。小豆冰棍儿上面是一层厚厚的红小豆，颗粒饱满，没有磨成豆粉，下面是红褐色的豆汤冰块，货真价实，又凉又甜，绝对是冰棍儿中的上品。

吃冰棍儿时先一点点地舔，上下左右在嘴里慢慢嘞嘞，那冰冰凉、甜丝丝的感觉立时传遍全身。赶上要融化滴落的一刹那，用嘴猛然接住，绝不能有一丝一毫的浪费。

一般情况下，冰棍儿都是在嘴里舔化吃完，我舍不得大口大口地咬，我希望那种美妙甜蜜的感觉在嘴里尽可能地无限延长，慢慢享受冰棍儿融化的过程。如果能遇上邻居的小伙伴，尤其是那些家境差极少吃冰棍儿的孩子，换来的必是可怜巴巴、馋涎欲滴的羡慕目光。我傲慢自得地一个人享用，显得有些冷酷无情。

有时，碰到关系非常好的小伙伴，对方那渴望的眼神常常叫我产生动摇，有的尾随在我身后，忍不住乞求着："给我咬一口，就一小口，行吗？"咱从小就仗义，为人厚道，实在是抹不开面子，我停下脚，小心翼翼地递过去，眼睛紧盯着他的嘴，心提到了嗓子眼儿，把冰棍儿的底部冲着他，嘱咐道："小点口啊！小点口啊！"能分得我一口冰棍儿吃的小伙伴，那关系，绝对铁得"咣咣"的。

一位曾和我有过"同棍之谊"的小学同学，出国二十多年了，如今混得人五人六的，前几年春节回来相聚，说起小时候时吃冰棍儿的情景，老同学感慨万千，为了报答我当时的慷慨，借着酒劲，拍着胸脯道："这样吧，就冲当年的冰棍儿，你今年带着老婆孩子到美国玩玩，来回的机票吃住旅游的费用我全包了。"

真没想到，一小口冰棍儿能换来一次美国之行，早知如此，我当时真应该把整根冰棍儿都让他吃了，即使游不了全球，欧洲十国总不成问题吧。当然，我是哪儿也去不成，不为别的，到了国外，想吃点煎饼馃子窝巴菜上哪找去？

那时候街面上卖的冰棍儿基本上只有两种，三分一根的水果冰棍儿和五分钱一根的奶油冰棍，奶油冰棍儿不仅贵，而且有一股黏糊糊的奶腥味，不如水果冰棍儿清凉爽口，所以一般孩子更钟情后者。而水果冰棍儿中最受人们欢迎的无疑就是小豆冰棍儿，它是当年人们夏季消暑败火的首选冷食，即使只买三分钱的，一般家庭也只能偶尔满足孩子的需求。

"冰棍儿，败火，三分一根……"

"冰棍儿，败火……"

盛夏酷暑，街面上不断传来的吆喝声对我们每一个孩子都是一种诱惑，一种考验。

冰棍儿为什么能败火？也许就因为它冻成了冰块，吃下去化了能吸收人体的一部分热量，老百姓认为火就是热量，凉的东西吃到肚里就应该能够败火。

印象中我吃的最痛快的一次冰棍儿是上了初中，有一回远在东北的三姨回来探亲，破天荒地偷偷给了我两毛钱，这在当年可算是一笔不小的零花钱，我决心奢侈一把，满足一次自己最大的心愿。想来想去，当时最渴望的就是能痛痛快快地把冰棍儿吃个够。我攥着这来之不易的两毛钱，在街上转悠，找到一家食品店，店门用毛笔在牌子上写着："冰棍处理，两分一根。"那时候要融化了的冰棍儿，再不处理就没法卖了。我像拣了个大便宜，一下子买了十根。站在店门口，手托着已经软成烂泥一般的小豆冰棍儿，一口气吃了十根。那是我至今难忘、痛快淋漓的一次冷食大餐。

现在孩子的冷食数不胜数，无论是食品店、超市，还是街头小摊，各种冷食琳琅满目，带棍的、装盒的、盛碗的，口味齐全，应有尽有。即使是冰棍儿，花样也多得数不过来，有的还是中外合资生产的名品，价格少则几块，多则几十块钱一根，而且一年四季都有卖的。但是这么多的冰棍儿、冷食都唤不回我对儿时小豆冰棍儿的感情，它陪伴着我度过了一个个难忘的童年夏天。随着时间的流逝，小豆冰棍儿渐渐流淌成记忆中的脉脉温情，化为挥之不去的恋旧情怀。

儿时的汽水

　　汽水，一种含有二氧化碳的碳酸饮料。现在市场上出售的可乐、雪碧、美年达等等饮料，统而言之，都可以称为汽水——带汽的水。

　　但是，在我小的时候，我生活的城市，20 世纪 70 年代，汽水是有专指的，叫山海关汽水。那时候经济落后，交通不便，运输受限，各大城市都自己生产汽水在本地销售。天津市场上出售的汽水仅此一家，别无分号。山海关汽水一统天津，是天津唯一的夏季饮料。全国其他的城市也大体上一样，都有自己品牌的汽水，像北京的北冰洋汽水、上海的正广和汽水、广州的亚洲汽水、武汉的大桥汽水等等。

　　汽水用玻璃瓶装，分大小两种，大瓶的两毛五分钱，小瓶的一毛五分钱。汽水的口味只有一种，橘子型的。当年的冰箱、冰柜极其罕见，不仅没有进入家庭，即使是商店也没有这些设施，瓶装的汽水都是用大盆泡着，上面压着一块块天然冰块降温。

　　汽水在当年绝对算得上是高档的清凉饮料，普通人家的孩子难得喝一次。您想想，即使是只买一毛五分钱的小瓶汽水，也够孩子们买五棵冰棍儿的。俗话说：穷人的孩子早当家，在一分钱掰成两半花的贫困时代，夏天能有根冰棍儿消暑解馋已经很不错了，花钱买汽水喝，一般孩子不敢有此奢望。

橘黄透明的汽水冰凉冰凉，喝在嘴里甘甜微辣，一瓶汽水灌下肚，从嗓子眼能凉到胃口，那叫舒服，那叫爽快。

在酷暑难捱的盛夏三伏，姥姥在最热的几天里开始给我们买冰棍儿吃。一向节俭的姥姥肯破例给我们几分零花钱，不是让我们解馋，实在是天热得不行，怕我们中暑生病。拿着钱，我们兴高采烈地跑到路口的冰棍儿车买上根冰棍儿，回来的路上一边走一边举着冰棍儿小心翼翼地慢慢嘬嘞。而邻居家的一位独生子小孩却能时常享用冰镇汽水。有时候，我们望着那孩子大口大口地扬脖喝汽水，心里有一种说不出的羡慕，还略带一丝嫉妒。那时我就想，还是独生子女好啊，人家各方面条件都比我们好，吃的喝的玩的穿的用的，几个孩子的消费人家一个人独享，那才叫福气，等我以后长大了成家了——如果真有那么一天，绝对只要一个孩子，让他来补偿他爹小时候的遗憾。

汽水对年幼的孩子充满了诱惑，一个夏天我们难得喝上几次，冰棍儿尚且不能满足，遑论汽水。即使破天荒有那么一两次机会，如果让我们选择，大多舍不得买汽水喝，有那钱省下来还多吃几棵冰棍儿呢。对当年普通家庭的孩子来说，喝汽水实在是一种奢侈的花销。

当然，机会还是有的，不知什么时候，母亲会心血来潮慷慨一次。那时每到周末晚上母亲把我从姥姥家接回自己家，偶尔在回家的路上会给我买一瓶汽水解解馋。汽水只买一瓶，母亲扶着自行车在一旁看着我享用，目光中露出一丝满足与欣慰。印象中我从没有让母亲喝过，贪婪的本性和机会的难得让我顾不了许多，只想把那冰凉透心的甜水尽快灌到肚子里。

　　那时候每一次喝汽水，我都强忍着汽泡的那种辣味，连水带汽一起喝下去，我舍不得让它浪费，瓶子里的汽也是花钱买来的呀。以我的理解，没有了汽，那还叫汽水吗？那不成了甜水。

　　汽水喝到肚子里，不一会儿，一连串的汽嗝涌上来，冰凉透心，那一刻，它让我对生活感到了一种满足。

　　四十多年过去了，我的孩子也慢慢长大了，当然是独生子。我们这代人，似乎用不着宣传计划生育，绝大多数人压根儿就没敢想过要第二个孩子，想要也养活不起，养得起也养不好。

　　现在的孩子从小生活在蜜罐里，别说喝一瓶汽水，就是要买贵上十倍百倍的东西，当父母的连眼都不眨一下。城里的孩子哪个一年不得喝几箱饮料。而且饮料品种繁多，口味不同，档次不等，像山海关这种玻璃瓶装的汽水虽然还有卖的，但早已失去了当年的风采，不再受孩子们的欢迎。

煤球炉子话旧

现在城市里天然气、煤制气、液化气基本上普及到了家家户户，但煤炉子肯定还有人在用，平时就算不是为了做饭，在暖气尚未完全普及的现在，有些住户冬天的取暖还是离不了煤炉子。但即使是烧煤，人们也改烧相对方便卫生的蜂窝煤，烧煤球的火炉子在大城市中正在逐渐消失。

三十多年前，煤球炉子在城市中被广泛使用，不管是住平房的院子，还是住楼房的楼道，不管是人口众多的家庭，还是单身一个人的住户，家家户户门口都放着一个炉子，人们烧水做饭，一天都离不开它。清早起来，那真是"家家点火，户户冒烟"，炊烟袅袅，缭绕不绝，直到太阳老高了，笼罩在胡同里的烟味还没散去。整座城市到处是烟囱林立，一片烟雾迷茫。

点炉子生火当年是人们一项最基本的生活技能，它关系到每个家庭成员的饮食、用水、取暖等一系列问题。可别小看了点炉子，那里面的学问可大了。炉膛底下垫多少乏煤，引火的刨花儿废纸潮不潮，劈柴要用多大块，每次放多少，火烧到什么程度才往里蓄煤等等环节每一项都得注意，都得掌握规律，一丝一毫也马虎不得。

　　煤球炉子除了必备的煤球和劈柴，还得有好多的配套工具伺候着，火钩子、火筷子、拔火罐、煤铲、簸箕、煤扠子、炉档、烟囱、窝头盖……缺一不可。少了哪样你都伺候不好炉子，而炉子一旦和你较劲撂挑子，你轻则受冻，重则挨饿，那麻烦可就大了。

　　那时候的煤球炉子，无论是冬天用的铸铁的，还是平时用的铁皮的，从商店里买回来都是空着炉膛的，得自己套好了才能用。

　　套炉子也有些窍门儿，在一种耐火土里掺上麻刀，用水和成软硬适中的泥坨，一层一层地抹在炉膛的内壁上，然后用手拍打结实，一点点挖成薄厚均匀的内弧形，肚膛大，炉口小。这样套出的炉子才能拢火耐烧，省煤节能。如果把炉膛套得直上直下，不仅拢不住火，点着了以后总也旺不起来。

　　那年月，家家户户在房子门口都有盛放煤球、劈柴的煤池子、煤筐、煤箱子。煤球凭购煤本限量供应，人们烧煤都相当节俭。煤球没烧透，捻掉外面的乏煤，剩下的煤核儿舍不得扔掉。煤筐、煤子池底下的煤末子，攒到一定数量，人们就自己动手团煤球、贴煤饼、切煤块，绝不会浪费。

　　我小的时候，就喜欢和煤玩。将煤末子倒在地上，中间刨开空地，倒上水，用煤铲、铁锨像和泥一样和好，有时还要掺上一定比例的黄土，团成球，拍成饼子或平摊在地上，切成一块块火柴盒大小的小煤块。晾干了和煤球一样好烧。

　　煤末子的另一个用途是和成湿煤摊在炉膛口封火，中间扎一个小眼，炉火能做到一夜不灭。

　　当年，人们烧火，除了煤球，还有一种煤核儿，这东西，现在的年轻人是连听都没听说过。

20 世纪 80 年代以前，全国各地到处都有拾煤核儿的，尤其是一些穷人家的孩子，拾煤核儿成了减少家庭开支的一项劳动。李玉和在《红灯记》里有一段唱，"穷人的孩子早当家"，其中有一句夸奖女儿李铁梅："提篮小卖拾煤渣，担水劈柴也靠她。"煤渣说的就是煤核儿。

煤核儿不是到处都有，只有厂矿企事业单位的锅炉房门口才有，单位用煤量大，民用煤比工业煤价格要贵，单位不烧煤球，只烧煤块，倒出的煤灰中有一些表面看着烧乏了、发灰发白了，其实里面没烧透，煤芯还是黑的，拣回去还能接着烧。我小时候住的附近有一家工厂，在锅炉房的门口一边堆着煤堆，一边是倾倒炉灰渣子的小土山。每天，烧锅炉的师傅都用小推车将掏出的炉灰运出来，或自然晾凉，或用水浇灭。届时，灰堆周围立刻会围上一些孩子在里面拾煤核儿。

拾煤核儿要用专门的工具，一种带齿儿的小耙子，一只手用耙子从炉灰里往外扒，一只手拾煤核儿。工厂里的煤渣大多是刚从炉膛里扒出来的热煤渣，即使喷了水，冒着热气，也是灰尘飞扬。拾煤核儿不能怕脏，不能怕烫，还得眼尖手快，手要像鸡啄米一样将煤核儿捡到袋子里、篮子里，动作慢了，很可能就让别人捡走了。这种煤，类似焦炭，好烧，还不用花钱，穷人家的孩子，每天拣点煤核儿，为家里节省了不少开支。

那时候，从某种意义上说，火就代表着饭。"我们家几天没起火了。""几天没开火了。"那意思是说几天没做饭了，炉子和吃饭紧密相关，你说重要不重要。

当年，街坊邻居们来往密切，相互都有个照应，炉火也成了他们加深联系维护感情的纽带。

"二他爸爸，把暖壶拿来，我给你灌壶开水！"晚上回来晚了，你就是不点炉子也别愁没有开水用，街坊邻居们早给你准备好了。那时候邻居互送开水是常有的事，反正炉子闲着也是闲着，一壶壶开水冒着滚烫的蒸汽，将平民百姓的小日子烘托得红红火火。邻里之间通过一壶壶开水，传递着一片温暖的人情与关爱。

20世纪70年代我上小学的那会儿，一到冬天，街道上买冬储大白菜的、送煤球儿的，便开始忙碌开了。送煤的排子车上码的是一排一排的竹编筐，长方形的那种，一筐50斤。居民买多少煤，送煤工写好购煤本，收好钱，将一筐筐煤球倒在住户指定的地方，或煤筐或煤箱或者煤池子里，家家户户都有专门储存冬煤的地方。北方人冬天做饭取暖，用煤量大，提前把冬煤预备充足是一项必不可少的任务。

　　那时候的冬天也比现在冷得多，除了家里，学校的教室也装着一个大火炉，早晨上课之前，校工就将炉子烧好，有时候课上到一半，就有教工进到教室照看炉火。熊熊的炉火烧得教室暖暖乎乎，我们享受着春天般的温暖，却不用交一分钱的取暖费。

　　冬天屋里点着个炉子，确是暖意融融，气氛浓浓。如果把馒头、窝头切成片放到炉台上烘烤。烤得的食物香喷喷、嘎嘣脆，是备受大人孩子喜欢的美味。

　　当然，炉子的缺点也太多了，不仅麻烦，不卫生，更重要的是不安全。炉子照看不好，除了会造成火灾的隐患，燃煤中的一氧化碳还常常会熏死人。前些年，城市集中供热还没有普及之前，每年冬天我们都能看到因炉子煤气致人死亡的报道。

　　后来人们的生活条件逐渐改善，有了蜂窝煤，既卫生又省事，灰尘少，煤末子也少，虽然价格比煤球略贵，大多数家庭都弃煤球而改烧蜂窝煤了。再后来，人们土法上马，用上了"土暖气"。煤球炉子与人们的生活逐渐拉开了距离，进入行将淘汰的行列，随之而去的，还有那些与炉子配套的工具，拔火罐、火钩子、火筷子、煤铲、煤扠子、炉档、烟囱、窝头盖等等等等……

　　如今，厨房里的电器设施齐全，除了管道天然气、液化气，还有各种电器、电磁炉、微波炉、电饼铛、电水壶等等。回到家，燃气灶一扭即旺，两个火眼可以同时烧菜做饭，还可以调节火力的大小，而电器设施也是无所不能，烧水蒸饭炒菜煮粥，再加上城市中暖气的普及率大幅度提高，人们基本上告别了传统的炉火，煤球炉子几乎成了出土文物，说不定哪天你能在拍卖会上见到它的身影。

记忆深处的煤油炉

　　偶逛旧物市场，发现一个煤油炉，圆形深绿色，朴素大方实用，一下子勾起我的回忆。

　　20 世纪 70 年代，即使是城市居民，绝大多数人还不知道天然气是何物，煤气罐、燃气管道那是近三十年的产物。当年，人们烧水做饭几乎家家都用煤球炉子，讲究一点的家庭才烧蜂窝煤。无论是寒冬腊月，还是盛夏三伏，家家户户都点着煤炉子，一年到头，炉火生生不息，天天燃起，人们普通而平凡的日子在炉火的映衬下过得红红火火、有滋有味。

　　除了人们居家必备的煤球炉子，当年还有一种煤油炉十分流行。

　　煤油炉体积小，操作方便，使用卫生。不少双职工家庭和单身男女，都喜欢用煤油炉烧水做饭，既省时又省事。当然，煤油炉比煤炉子火力小而且成本高，人口多或负担重的家庭一般很少使用。

　　我小的时候，父母下班回家晚了，现点炉子做饭时间来不及，父母便用煤油炉简单做一点饭菜将就。我清楚地记得，那个煤油炉是铁制烤漆的，深绿色。下面是用来盛煤油的圆形油箱，上面是炉架。中间有双层活动的铁罩，夹着 12 个绒线头，称作 12 支，有旋钮开关调节火苗的大小。煤油炉燃烧不充分就会冒出黑烟，散发出一股呛人的煤油味，一般要在室外背风处使用。蓝蓝的火舌头舔着锅底，我饥肠辘辘地蹲在那耐心地等待。

　　煤油炉在人们简单粗陋的生活用具中显得复杂而神奇，幼年的我最爱看的是父亲收拾煤油炉，往炉膛里灌煤油，剪炉芯，换绒线。神奇的火苗是怎样燃烧的？它让我充满了好奇。

　　家里煤油炉的使用频率并不高，基本上属于应急接短的"候补队员"，轻易找不到上场发挥的机会。一是煤油供应紧张，要凭购煤本到专门的商店定量购买。二是煤油易燃，不安全，得妥善保管。而最根本的，我以为还是常用煤油炉会增加家庭开支，用煤油炉烧水做饭比用煤球炉子花费要大得多，所以一般情况下人们舍不得用它。

多少年以后，我娶妻成家，开始了独立生活，首先遇到的难题便是吃饭问题。俗话说："人是铁饭是钢，一顿不吃饿得慌。"每天下班回到家的第一件事就是点炉子，这时，我才切身感受到生火做饭的麻烦。

可别小看了点炉子，这里面大有讲究。不得要领往往事倍功半，弄得烟熏火燎，污头垢面，炉火很可能死眉塌眼奄奄一息。有时候，炉子没点好，别说吃不上饭，甚至连口热水都喝不上。每天摆弄炉子让我伤透了脑筋。父亲知道后，不言不语买了一个煤油炉，骑着自行车跑了十多公里送到我的新家，而且还用塑料桶装了满满的一桶煤油，父亲没说什么，那份关爱让我铭记至今。这个很普通的煤油炉一度成了我们糊口充饥的做饭工具，有了它，这个小家才显得温暖与完满，它陪伴着我度过了那段短暂而难忘的时光。

如今，燃气管道进入到千家万户，干净便捷的电饭锅、电蒸锅、电磁灶、微波炉等等进入家庭，人们基本上告别了炉火，告别了清苦而艰难的生活，煤油炉也成了过时的古董不知所终了，但是它那蓝蓝的火苗，特殊的味道却深深地留在我的记忆中……

炙炉儿安在？

　　炙炉儿，也称支炉儿。这个词，不要说孩子，就是现在的有些成年人也不知道是指什么东西了。但您一看图，没准就乐了，敢情是这玩意儿，不就是过去用来烙饼的吗？没错，就是它，炙炉儿——支在炉子上烤制食品的一种砂质炊具。

　　炙炉儿的形状像一个倒扣着的小盆，不过沿是直的，两寸多高，面的顶部略显外凸，类似缺了把手的锅盖，上面均匀地遍布着半厘米大小的蜂眼，过去人们将它扣在炉口上，专门用来烙饼。

　　城市居民普遍使用煤制气、天然气不过二三十年的历史。现在，下班回家，想烧水做饭了，到厨房煤气灶前一按一扭，"叭"的一声，淡蓝色的火苗就蹿出来，方便快捷、卫生安全。更多的人家干脆不动火了，直接用电，电水壶、电磁炉、电饼铛等等一应俱全，厨房革命，一步到位，彻底与国际接轨了。过去不行，过去的城市居民，家家户户点着煤球炉子，连烧蜂窝煤的都不多。双职工下班回到家的第一件事就是点火生炉子，废纸刨花儿引燃劈柴，劈柴烧旺再续煤球，弄得周围烟熏火燎，呛得人们连咳嗽带喘，每天不折腾上半个多小时甭想消停。

　　别小看了生火点炉子，这里面也有技巧。劈柴劈成多大块，每次点火放多少，烧到什么时候才往里续煤，都有一定的讲究。

二十多年前，我刚成家那会儿，和媳妇两个人单过，每天烧水做饭都离不开炉子，下了班回到家进门的第一件事就是和炉子较劲，每天不重复两三次，炉子绝对死眉耷眼不着火。最后我爸干脆给我送来了煤油炉，才让做饭变得简单一些了。

现在想起来，生炉子的麻烦真是不可思议。除了引火的材料（废纸刨花儿等等）、劈柴、煤球，它还需要不少的辅助工具，像火钩子、火筷子、烟囱、拔火罐、煤夹子、煤铲、土簸箕等等。一个小小的炉子，得准备那么多物件伺候着，差一点都不行。你得先把它伺候舒服了，才能让它伺候你，否则，惹翻了炉子，它一罢工，你就等着干瞪眼饿肚子吧。

煤球炉子不仅不卫生，也不安全，粗心大意不管它，那麻烦就更大了。

没有炉子行不行？还真不行！人总得吃喝吧，在饮食上人和动物的区别就靠它了。不都是这张嘴闹的吗！

话扯远了，接着说炙炉儿。它是家用炉子的配套产品，炉口大的，像饭馆、早点铺用的那种大炉子用不了炙炉儿，真有那么大的炙炉儿那得烙多大张的饼。

北方人爱吃面食，特别是烙饼。当然，家里烙饼，除了炙炉儿，还有饼铛。饼铛一般用铸铁制成，价格比砂质的炙炉儿要贵上好几倍，那年头，不是家家户户都能置办得起的。况且，用饼铛烙饼得放油，不放油干烙，饼容易粘锅烙糊。

想吃饼又不舍得放油，只有用炙炉儿。用炙炉儿烙饼省火省时，和好面，擀成圆形，贴在炙炉儿面上，饼靠炉膛里的高温慢慢烘烤而成。由于受热均匀，烙出的饼，外焦里嫩，层多味美，香软可口。

别小看了这小小的器物，在困难年代，用炙炉儿烙出的美味大饼为人们的饮食生活做出过不可替代的贡献。

炙炉儿的材质是砂质的，价格相对便宜。即使这样，当年也不是家家必备的厨具。谁家想起来要烙饼了，家里大人招呼孩子一声："小三，到前院李大妈家把炙炉儿借来用用！"孩子应着，屁颠屁颠地去了。不一会儿工夫，院子里就会散发出一股股烙饼的香味。那时候，大家都不富裕，都不容易，家里的东西大多和街坊邻居串换着使用，你们家有打气筒，他们家有劈柴的斧子，另一家有木锯扳手，谁家需要用什么物件了，打个招呼就行，用不着客气。邻里之间借工具借用具那是常有的事。一个楼里或一个院里住着，低头不见抬头见，相互都有个照应，有个帮衬。远亲不如近邻，大家伙把贫穷乏味的日子过得红红火火，亲善和睦，有滋有味。

随着人们生活条件的改善，燃气化普及了，人们告别了传统的炉火，炙炉儿也成了一种历史遗物。炉之不存，炙炉儿焉附！从这一物件的被淘汰，不也能看出时代的进步吗？

怀念馄饨

薄薄的皮，一丁点儿的馅，捏在一起，用锅煮熟，这就是馄饨。三十年前，它是北方许多城市居民最普遍的早点之一，遍布街头的早点铺、早点摊几乎每家都在卖馄饨。早晨喝上一碗连汤带水热气腾腾的馄饨，解饱解渴带解馋，浑身舒坦。

随着人们生活水平的提高，馄饨长大了，长胖了，里面的肉馅逐渐增多，馄饨就变成了云吞，虽然价钱贵上了几十倍，却仍然是人们早餐中爱吃的主要食品。

小时候，我经常看见服务员在店铺里包馄饨，一大盆稀乎乎的肉馅，一摞子薄薄的馄饨皮。服务员左手捏皮，右手用筷子沾上一点肉馅，往皮上一抹，随手一捏，扔在一边。这样包出来的馄饨煮熟了，肉馅只有黄豆粒大小，人们只能尝点肉味而已。这种馄饨放到现在只能算是面片儿汤，而且是稀稀的、薄薄的面片儿汤。

当年的馄饨 9 分钱一碗，在早点中算是价钱较贵的。

人们喜欢吃馄饨，主要是爱喝煮馄饨的汤，那是煮得发白的排骨汤，俗称高汤。鲜香可口，营养丰富。早点铺的馄饨锅旁放着一排小碟，上面盛着两块煮得烂熟的排骨，两毛钱一份。顾客选中其中的一份，服务员在滚烫的汤里将排骨加热。热好的排骨淋上酱油，肉香扑鼻，令人馋涎欲滴。吃早点来一份排骨，消费者多是成年人，一般学生是吃不起的。

当年的馄饨质量虽差，汤却讲究。早点吃到一半，碗里没汤了，顾客端着大碗到窗口说一声："师傅，来点汤。"师傅二话不说，一勺滚烫的热汤续到碗里，那是免费的。

煮馄饨绝大多数用的是排骨汤，个别高档点的饭馆也有用鸭汤的。我们学校附近有一家当年算是数得上的高档餐馆，除了正餐，每天也卖早点，那里的馄饨就是用鸭汤煮的，只是价钱略高，一碗卖到一毛二分钱。即使这样，每天也是顾客盈门，供不应求。

我上了初中，正是长身体的时候，每天几个同学结伴上学在路上

吃早点。母亲有时破例给我一两毛钱的早点钱。这点钱，我舍不得天天喝馄饨，总是喝二分钱一碗的豆浆，剩下的那几分钱，能偷着买点零食或玩的小玩意儿。偶尔馋得不行了，这才开开荤，买一碗馄饨犒劳自己。有一次，服务员没留神，捞上汤里混杂着的一块鸡蛋大小的排骨肉，我眼明手快，赶快端起来就走，生怕师傅反悔了要回去。那是我喝的最好的一碗物超所值的馄饨汤。可见贪欲之心，人皆有之，幼小如我，也以此为乐。

参加工作以后，有一次去杭州，晚上逛小吃摊，看见有人挑着担子卖"龙抄手"，我和同事心生好奇，要了一碗，端到手里一看，原来就是馄饨。虽然肉馅稍多，却是清汤寡水，远没有我们北方的馄饨好吃。

现在的云吞代替了过去的馄饨，并有向馄饨退化的趋势，肉馅逐渐瘦身，变得越来越少，仿同当年的馄饨，而且汤也变成了清水，少滋没味，再也吃不出当年那种浑厚鲜美的味道了。

我还是怀念那时的馄饨——盛满高汤的热气腾腾的馄饨。

消失的烤饼

　　吃过烤饼见过烤饼的人们，还记得烤饼的样子吗？

　　长圆的烤饼，薄厚、口味像烧饼一样。三十年以前，天津的早点铺里烤饼始终扮演着主要角色，二两粮票六分钱，外加二分钱一大碗的热豆浆，一顿经济实惠的早点就解决了。别的城市是不是也有烤饼，我不清楚，但在天津，烤饼是人们普遍喜欢吃的早点主食。

　　我小的时候，一般市民在外面吃早点的机会不是太多。一来，当时的早点铺少，在外面吃早点要排队，耽误时间；二来，早点虽然便宜简单，但是得花钱花粮票，人们都过着苦日子，为了能省点钱，大多数人都习惯了在家里吃早点。晚上剩下的馒头、大饼、窝头等主食，第二天早晨热热凑合着吃两口。双职工家庭，父母早晨起来匆匆忙忙去上班，没有时间照顾孩子，早点基本上都是孩子自己解决。

　　我那时生活在姥姥家，家里的早点经常是有干的少稀的，头天晚上剩下的主食成了名副其实的"干粮"。这些所谓的早点怎样下咽，比我大几岁的表哥自有办法。他自创了一种"幸福汤"，我至今记得清清楚楚，表哥将家里常备的炸酱油，舀上两勺，再盛上一点猪油，用开水沏上，一碗热腾腾的汤就兑好了，然后将干粮掰开了泡在里面，热乎乎地吃上一碗去上学。表哥将他发明的酱油汤美其名曰"幸福汤"，相当一段时间，我们的早点喝的就是这种自制的"幸福汤"。

偶尔家里也给点早点钱，一般也就是一毛钱。这一毛钱我攥在手里能捂出汗，琢磨来琢磨去舍不得花。不吃早点饿一顿，就能把省下的钱买点糖豆零食解解馋，就能买点弹球儿毛片儿过过瘾。可试过两回，不吃早点还真顶不住，到了上午课间操时间一过，饿得头昏眼花，手脚无力。

没办法，还是专款专用吧。到了早点铺，花六分钱买一个烤饼，两分钱买一碗豆浆，吃得肚子溜圆，头顶冒汗，节省下来的两分钱，日积月累，也能攒出一点点零花钱。

烤饼是当年最大众化的经济食品，二两一个六分钱，没有比它再便宜更实惠的了。许多市民都喜欢吃烤饼。那年月，能吃饱就算不错了，想吃好就不容易了。馄饨、馃子（油条）、炸糕、蒸饼也有卖的，可价钱要贵上一两倍，偶尔打打牙祭改善一下可以，但天天吃馄饨、馃子的少而又少。为什么？大家普遍贫穷，生活水平相差无几，真有经济条件好的家庭吃点好东西也多是在家里关起门来偷偷地"闷得儿蜜"（独自享受），在外人面前显摆嘚瑟，那离倒霉就不远了。

我们后院的小伙伴"强子"，他们家就经常以点心当早点吃，那年头不是逢年过节谁家里平时能吃得起点心？你就是吃，也得眯在家里别让人知道呀！可是人家"强子"不然，"强子"到处显摆，手里托着油纸在院子里边走边吃，专门在邻居孩子们面前吃。

"这核桃酥油性太大，不如萨其马好吃。"他一边吃一边嘴里不停地念叨着，那副得意洋洋的神情让我们这些只能吃烤饼的孩子心生嫉恨。

　　凭什么他吃的比我们好呢？凭什么他三天两头调换着花样吃点心？论家庭条件，他们家也是双职工三个孩子，比别人家好不到哪儿去。虽然不至于吃窝头咸菜，但经常吃点心显然是不可能的。不用说，"强子"家的点心和他爸爸的职业有关。"强子"他爸在一家食品店当售货员，就在柜台卖糕点，而且常年在店里值夜班。我们确信，"强子"吃的点心绝对来路不正，不可能都是花钱买的。果然，"文革"爆发不久，"强子"他爸被单位打成了贪污犯，偷没偷钱不知道，反正是没少往家里倒腾点心。

松软可口香喷喷的烤饼是天津最流行、最受群众喜爱的首选早点品种。现在再让我早晨吃二两一个的烤饼，肯定是吃不下了。那时候的人们肚子里缺油少水，饭量比现在大得多。我们正是长身体的时候，缺少卡路里、蛋白质，成天像饿狼一样，吃起饭来狼吞虎咽，风卷残云，那才叫"牙好，胃好，吃饭倍儿香"，虽然是粗茶淡饭，但吃得有滋有味，居然也能茁壮成长，而现在的有些孩子每天看着饭碗发愁，跟吃药似的。

对现在孩子普遍存在的厌食症，我有个秘方告诉大家：最简单的方法，就是饿他两天。这种饥饿疗法除了对我的孩子不灵验之外，相信对其他孩子绝对百试不爽。之所以先人后己，是因为禁食措施一旦实行，我想挨饿的不是孩子，孩儿他娘会第一个拿我当试验品。小时候缺嘴儿，现在再混不上一顿饱饭，这不是嘴给身子惹祸吗？所以在下始终未敢付诸实践，也算是憾中之憾。

烤饼现在是见不到了，我以为，就是有，也不好卖了。人们生活条件改善，饮食观念改变，饭量逐渐减少，二两一个的大烤饼还会有人吃吗？我怀疑。

消失的烤饼，联系着难忘的岁月。少年的生活是咀嚼不尽的，不论它有多少快乐和悲苦。

边走边吃嘞嘞蜜

一种一元硬币大小插着小木棍的儿童水果糖，俗称"嘞嘞蜜"，我不清楚它有没有别的正式名称，我小的时候人们都把这种糖叫"嘞嘞蜜"。

20 世纪 70 年代，物质匮乏、供应紧张，尤其是和吃有关的东西基本上都是定量供应，鸡鸭鱼肉自然不用说了，就是买一斤豆腐也要凭副食本供应，得起大早到早点铺排长队购买。在连肚子都照顾不好的前提下，儿童食品显然是一种可有可无的东西。那时候孩子们的零食没有几样，主要是食品店、副食店卖的糖果。柜台上卧放着两个大玻璃罐子，里面分别放着水果糖、奶油糖。

对一般家庭来说，吃饱穿暖尚且不易，哪有闲钱满足孩子吃零食，即使是糖果，家里也只有在逢年过节时才准备，平时很少给孩子买；那时候的孩子们基本上也极少有零花钱，偶尔家长给个三五分钱，大多是买两块糖解解馋。

当时的糖果大致分为水果的和奶油的两种，前者一分钱一块，后者卖到两分钱，分别用蜡纸和玻璃纸包装。

买糖，孩子们一般都选择那种最便宜的水果糖，香甜可口，含在嘴里慢慢享用。奶油糖不仅黏牙，有股奶味，价钱也比水果糖整整贵了一倍，这点经济账每个孩子都算得很清楚。物美价廉的水果糖成了他们的首选零食。

水果糖之中最高级的一种就是"嘚嘚蜜"，它不是糖块，而是用小木棍插着一块扁圆形、1厘米左右厚、1元硬币大小的水果糖。

"嘚嘚蜜"两分钱一块，奢侈一点的孩子也只能偶尔买一块尝尝。吃这种糖，重在过程，手里举着一根10厘米左右长的细木棍，把上面的糖块放到嘴里不停地嘚嘚，一边走一边吃，那种神气不亚于多年前人们举着"大哥大"满大街大声打电话，透着一种得意、一种炫耀。和水果糖比起来，"嘚嘚蜜"简直就是贵族食品，两分钱既能甜了嘴，又能欢了心、长了脸，那是多大的一种享受！

当然买糖块吃的大多是些女孩子们，女孩子嘴馋，经不住诱惑，现在三十岁左右的女人们仍然喜欢吃点零食什么的就是确凿的明证，要不说她们爱嚼舌头呢？实在没什么可吃了，嘴里也闲不住，总得唠叨点什么，算是聊胜于无吧。

女孩子爱吃糖果的另一个原因是：收集糖纸，就像现在的一些小孩儿喜欢收集食品袋里的卡片一样。把糖纸剥下来，用清水洗好，晾干后夹在书本里，五颜六色，煞是好看。高级一点的玻璃糖纸，放在手心上，糖纸受热气的影响，一卷一卷地往上翘，孩子们直勾勾地望着，眼里充满了好奇。

水果糖中，给人留下印象最深的要算是"嘚嘚蜜"了。

"嘚嘚蜜"，这种叫法实在是形象传神，"蜜"是说糖像蜜一样甜，"嘚嘚"是指吃这种糖果时的动作、过程，用手举着糖放在嘴里一点点的吮吸、舔嘬、品咂。如果直接咬碎了，那"嘣嘞蜜"就与水果糖块无异了。

现在的儿童食品品种繁多，数不胜数，"嘣嘞蜜"早已在市场上绝迹了，取而代之的是一种类似的棒棒糖，圆球形，插着白色的小塑料棍，尽管口味、包装远远超出早年的"嘣嘞蜜"，但显然已不被现在的孩子所青睐。在人们生活水平不断提高，物质商品极大丰富的今天，糖果在孩子心目中失去了往日的辉煌，成了一种可有可无的点缀。他们从小泡在蜜罐里，哪能想象我们小时候对"嘣嘞蜜"的渴望！

苦中带甜大梨糕

"大梨糕，大梨糕，小孩吃了不摔跤。"

40 年前，在天津孩子们之间流传的这句顺口溜，大概是我听到的最早的商品广告。

什么是大梨糕？这种经典的儿童食品，大概天津独有，别的城市不知道有没有。在天津，50 岁以上的中年人小时候大多吃过这种零食，却极少有人能说清楚它是用什么食材做成的。

大梨糕是当年私人小作坊熬制的一种膨化糖制食品。将砂糖加水在锅里熔化，糖水中兑上一点"起子"（发酵剂），黏稠的糖水在"起子"的作用下膨松发酵，经过冷却，就成了发糕一样中间带有小蜂眼的大梨糕。

在我小的时候，儿童的食品极为匮乏，国营的商店主要卖一些糖块，品种单调，花色稀少，倒是街上的小摊小贩还在出售自制的各种儿童食品。虽然到了"文革"期间，城市的小商小贩大多被割了"资本主义尾巴"，基本上绝迹了，但还有少数生活困难经过特批的个体商贩在街头的固定位置摆摊设点，卖一些儿童喜欢的小玩意儿和小食品，成了孩子们喜欢光顾的去处。

　　孩子们偶尔有了几分零花钱，大多想换换口味，直奔街头的小摊而去，手里捏着攥出汗来的几枚钢镚，咽着口水，徘徊在小摊前。

　　小货摊的玻璃格子下面一边摆放着各种小玩意儿，一边是各种小食品，不外乎弹球儿、毛片儿、猴皮筋、拨糖、凉糖、豆根儿糖之类，花色品种比国营的食品店齐全多了。这里面就有切成块状的大梨糕。

　　大梨糕黄黄的，脆脆的，比火柴盒略大，当年卖一分钱一块。也许是糖熬制得有点儿过火，吃在嘴里甜中带苦，有股煳了吧唧的味道。在那时的儿童食品中，大梨糕体积大而口味独特，天真的孩子们认为这种糖不仅好吃，而且买着划算。至于街面上流传的那句"大梨糕吃了不摔跤"的说词，没有人当真。它当然是一种夸大其辞的广告，不好好走道，吃了大梨糕，照样会摔跤，毕竟它是食品，不是药品。

　　为什么叫大梨糕？也许和北方的俗语"吹大梨"（吹牛的意思）

有点关系。尤其是老天津人，九河下梢，杂处八方，能说会道是有传统的。在天津卫码头上混事由，要站得住，立得稳，不仅得能干，还得能说，口若悬河，云山雾罩。俗话说得好："京油子，卫嘴子，保定府的狗腿子。"能说会道是老天津人的标志性特点。言过其辞，夸夸其谈，说大话，吹牛皮，谓之"吹大梨"。您想，它是糖稀经过发酵膨胀制成，就像吹起来的一样，也许人们将它与"吹大梨"相联系，冠以大梨糕之名。

　　当年，人们的物质生活贫困，即使是在大城市，孩子们也没有几样零食可供选择，大梨糕是其中为数不多的几个品种之一。它不仅满足了孩子们的物质需要，也丰富了他们的精神生活。逛小摊买零食，深深地留在人们的记忆中，成了苦中带甜的一种回忆。

街头飘香爆米花

20世纪70年代中上期，孩子的零食屈指可数。这其中，记忆最深的就有爆米花。

那时候，好长时间街上才来一位蹦爆米花的乡下人。那人挑着一副担子，一头是火炉，一头是葫芦一样的黑转锅、布袋等物件。

"爆——米花……"乡下人悠长嘹亮的吆喝声在街巷中婉转回响，引得大人孩子们纷纷蹿出屋外，不一会儿工夫，人们就围住了爆米花匠。

蹦爆米花的乡下人多是找一块空地，支好炉子，将人们准备的一碗米倒入黑乎乎的转锅，点上一点糖精，盖上锅口，用一根细铁棒拧紧，然后支在火炉的架子上，一手拉着木制的风箱，一手转动着大肚子转锅。铁黑的转锅上端装着一只压力表。十分钟左右，锅里的米加热加压到了一定的火候，乡下人将转锅从炉架上取下，锅口套在一条灰不溜秋的长布袋子上，脚踩转锅，用铁管或扳手在机关上一橇，就听"嘭"的一声闷响，爆好的大米花喷到布袋里，一股浓郁醉人的米花香香气四溢，诱人口水。

一碗米爆得一盆大米花，这种神奇的变化诱惑着每一个孩子。手抓一把大米花填到嘴里，真是香甜无比。当然，如果家里有豆子、玉米粒，那爆出来的豆花、玉米花个大粒圆，酥脆芳香，更是米花中的上品。

当年，爆一次米花只收两毛钱，一大锅白花花的大米花足够孩子们享用一阵子的。在缺少零食的孩子们眼里，那简直就是一次难得的盛宴。米花香甜味美，量大价低，颇受小孩子的喜爱。只是不知为什么，走街串巷的爆米花匠多在秋冬季节才偶尔出现在街头，平时吃不到匠人新爆出锅的爆米花，孩子们只能到商店里去买。

商店里的米花分两种：一种是白纸上印点简单的红色图案，比书本略小的鼓鼓一包，量大而香，只卖四分钱一袋。另一种是圆柱体玻璃纸包装的米花，上面裹上了五颜六色的浅浅糖衣，好吃却量少，价钱也略贵，分量不足纸袋装的四分之一，却卖到了五分钱一袋。精打细算的孩子们更喜欢前一种。

后来听说，街上爆米花用的转锅为铅铁合金，布袋也不卫生，用这种器具爆出来的米花对人体显然是无益的；但是在我们小的时候，人们的健康卫生意识较差，对食品没有太多的讲究，爆米花始终是颇受大众喜欢的儿童食品；直到现在，街上还偶尔能见到有卖爆米花的。随着人们生活水平的提高，儿童食品的日益丰富，那种传统的转锅式爆米花基本上绝迹了，它成了埋藏在人们记忆深处的一种温馨回忆。

渐行渐远的膏药

先打一个谜语："掰开了是整个的，合上了是半拉的。"

这个谜语曾经是我的看家小把戏，问过很多人，无论是孩子还是大人，十有八九猜不中。有标题在上面写着，谜底不用说您也知道了，是膏药——传统的老式膏药。

拿这种谜语问现在的孩子更是难为他们，他们哪见过膏药——对折的纸或布，揭开了中间摊着乌黑发亮、油润细腻的一团药膏，形状就像是日本的国旗。现在的孩子们见过的是那种薄布面与塑料膜黏合的那种，虽然也俗称膏药，但却名不符实，和过去的膏药不完全是一回事。

旧时的膏药那才是真材实料的药膏。各种中草药熬好，用麻油、香油、桐油等调制熬成黏稠状，然后摊在一张书本大小的麻布或牛皮纸中间，对半折好，就成了膏药。

早在三十多年前，大凡跌打损伤、血瘀肿疼、外感风寒、肿瘤痞块、疮痈流脓、关节风湿、红肿疼痛、腰酸腿痛等都有对症专治的膏药。它不仅仅是当年医生用来外治的首选药品，也是城市居民家庭必备的常用药之一。

　　那时候人们生活贫困，身体有点儿小病，一般不上医院，尤其是遇上跌打损伤、崴脚扭腰之类，能扛的自己扛着，实在扛不住了，买两块膏药贴上，过个三天两夜，病情确有好转。

　　膏药用来外敷，使用时以微火将其烤软，趁着热劲揭开，贴在患处。

　　烤膏药时的火候很重要，火候小了没软没化，膏药贴在皮肤上发硬发脆，粘不牢，容易掉，药效也不好；烤得过火太稀了，贴在身上太烫，药膏到处流。

　　膏药那时候有一个通称的俗名，不管治什么病的，都叫"狗皮膏药"，意思是贴在身上轻易揭不下来，其黏牢的程度可想而知。现在说某个人难缠，摆脱不掉，还常用"这个人像狗皮膏药似的，沾上你就

别想甩开"来形容。做人千万别像狗皮膏药，那是很让人讨厌的。

膏药物美价廉，疗效明显，购买方便，备受人们欢迎。

当年不仅是药店，街上的杂货铺也有代卖膏药的，更有一些游走江湖打把式卖艺的人到处推销膏药。他们在街头摆开场子，嘴里不停地大声吆喝，拢住了人流，然后挥拳踢腿，舞枪弄棒，表演完了，向围观者抱拳作揖，招揽生意："在家靠父母，出外靠朋友。今天来贵地，不是演把戏。专门卖膏药，治病救人的！"所卖的膏药不用说都是"祖传秘制，内含几十种名贵中草药"，而且"百病皆治，疗效神奇"：什么气管炎关节炎肩周炎颈椎炎，头痛牙痛胸口痛，脚痛腰痛神经痛，男人肾寒、妇人血寒，跑肚子拉稀、红白痢疾加脚气……没有它不能治的病。您想，这马路上卖的包治百病的膏药能靠得住吗？这些人游走四方，打一枪换一个地方，卖的基本上都是蒙人的假药，所以后来人们将不说实话、油嘴滑舌、信口雌黄、满嘴虚火的人称为"卖狗皮膏药的"，意思是说这人和江湖骗子一样。

现在的医疗卫生条件得到了极大改善，各种药品名目繁多，包装豪华，传统的膏药被制成了各种贴剂，疗效未必增强，药价却不知贵出了多少倍。

陶土水缸家中井

　　顾名思义，水缸就是盛水的缸。它是一种陶土烧制的大型容器，上口宽下底窄，大大的、圆圆的、深深的，里外挂釉，色泽多为黑褐酱紫。当然，这种陶制容器不仅仅用于盛水，也可以用来盛米盛面腌咸菜，可以盛放其他各种东西。生活中用得最多的还应该说是水缸。

　　缸的大小没有一定之规，大的可装一个活人，小的一尺有余。京剧样板戏《沙家浜》里的胡传魁最初被日本人追得走投无路的时候，就是阿庆嫂将他"水缸里面把身藏"。您想，春来茶馆的水缸有多大，藏个人绰绰有余。家庭用的水缸没这么大，太大了也没地方放，一般只有煤气罐大小，三两桶水就能将它灌满。缸的大小主要取决于它的用途。

　　千百年来，大大小小的水缸遍布城乡家庭，成了人们生活中必不可少的家庭容器。直到三十年前，即使是在城市，水缸的使用频率仍然很高。那时候城市的住房建设、公共设施都还比较落后，平房住宅区大量存在。住在平房小院里，自来水管道大都没有入户，家里自然也没有下水道设施。大家平时生活用水靠的就是一口一米左右高的大水缸。

　　水缸里的水从哪儿来？当然得到院子里、胡同里的自来水管子去接。一条胡同，若干座院落，分布着几个水管子，供十几、几十家居民共用。

　　水缸再大，基本上只能满足一家人的吃喝洗漱，用水量大的话，比如家庭主妇洗衣服之类，则需要凑到自来水龙头周围。为什么？接水、倒水方便呀！届时，邻居张大妈李大婶、三大姑二大姨端着水盆、搓衣板，挟着板凳，拎着衣服，凑到水龙头周围，几个人接满一盆水，坐在那边洗边聊。张家长李家短，三个蛤蟆六只眼。自来水哗哗地流着，人们叽叽咯咯地说笑着。家庭主妇们手下搓洗着衣服，嘴上唠着家常，不一会儿工夫，衣服就洗好了。那时候女人们洗衣服的最大乐趣，也许就是能凑到院子的水管子旁过过嘴瘾聊聊闲天。

　　那年月，水缸是一些城市住户家里的井，家里的泉，取之不尽，用之不绝。为什么？家可以一日无粮，缸不能一天缺水！没有水，就是山珍海味也做不成吃不下呀！没有水，肚子挨饿，嗓子冒烟；没有水，身上脏臭，屋里龌龊。烧水煮饭，洗衣服做卫生，哪一样也不能少了水。所谓的生命之泉，对有些人来说指的就是家里的那口水缸。

　　农村人从井里河里挑水，城市居民从自来水管子接水，它从来都是最需要体力的家务劳动。所以，对有些家庭来说，灌满水缸就成了居家男人的当尽本职义务。一个大老爷们儿，你可以不洗衣不做饭，横不捏针竖不拿线，但家里的水得预备足了。有这么一缸水放在那，一家人的吃喝洗涮才不用愁，家庭主妇忙前忙后才干得欢实。

　　那年头，成年男人们回到家的第一件事大多是掀起缸盖，看看里面的水够不够用。水少了，见底了，拎着水桶直奔自来水龙头而去，拎回来，哗哗地倒满一缸水，这才是有责任感的居家好男人。灌满水缸成了男人们的专利，劳累了一天的女人提着几十斤重的水桶在胡同里摇来晃去，那家里不是没有男人就是男人不顶用。

提到水缸，得说一说水瓢。就像老头儿离不开老婆儿，水缸也离不开水瓢，这两样东西是配套产品，唇齿相依，缺一不可。水瓢是从水缸里盛水用的工具，过去每家每户都有这物件。

当然，舀水的工具也分多种，后来有了铁质、铝质、铜质、塑料的水瓢。小锅一样的容器安着一个带钩的把手，人们也将之称为"水舀子"。但是当年人们用得最多的还是传统水瓢。

传统的水瓢一般是有特指的，它专门用来称葫芦瓢。将大号的鸭梨形的葫芦侧面居中锯开，挖掉内瓤，晒干了就成了水瓢。

用葫芦瓢盛水，在中国可谓是历史悠久，再远的不说，春秋战国时期的孔老夫子就这样夸过他的学生颜回："一箪食，一瓢饮，在陋巷，人不堪其忧，回也不改其乐。贤哉，回也！"吃的是一小筐饭，喝的是一瓢水，住在陋巷的颜回不改向道的乐趣。那个时候人们用的就是葫芦水瓢。

葫芦是地里长的，值不了几个钱，用葫芦做成的水瓢也卖不上大价钱。它虽然简单原始，却备受人们的欢迎，用水缸的人家大多在缸盖上放着一个水瓢。

俗话说得好，"按下葫芦起了瓢"。葫芦瓢的材质轻，掉在水缸里也会浮在水面上，用着方便。用葫芦瓢盛水的另一个好处是，舀上来的水没有任何异味，而铁的、铝的舀子里的水就总感觉有一点儿腥味。

当年不仅仅是平房住户用水缸盛水，就是住楼房的居民也大多家里备有水缸。天津是个缺水严重的城市，在我的印象里，20 世纪 70 年代经常停水限水。住楼房的居民虽然屋里装着自来水，可是赶上停水的时候，得提前将水备好。全家人的用水光是盆盆罐罐是不行的，要多存点水，水缸就必不可少。

我从小没住过平房，可家里的屋角照样有一个褐色的水缸，里面总是备好满满的一缸水。有这么一缸水放在那，这日子才过得安稳踏实。

城市平房改造开始之前，为方便市民生活用水，上下水入户工程就已经实施了。家里有了自来水、下水道，用水方便了，水缸被人们弃之不用，成了生活中的累赘，现在再难找到它的踪迹了。

木制搓衣板

天津人说话有"吃字"现象，能短的词就不让它长，往往会省掉中间的一个字，比如说"合作社"称为"合社"，"劝业场"简称"劝场"，"派出所"习惯说成"派所"。搓板，其实说的就是搓衣板。这物件，过去可是人们居家生活必不可少的东西，每个家庭都离不了搓衣板。

吃饭穿衣，人的两大基本需求，有一半和搓衣板紧密相关，尤其是家庭主妇们，少不了和它频繁地"亲密接触"。30 多年前，洗衣机尚未普及，人们洗衣物，都是在这块木板上搓来搓去。小小的一块板，关系着家庭成员的穿戴铺盖是否干净整洁。

"娶妻娶妻，做饭洗衣。"女人们勤劳的双手经过搓衣板的砥砺，将生活打扮得五彩缤纷，有姿有色。搓衣板是家庭的帮手，是称职的卫生员、保洁员。

现在如何呢？搓衣板在人们的家庭生活中肯定还存在，但大多基本上闲着不用了，取而代之的是洗衣机，尤其是新成家的年轻人更是离不开洗衣机，而且是全自动的洗衣机。要洗衣服了，无论衣物的薄厚、多少、大小，往洗衣机里一扔，接上水按下开关，机器"咣唧咣唧"一响，一泡二洗三脱水，不一会儿工夫，衣服便洗好了。搓衣板，即使家里有，也大多成了摆设，被人们冷落在一边。

几年以前，我的家里还有一个搓衣板，那是孩儿他娘为孩子洗小件衣物时用的，而今早已不知丢到何处了。

"宝玉先生"有言：女人是水做的。此话不假，女人好像天生就和水有缘。比如糟糠，成天在家里浪费水。她也许有点儿不算严重的洁癖，床单被罩、内衣外衣，隔三差五地就是一顿换洗，家里的洗衣机总是"轰隆隆"地响个不停。过去用搓衣板手洗的小件衣物——毛巾枕巾、裤衩背心等等，现在也换成了专用的微型洗衣机。孩儿他娘只需按下电钮，剩下的就是晾晒了，搓衣板早被"解雇下岗"，不知尘封何处了。

最早的搓板一般是由质地坚硬的木头制成，长方形，中间有规则的瓦楞，长者半米，短者盈尺，视洗的物件和水盆的大小而定。后来市场上出现了材质坚硬的塑料搓板，虽然结实耐用，但用起来手感欠佳，始终比不上木制的搓板。

木制搓板用的时间长了，瓦楞会被磨平，洗衣服时板面打滑，影响洗涤效果，这时候，一种新的个体职业应运而生——修理搓板的。

我小的时候，经常能听到走街串巷的手艺人的各种吆喝声，这其中就有修理搓板的。

"修——理搓——板！"

前三个字悠扬辽远，最后一个字短促有力。那声音缭绕在街巷，唤得不少家庭主妇拎着搓板循声而至。修搓板的手艺人用锤子凿子将搓衣板的小槽凿好，然后用锉刀打磨光滑，一个整旧如新的搓衣板就修好了。经过修理，搓衣板抖擞精神，整装待发，一家人的脏衣服又有了"着落"。

洗衣服一直是一项劳动强度较大的家务活，尤其是被套、床单等大件物品，用搓板来洗，家庭主妇常常累得呼哧带喘，直不起腰。那时候的女性似乎也用不着减肥，营养伙食欠佳，家务劳动强度大，不用运动锻炼，身体里哪有多余的脂肪。现在不行了，越来越多的家用电器把妇女从家务劳动中解放出来，摄入的营养丰富，又缺少必要的体力劳动释放能量，身上不长一身肥膘才怪呢！我敢断言，停了洗衣机，改用搓衣板，有相当数量渴望减肥的女性将重获苗条之身。

搓衣板不光用来洗衣服，据说它还有另一个功能，就是女人惩罚丈夫。20世纪80年代前后，城市妇女在一起说笑，调侃不听话做错事的老公，常说："等回来罚他跪搓衣板！""对，恨死我了，要跪就叫他跪有棱的那一面！""最毒不过妇人心"，搓衣板上布满木棱，跪在上面无异于受刑，能这么做的女人心该有多狠！当然，这不过是女人们过过嘴瘾，开开玩笑，再怕老婆的男人也不至于下跪，而且跪的是凹凸有棱的搓衣板。

时代的进步，改变着人们的生活方式，洗衣机让妇女从家庭劳动中得到了部分解放，同时，搓板也行将被淘汰出局。自然，修理搓板的手艺人更是销声匿迹了。多少年以后，那种悠扬动听的吆喝声仍然回荡在我的脑子里，挥之不去，成了深埋心中的遥远回忆。

图文并茂小人书

　　我一直把小时候那种图画读物叫"小人书"，也许是因为上面有小人的缘故。长大以后，至少是上了初中我才知道它的学名叫连环画——一种64开、上有画面、下有文字、图文并茂的儿童图书，可是我们那一代人仍然亲切地叫它小人书，就像叫惯了儿时伙伴的小名。

　　小人书的历史久矣，据说早在汉代中国就有了小人书，20世纪五六十年代小人书更是风靡一时，不仅大小书店都有出售，而且大街上还有专供出租的小人书铺，按薄厚一两分钱看一本。但是到了我能看懂图画文字的少年时期——20世纪70年代初，小人书却基本上绝迹了。那是一个知识饥渴的年代，许多好的文学读物在"文革"中被当作"四旧、毒草"付之一炬，小人书也在劫难逃，难觅踪影。那时候，我偶尔看到的都是一些缺皮少页，翻卷了边的旧小人书。那是孩子们手中的至宝，谁拥有几本旧小人书，那本身就是一种值得炫耀的资本，会得到小朋友的奉承巴结，为的是能借来一阅，满足一下饥渴的阅读欲。我的少年时期，文化生活是相当贫瘠困乏的，就连小人书都难得一读。

　　我最早看过的几本小人书都是偷偷从同学手中借来的，那是几本残缺不全的老版《三国演义》，只有不连贯的三五册，还大多缺少开头或结尾。即使这样，我仍然如获至宝，仔仔细细、反反复复看了好几遍。那上面笔触生动的画面，引人入胜的情节，至今难忘。什么叫爱不释手，什么叫废寝忘食，我最初读小人书时就有了真切的体会。

　　"文革"期间，街上专门租售小人书的书铺早就关张了，有些家庭保藏的少数小人书作为"四旧、毒草"也多不敢示人，除非是关系特别好的朋友，一般不会借人阅读，小人书在社会上基本绝迹了。

　　从我记事起，新华书店就不再卖小人书了，直到 20 世纪 70 年代中期市面上才逐渐出现了新版小人书。我最早买的一本小人书是再版

的《钢铁是怎能炼成的》，厚厚的上下两册，保尔·柯察金的形象从此深深地印在我的脑海里。那时候，每个小学生手里都有了几本新版的小人书，大家互相交换着看，投入，忘情，如饥似渴，在文化贫乏的年代里，小人书给我们干涸的心田以滋养以灌溉。我们沉浸在阅读中，那种感觉有时就像高尔基说的："如同饥饿的人扑在面包上。"

再后来，小人书市场开始逐渐繁荣，大街上经常能看到出租小人书的书摊。地摊周围蹲着一圈小孩，一分钱看一本。可惜，那时候我的年龄渐长，对文字简单的小人书失去了兴趣，转而迷上了文学图书。

小人书构图简单，文字浅显，价格低廉，携带方便，是孩子们喜爱的理想读物。现在的许多中年人，当年都是看着小人书长大的。

在我的印象中，小人书基本上分为两种，人工绘画和电影翻拍。比较而言，我更喜欢前者，画家的神来之笔将人物刻画得栩栩如生，那些原创的构图为读者提供了极大的想象空间，而根据电影翻拍剪辑的小人书则显得有些死气呆板。

如今，卡通漫画充斥着儿童读物市场，传统意义上的小人书成了一种收藏。前些年，我翻看过孩子买来的卡通漫画书，装帧豪华，印制精美，彩色画面，情节离奇，但是说句心里话，我是看不懂了，我们的阅读习惯、思维习惯和现在的孩子有了明显的代沟。

我还是怀念儿时的小人书！那是我们最初的精神盛宴。

神奇万花筒

　　20 世纪六七十年代，我的童年时代，虽然生活在大城市，一般的家庭也都比较贫穷，很少有家长肯花钱给孩子买玩具。孩子们娱乐的主要方式便是凑到一起在户外玩各种游戏，诸如弹球儿、拍毛片儿、砍柴儿、弹杏核儿、推铁环、砸娘娘、跳房子、捉迷藏等等。这些游戏大多在户外进行。那时候国家还没有实行计划生育，社会上的孩子比现在多，一般家庭都是两三个，多的五六个，独生子女的家庭比较少见。孩子多，城市住房条件又普遍紧张，在家里孩子们没什么可玩的。想玩，只好到户外。院子里，街道边，有块空地就能玩上半天。玩的内容也丰富多彩，还用不着花钱，大多因地制宜，因陋就简，在简单的游戏中寻找乐趣。

　　从记事起，在我的记忆中，普通百姓的生活是相当困难的。远的不说，我的一位老邻居，那时候每个月的月底必到我们家借钱——不多不少五块钱，用来买粮食，五块钱能买三五十斤白面、棒子面。当时城市里每个月的 25 号借粮，居民可以预购粮本上下个月的粮食。这至少说明，他们家每到月底是既没钱又没粮了。这还是在大城市中心区生活的居民，其他地方的百姓生活的困境可想而知了。这位邻居每到下个月 15 号单位一发工资，当天晚上准把借的钱还上，从不过夜，从不失信。"好借好还，再借不难。"在我的记忆中，这种场景持续了四五年。五块钱的缺口，使这个家庭的资金链断裂，经济周转陷入了困境。

当时，在计划经济的条件下，许多东西要凭票证购买，生活在大城市，温饱一般不会成为问题，至于其他的额外开销基本上就谈不到了。譬如玩具，极少有家长给孩子买的。我们玩的东西，大多是自己制作，无非是刀枪、弹弓、铁环、杂杂等小的物件。

我第一次见到真正的复杂玩具是当年舅舅从上海出差带来的电动小汽车。有书本大小，黄色的。晚上屋里关上电灯，车里装上电池，车前两个灯亮着在地上跑，碰上什么障碍物，小汽车"嗡嗡"叫着能自动转向。这种车当时只卖五块钱，以当时人们的收入水平，却绝对属于罕见的高档玩具。小汽车是舅舅给同事代买的，只在家里试玩了一次。我们心生羡慕，充满好奇贪婪地看着它，谁也没有想过要把它留下来：用五块买一个玩具，那简直就是异想天开。

回想起来，小时候我还真有几件简单的玩具，这里面我最喜欢的要算是万花筒了。

有一回，邻居家的一个小孩在院里旋转着一个小纸棒，神情专注地往里面看。我心里好奇，凑过去想看看，央求了半天，人家才不情愿地让我看了一下。就这一眼，我看到了一个多彩绚丽的世界，扭动纸棒，里面变幻出五彩斑斓的漂亮图案。刚想多看一会儿，人家一把就夺了过去。为了看一眼神奇的万花筒，我得忍受着自尊心受到的伤害。贫困年代，这种经历是很多人经常遇到的，现在我对孩子要求的一味满足，也许就是为了在他身上弥补我小时候的某些遗憾。

后来我也终于有了一个万花筒，印象中是在街头的小摊买的，正规商店好像没有卖的。万花筒圆圆的，有擀面棍粗细，铅笔长短，外面包着彩色的电光纸。我兴奋地看了一遍又一遍，一次次不停地转动，里面彩色的几何图案不断变化着，我的好奇心得到了充分的满足。好长时间，这个万花筒都让我迷恋，让我不解，里面好像也没有什么复杂的机关，它怎么能变幻出那么多迷人的图案呢？！

为了一探究竟，有一天我把玩旧了的万花筒拆毁了。撕开硬纸壳，里面只是几块玻璃片和一些彩色碎纸屑。怎么会这样？变幻无穷的多彩世界竟是这些破玩意儿组成的，那一刻，我无法形容自己的失望感觉。从小我就好奇心重，总爱琢磨，经我手弄坏了好几件东西：家里的闹钟我拆开了看看里边是什么构造，自行车拆散了自己修理……当然，后来都成了一堆零件，装是装不上了。

其实，万花筒的构造就是那么简单，无非是利用镜子的反射原理，构成复杂多变的图案。简单变为精彩，有时候只需变换一下角度。

现在，万花筒早已淹没在林林总总、各式各样的玩具之中，留给我的只剩下一些残缺不全的记忆碎片。四十多年过去了，想起万花筒，让我似乎又回到了童年那段快乐的时光。

扑满——存钱罐

顾名思义，存钱罐就是用来存储零钱的罐子，但是它的学名，一般人未必清楚——称为"扑满"，挺古朴文雅的名字。

"扑"的原义为拍打、破坏，"满"是容量充实之意。汉朝的刘歆在《西京杂记》卷五中记载："扑满者，以土为器，以蓄钱；具有入窍而无出窍，满则扑之。"可见，两千多年前的汉朝这玩意儿就存在了。

就像上面说的，"扑满者，以土为器"，早先的存钱罐为陶质，椭圆形，平底，顶上有一条细长的小缝，用来投放钱币。这种罐，有入口而没出口，钱存进去取不出来，存满了或需要用钱时"扑之"——把罐子打破，属于一次性用品。后来的存钱罐发生了很大改变，材质、形状多样化，金属的、塑料的、瓷制的，材质各异。而造型也变化多端，制成了房子、汽车、动物、娃娃等形状，各式各样，美观漂亮，在供人们储存零钱的同时，兼备了玩具和摆设的功能。有些存钱罐的底端还设有一个能打开的小口，里面存的零钱可以随存随取，虽然能反复使用，却起不到真正存钱的作用。

40 多年前，我小的时候，就有一个陶制猪头形的存钱罐，有了这

个罐便有了找父母索要零钱的借口。平时父母兜里包里的硬币，一分
二分五分的，尽数搜罗到存钱罐里，美其名曰：勤俭节约。每一次往
存钱罐里投币，那悦耳的"吧嗒"声都给我带来些许的快乐。日积月
累，集腋成裘，硬币积攒多了，罐子逐渐重了，心里充满了渴望，几
次想把它打开，终于还是忍住了。我舍不得破坏那个漂亮的存钱罐，
坚持着，克制着，等待着它存满的那一天。那是一种意志的磨炼，那
是一种信念的坚守。直到春节前几天的一个晚上，我才将罐子打开。
一堆硬币哗啦啦地流出来，摊了一桌面，我一五一十认真地数，竟
有三块多钱！那是我当年最大的一笔财富，趴在床上数钱的场景至
今难忘。

　　虽然那时候人们的生活贫困，家长极少给孩子零花钱，但许多家
庭都有一个存钱罐。孩子对每一枚难得的硬币都十分珍惜，一分钱一
块水果糖，三分钱一棵小豆冰棍儿，几分钱硬币能让孩子美上半天。
这难得的几分钱，孩子们舍不得乱花，大多是一点点地积攒着。

　　小小的存钱罐储存的不仅仅是分分毛毛的零钱，更是孩子们美好
的愿望和长久的期待。那是一个崇尚节俭、生活朴素的年代，就像当
年学生中流行的那句歌词："我在马路边捡到一分钱，送到警察叔叔的
手里边。"现在地上的一分钱还有人捡吗？还有人要吗？随着人们收入
的增加和货币的贬值，零钱，尤其是分币似乎已经可有可无了，就连
到菜市场买菜，小商贩们宁可抹去零头也不会再收分币。

　　多年以前，犬子还小的时候，我也给他买过一个漂亮的汽车型存
钱罐，为的是从小培养他的节俭意识。存钱罐放在那儿成了孩子的玩
具，钱是一分也没存下。

　　如今的孩子，饭来张口，衣来伸手，生活富足得让他们不知道什么叫节俭，更不清楚储存的意义。也别说，现在的分分毛毛还能当钱花吗？孩子们再把它存到存钱罐里多半也是浪费时间，徒劳无益。

　　的确，经济发展了，消费高档了，存钱罐失去了在往日生活中的作用。但是仔细想想，人们失掉的仅仅是存钱的罐吗？

摇头晃脑扳不倒儿

"说你呆，你真呆，胡子一大把，样子像小孩。

说你呆，你不呆，把你推一推，你又歪一歪，

要你睡下去，你又站起来。"

这是我们小时候经常听到的一首儿歌。说的是什么东西？是"扳不倒儿"，现在的孩子大多不知道它为何物，不少中年人也许还记忆犹新。那年月，城市里的小孩几乎人人都玩过"扳不倒儿"，它是最普通、最大众的儿童玩具。

"扳不倒儿"，是北方人的俗称，它的正式学名叫"不倒翁"，是个无论怎么摆弄搬弄都不会翻倒的"小老头儿"。你把它横过来，甚至倒过来放，只要一松手，"倔强"的小老头儿摇摇晃晃又会站在你面前。

我们小时候经常见到的"扳不倒儿"其实相当简陋，底座是泥，外部糊着硬纸壳，上面正反两面画上笑模笑样的老头儿脸，整体呈鸭蛋形，半尺大小，上边小下边大，上边轻下边重。"扳不倒儿"扳过去倒过去，总是不倒，让幼稚无知的孩子感到神秘稀奇，充满了乐趣。

其实，"扳不倒儿"的原理十分简单：一方面因为它上轻下重，上

面是纸糊或布糊的空壳，底部有一个较重的泥块或铁块，重心很低；另一方面，它的底面大而圆滑，当它向一边倾斜时，它的重心和桌面的接触点不在同一条垂直线上，重力的作用会使它向另外一边左右摇摆，能量逐渐损失，直到减少到零时，重心回到原位，又成了直立的形象。孩子不懂这些，只觉得好玩。

20 世纪 70 年代，那时孩子的生活条件和现在相比真是"不可同日而语"，在买什么都需要凭票证排长队的困难年代，小孩能吃饱穿暖已属不易，儿童玩具显然是一种可有可无的东西。商店里别说没几样玩具可买，就是有，寻常百姓家的孩子也买不起。肚子尚且顾不过来，遑论玩具？那年月，父母为了哄孩子，最多在街头买一点儿货摊上自制的小玩意儿，"扳不倒儿"算是其中最流行的一种。您想，用纸壳和黄泥做的东西，能贵到哪儿去？父母花上几毛钱，玩具经久耐用，何乐而不为！

我小的时候，家里就有一个"扳不倒儿"，左扳不倒，右扳还不倒，奇怪呀！里面是不是有什么机关，它为什么就不倒呢？有一天，我干脆把玩旧了的"扳不倒儿"拆了，打开一看，里面除了一块黄泥什么也没有。

随着人们生活水平的提高，"扳不倒儿"也"鸟枪换炮"了，十几二十年前，我给孩子也买过一个升级版的"扳不倒儿"，塑料的外壳，底部装着铁块，中国老头儿模样也变成了西方的圣诞老人。那么好的玩具买回来，孩子连看都不愿意看，始终被冷落在阳台的角落里。孩子的玩具多得玩不过来，高档低档、大大小小装了好几箱子，简单朴素的"扳不倒儿"不可能引起他的注意。

"扳不倒儿"现在很少见到了，在商场的玩具柜台上根本就没有它安身的位置。可我一想到过去，一想到儿时的玩具，首先想到的就是那憨态可掬、摇头晃脑的"扳不倒儿"。

踪影难觅铝饭盒

多少年不再带饭上班了，饭盒被彻底“下岗”，早不知扔到家里的什么角落了。

有一天收拾厨房，我找出的几个饭盒中，里面竟然有最早用过的一个铝饭盒。真是久违了！陪伴了我多年的铝饭盒，让我一下子想到了过去的生活。

三十多年前，我参加了工作。第一个要解决的就是中午的吃饭问题，得买一个饭盒天天带饭。单位那时候没有食堂，每个人都是自己带饭解决午餐。人们每个月挣着几十块钱的死工资，不可能在外面买着吃，饭盒是大家必不可缺的盛饭工具。我在商店里看来看去，虽然有大小不同的几种饭盒，但材质却只有铝一种。别无选择，只有买它了。

那时的铝饭盒再简单不过了，长方形，一个盒一个盖。每天将饭菜放在一起，中午在蒸锅里加热，人人都用的是铝饭盒，尽管新旧程度、容积大小略有不同，但也难免有拿错的时候，多数人在自己的饭盒上做了记号，我也用小刀在上面刻下了自己的名字。

人们每天上班的第一件事，是将饭盒放到锅炉房，由熥饭的师傅码放好。到了吃饭时间，人们端着饭盒凑到一起，边吃边聊，气氛相当活跃。

铝饭盒的硬度差，易腐蚀。用的时间长了，与饭菜中的酸碱盐产生细微的化学反应，弄得里面斑斑点点，极不美观；再加上平时的磕磕碰碰，凹凸不平的饭盒清洗起来比较麻烦，也容易藏污纳垢。当时人们的卫生意识不强，长年累月，习以为常。

当年的铝饭盒几乎家家必备，只要你在单位吃饭，无论是从家里带，还是在食堂买，饭盒都是必不可少的餐具。

不少人都用着不止一个饭盒，家庭人口多的，饭盒能排成队。就拿我来说，刚上班的头几年，至少是四五个饭盒轮着用。为什么？丢三落四惯了，饭盒经常忘在单位，第二天带饭时拿一个备用的；再忘了，还有饭盒可用。这样做的另一个好处是：吃完饭可以不涮饭盒，集中到一块，一次性突击清洗，用同事的话说，什么时候看见我涮饭盒了，那准是没得可用了。咱虽然懒点儿，可脑子活泛，不是马马虎虎吗？东西多预备点儿就不会耽误事儿。

随着商品经济的发展，人们的生活水平日益提高，即使是那些"上班族"，中午带饭的人也越来越少了。单位管饭的，伙食比家里做的也不差；再不济还可以叫个外卖，一个电话，盒饭就有人送到手边，荤素搭配，服务到位。当然，市场上饭盒还是有卖的，花色品种逐渐增多，不锈钢的、塑料的、搪瓷的、塑胶的、一次性泡沫纸皮的，材质各有不同，而且设计也越加合理完善：左右隔层的，上下分体的，带把手的，带扣夹的，形形色色，种类繁多，摆满了商店的柜台。与它们相比，铝饭盒自惭形秽，没有了舍我其谁独霸一方的气概。

后来有媒体报道说，据专家的研究：常年使用铝制的炊具餐具会造成对人体健康的危害，铝元素在人体内积累过多，会导致智力下降、记忆力衰退甚至老年痴呆，建议人们尽量不要使用铝制炊具餐具。铝饭盒遭此致命打击，基本上被人们弃置不用了。

现在回想起来，我们那时候家庭用的炒菜锅盛饭盆除了钢的铁的，相当一部分就是铝制的，再加上常年用着铝饭盒，难怪我的记性不好，至今平平庸庸碌碌无为，敢情和使用这些铝制品不无关系？有了这点儿觉悟，我和孩儿他娘立刻行动，来一场全面的"厨房革命"，将铝制品淘汰出局，这其中自然也包括久不使用的铝饭盒了。

搪瓷茶缸今何在

有一天在会议室开会，圆桌前坐满了同事。我留意了一下，桌子上放的茶杯大大小小十几个，不锈钢的、有机玻璃的、保温的、磁化的，形形色色，花样繁多，但就是没有搪瓷的。很明显，风光一时的搪瓷茶缸现在已经落伍了，至少是在大城市，很少有人再用了。

曾几何时，搪瓷制品是一种人们日常生活中普遍使用的物品，包括脸盆、茶杯、碗、盘等等。三十年以前，在每个家庭里几乎都可以找到搪瓷制品的身影。这些年，随着人们生活水平的提高，搪瓷制品也逐渐被塑料、玻璃、不锈钢、瓷制品等替代，其中淘汰率最大的要属搪瓷茶缸了。

搪瓷茶缸曾经是人们普遍使用的饮水容器，遍布城市，几乎人手一个，尽管颜色、大小不一样，但材质都是搪瓷的。

所谓搪瓷，就是在金属坯体的表面涂上一层搪瓷釉，具有一定的金属强度和瓷釉特征。搪瓷的化学性质稳定，耐腐蚀，能起到对坯体的保护和装饰作用，美中不足的是容易磕碰掉瓷，露出里面铁制的缸体，容易锈蚀通漏。那时候人们用的茶杯，除了玻璃、陶瓷的，大多都是搪瓷的。玻璃、陶瓷用品容易破碎，不方便携带。搪瓷茶缸结实耐用，价格低廉，十分适合老百姓的消费水平。

我从小用的都是搪瓷茶缸，俗称"茶缸子"。上了小学，学校要求学生每天自带饮水工具，母亲给我买回了一个搪瓷茶缸。我清楚记得那是个深绿色的，无盖带把，像现在的纸杯大小。每天系在书包上背到学校，时间不长就磕得面目全非。

当年，什么都能装的搪瓷茶缸还差点闹出人命来——

我家附近有个孩子叫大头。"大头"无疑是说一个人脑袋大。四十年前，他那时十四五岁，不仔细看，也不觉得他的脑袋比别人大多少。为什么给他而不是给别人起这么个绰号，不得而知，无证可考。只记得当年街上的孩子和大头起纠纷打闹时，都爱念两句歌谣："大头大头，下雨不愁；人家有伞，他有大头。"大头也许不觉得自己头真的大，好像对这个绰号并不介意。

大头在小街的孩子中不太合群，没人愿意和他一起玩。那时，正处在"文革"中期，学校里停课闹革命，即使后来复了学也没有什么功课，空闲的时候多。孩子们没事就在门口的马路上玩各种游戏，什么弹玻璃球儿、拍毛片儿、挑杏核儿、推铁环、砍劈柴等等，花样繁多，数不胜数，三一群，五一伙，找块空地就能玩上半天。这里面基本上见不到大头的影子。他属于人嫌狗不爱、处处招讨厌的主儿，没人愿意搭理他。多数情况下大头都是一个人摇来晃去，形单影只，茕茕孑立。

人们不待见大头是有原因的，据说他的手脚不干净，爱偷东摸西占点儿小便宜。那年月家家户户都比较穷，也没什么值钱的东西可偷，无非是院儿里楼里少棵葱缺头蒜，冬天的大白菜少了两棵等等，怀疑的对象基本上集中在大头身上，理由很简单：他有前科，有劣迹，虽然够不上小偷的等级，既没被刑拘也没进过少管所什么的，但是在人们的印象里，他不是个老实孩子，疑似为"白道"（小偷）中人。证据之一，大头在学校偷过同学的东西，诸如铅笔橡皮小人书之类的，都是些无关紧要的小物件，好像也没有现场捉赃的真凭实据，只是名声不好而已。有案可稽的实例只发生过一次，仅这一次就足以让他臭名远扬。

有一天放学，大头在学校门口的副食店转悠，趁售货员不注意，从水果摊上偷偷拿了个苹果，就在他刚跑出几米远的时候，让售货员从后面抓了个正着。当时大头无可狡辩，赃物就在他手里，无处可藏。大头偷的是个大苹果，口袋里放不下，只好用手拿着，如果换个小一点儿的放在兜里，说是从家里带来的，也许会逃过一劫，反正当年的副食店也没有摄像头，苹果是家里的还是店里的谁也说不清楚。也许是大头没有经验，也许是他太贪心，偷了个大苹果，被人抓住，呵斥辱骂一顿，然后扭送到学校。事情是如何解决的，不得而知，反正大头的名声是彻底坏了。学校门口的副食店，来来往往的多是些学生，一传十十传百，大头偷苹果的事件一时间在孩子们中间风传。身上有这样的劣迹，可想而知，大头被弄得灰头土脸，没有人愿意接近他。

大头就连走路都和别人不一样，别人走路两眼看前方，大头走路脑袋左右乱晃，眼睛滴溜乱转，像是四处寻摸什么东西。"胸中不正，眸子眊焉"，他的眼睛似乎印证了这句古语，白眼底大，黑眼珠小，不时冒出一股贼气。

大头平时干什么，和谁在一起玩，没有人关心，没有人理会。他就像一个孤独的游魂，来无踪去无影，整天一个人在街上闲逛。

大头再次名扬小街是源于一场事故：他喝了几口搪瓷茶缸里的火碱水，差一点成了废人。

　　小街的尽头临近墙子河边有一家工厂，生产自行车外胎。到了夏天，工厂因为属于高温作业，时常为职工准备一些降温的清凉饮料——山楂汁、橘子汁等等加上冰块。工人在车间干一会儿活，出来接一杯饮料喝两口歇一会儿落落汗。铃声一响，工人们再进去接着干。那时候也没有空调冰箱之类的降温设备，清凉饮料似乎是最好的降温品了。住在工厂周围的孩子，有的和工人混熟了，时常能得到点儿冰镇的饮料喝。工人们没事就坐在厂门口乘凉，缺东少西的偶尔也找临近的街坊们挪借，像下雨了借把伞，吃饺子要点醋之类的小事经常麻烦周围的邻居。作为回报，有时偷偷地给孩子们倒点饮料喝也是情理之中的事。

　　"去，小二，回家拿锅去！别太大呀！"张三趁班组长不在，给小二盛满一锅饮料端回去。

　　"来，小三，喝吧。慢着点，小心别呛着。"李四端着大号的茶缸子让小三一顿痛饮。

　　当然，小二、小三都是周围邻居中和工人熟识的孩子，不认识的孩子不可能享有这种待遇。那时候，人们普遍贫穷，夏天，市面上只有一种山海关汽水可买，小瓶的也要一毛五分钱一瓶，一般家庭的孩子平时喝不起，天热了，孩子们最多买根冰棍儿解解馋。冰镇的清凉饮料又酸又甜又凉又爽，大热天喝下去，从头凉到脚，那叫一个痛快！

　　到了夏天，工厂车间门口附近，常有左邻右舍的孩子站在不远处，眼巴巴地等着，能免费喝点饮料是他们渴望至极的幸事。

　　大头虽然住得不远，但是和工人们都不熟悉，够不上享受免费饮料的交情，他又不能站在街角处等着，街上的孩子们都讨厌他，不搭理他，遇上厉害的大孩子还很可能欺负他，嘣个脑门，端个下巴什么的，所以他也从来不往人群中凑。但是大头有自己的办法。他在马路另一侧更远点的地方，鬼鬼祟祟地往车间门口这边张望，坐在马路边上，假装系个鞋带，拨个石子什么的，一副漫不经心若无其事的样子。等到车间的铃声一响，工人们进车间干活的当口，只要周围没有人，他立马像箭一般冲过来，端起工人放在凳子上的搪瓷茶缸猛喝几口，然后迅速跑开。利用这种方法，大头时常
能偷喝点儿饮料，屡试不爽，从不失手。他自认为比别人聪明，凭着这点儿聪明他占过不少小便宜，偷喝清凉饮料只是其中微不足道的一件而已。

有一天下午，天气闷热，热得人头脑发胀，昏昏沉沉。大头路过车间门口，放慢了脚步。毒辣辣的太阳照在地上，人像进了烤箱一样炙热难忍。四下观瞧，街上除了厂门口坐着十几个工人外，再没有其他人。机会难得，大头不想错过，他慢慢地往前蹭，走得很慢。他心里清楚，每隔一刻钟，最多半小时，工人们就得进车间干活，只要铃声一响，门口没有人，他就能痛痛快快地狂饮一番。

铃声终于响了，工人们三三两两陆陆续续地进了车间，这时候的大头如同脱兔一般飞奔过来。与往常不同的是，他这次没喝放在凳子上的水杯，而是直奔最近处，连腰都没弯，直接端起窗台上放着的一个搪瓷大茶缸子，张口就往嘴里灌。刹那间，他感到不对劲，五内俱焚，一股火辣辣的感觉从嗓子眼奔出。这时，他才发现喝错了东西，是什么东西他不清楚，但绝对不是清凉饮料。

"救命呀，救命！"大头拼命地喊，把搪瓷茶缸扔在了地上。里面的工人听见动静，不由分说，马上把他送到了医院。

后来知道，大头喝的不是饮料，而是火碱水。工人们休息时用火碱水冲刷模具，用完了将盛有火碱水的搪瓷茶缸放在了窗台上。没有人故意要害他，大头每次偷喝饮料都做得十分迅速谨慎，从没有让工人发现过。

大头算是命大，虽然食道肠胃被烧伤，但经过抢救，总算拣了一条命，从那以后，小街上再也见不到他的身影。据说，出了医院，他们一家就搬走了。

搪瓷茶缸留给我的深刻记忆，莫过于大头的这场事故，一想到这种茶缸我就想起当年的情景。

当年，每家每户都有不少搪瓷茶缸，除了自己买的，不少都是单位发的。开会纪念、毕业典礼、劳动奖励、职工福利等等大多发搪瓷茶缸，上面印着简单的图案和红字：有的是毛主席语录，有的是获得荣誉的名目，像"学雷锋积极分子""先进工作者""优秀共产党员"等等。那时代搪瓷茶缸无处不在，成为一种特殊的历史见证。

现在，各种饮水杯具花样繁多，城市中很难再见到搪瓷茶缸的踪影了，它和许多其他旧物一样，逐渐进入了收藏领域。有些印有文字的纪念性茶缸备受藏家的欢迎。前些日子看到一条消息：一只印有"抗美援朝"字样的旧搪瓷茶缸卖到了上千元的高价。谁能想到，昔日普普通通、家家必有的搪瓷茶缸会在收藏界大显身手。

120 相机藏品

照相机如今几乎普及到了每一个城市家庭，有些家庭还不止有一两台，而在三四十年以前，照相机绝对属于高档的贵重物品，一般人家根本买不起。那时候，城市居民相机的拥有量比现在的私家豪车要少得多。谁家有一台相机，免不了这个借那个用，基本上就成了亲朋好友的公共用品。当时，人们生活贫困，难得照一次相，偶尔有个朋友聚会、出差游园，拍照留影是必不可少的主要节目。人们使用的相机最普遍的是 120 照相机。

在我小时候的同学朋友中，只有小凤他们家有一台 120 照相机。小凤是独生子，生活条件比我们优越得多。小凤，像个女孩的名字，后来才知道，敢情这凤古时候是雄性，传说中的百鸟之王。

小凤长我两岁，胖而壮，人也精神，在老院门口的邻居孩子中，他明显要比我们生活得好。那时候供应紧张，许多食品要凭本凭条供应，即使是猪肉也是有定量的。小凤家供应的肉不够吃，就偶尔用红烧肉、午餐肉的罐头来补充。他还时不时地有饼干点心之类的好东西吃。这些东西，对我们一般家庭的孩子来说都是些可望而不可即的奢侈品。就拿罐头来说，小时候我就听说过，在商店里也见过，但是从来没吃过。不过小凤算是个厚道孩子，基本上不在同伴面前故意炫耀。

　　小凤虽然比我大两岁，但是有点儿娇生惯养，用现在的话说，有点"宅"，多数时间待在家里，或是在院子里，在外面疯玩的时候少。与同龄的孩子比，他接触的人不多，知道的事也有限。我那时常住姥姥家，一周只有到周末才回自己家住一两个晚上，在老院的邻居孩子之中，和小凤的接触应该是最多的，我们俩在一起玩，倒是他听我的时候多一些。

　　小凤显得有些孤独，极少玩伴，从来没有学校的同学找过他，就像家里养的一只小猫小狗，守着那一亩三分地，整天闷在家里不出屋。只有我每周回到家的时候，他才找我玩一会儿，至于玩些什么内容我记不清了，只知道我接触的人多，比小凤的见识要广。他虽然大我两岁，却像个乡下老实孩子，对社会上街面上的许多事情都不知道，有些孤陋寡闻。

　　有一次说到照相，那时已经上了初中，我虽然对照相感兴趣，但是家里却买不起照相机，可是我有许多关系不错的同学朋友，你有相机，他有简单的冲洗设备，几个人没事就玩玩照相洗相。那年月也没有什么服装道具，我们最羡慕的是老式的军服，五六十年代部队军官穿的带军衔的军服——大壳帽，带肩章的那种，穿在身上威风凛凛，气度不凡。这样的军服当年在社会上基本上绝迹了，除非家里过去有当军官的，一般人家根本不可能有这样的服装。能借到这样的服装照张相那是孩子们梦寐以求的幸事。

　　有一次小凤看见我拿着穿军服照的相片，十分羡慕，希望也能借来照照相。他们家有相机，可是他没有朋友，借不来军服，更不会自己洗相片。我们的关系不错，既然他张了口，我就一定要想办法满足他的要求。

　　我说："这样吧，我有个同学，他爸爸过去是军官，家里有军服，上次就是找他借的，可是他们家没有相机。你从家里拿相机，他从家里拿衣服，照相、洗相的钱大伙儿一起凑。咱们约个时间，找个风景好的地方去照相。"

　　小凤满心高兴地答应着，让我去和同学约好。

　　到了下一个周末，我见到小凤，两人约好了时间地点，到时候他带着相机来找我们，我约上同学，准备和他痛痛快快地玩一次。

　　小凤信誓旦旦地答应着："没问题！没问题！周二下午两点，咱们在公园门口不见不散！"

　　到了那天约定好的时间，站在公园门口，我和几个同学左等他不来，右等他不来，直到快吃晚饭了也不见小凤的人影，我们白白等了他一下午。

　　这就是小凤，一个娇生惯养不讲信誉的家伙，这样的孩子在外面怎么能交上朋友，怎么能让人信服？

　　我猜想，也许是那天他突然有什么急事来不了了，也许是家里不让他拿那么贵重的相机？但是，十几岁的高中生了，既然答应好的事，既然还是你找的我，无论如何爽了约也得给我一个合理的解释吧。

　　然而没有，到了星期天我再回自己家的时候，我已经懒得理他了。我在等着他来找我，给我一个解释，但是他始终没有来找过我，就像没有发生这件事一样。他比我还大两岁，已经上了高中，却还幼稚得像个孩子，一点儿不靠谱。我相信他不会是忘了，只是不好意思再找我。后来在院里碰见，我们该打招呼还是打招呼，但已经显得隔膜而客气。他自始至终没和我解释过一句为什么失约的事，我感觉他似乎心有愧意，看见我的眼神怪怪的，像是在躲闪着什么，但又不知该怎么解释。

从那以后，我开始从心里鄙视小凤，觉得他不够意思，不像个男子汉，言而无信，出尔反尔。这样不讲信誉的人在社会上怎么能交到朋友呢？我们以后再见面，点点头而已，连话都很少说，也不知该说什么。相互之间心里都有了芥蒂，只是不挑明罢了。其实我本来就有些看不起他，再加上相机这件事窝在心里，更不可能像从前一样在一起玩了，他从邻居朋友中被我彻底抹去了。

从和小凤交往的这件事可以看出，当年照相机是多么贵重罕见，借一台相机照相是多么困难。

记不清是哪一年，大概是上了高中以后，我对摄影的兴趣越来越大。那时姐姐已经工作，家里的条件逐渐好转，我提了几次想买一台相机，母亲最终答应了。新的买不起，我把目标定在了当时的委托店，不知跑了多少趟，不知看了多少次，反复比较挑选，最后花了86块钱买了一台二手的东方S4-135型照相机，而且还置办了一些最简单的冲洗扩印设备。照完相，夜深人静时躲在小屋里，点亮红灯泡，显影定影冲好胶卷，然后开始扩印、烘干、上光。那时候我对摄影的迷恋一度达到了废寝忘食的程度，几乎所有的零花钱都用在购买照相耗材上。可惜维持的时间不长，就像我做其他事情一样，往往是随心所欲，有

始无终，结果是半途而废，一事无成。这种毛病，我自己心里明镜似的，至今平庸无为大抵与此相关。积年成习，如今想改也难了。

135 相机玩了一段时间以后，我发现了它的诸多缺点：主要是麻烦，它的底片小，直接冲洗，相片看不清楚，每一次都要放大。而当年的 135 黑白胶卷颗粒较粗，放大冲洗后成像清晰度差。比较而言，倒是更为大众化的 120 卷片式相机更适合我这种新手。于是我玩了一阵，不赔不赚将 135 相机送到委托店售出，又添了点钱，花 97 块钱买了一台全新的海鸥牌 120 相机。

120 相机的胶卷底片比 135 相机的底片稍大，因此成像的品质更高。使用的时候，胶卷隐藏在一个避光的黑色纸皮里面。把它放在相机里，从这个轴卷到另一个轴。拍完之后，把黑漆铁轴拿出来去冲洗，另一个空出来的轴再倒到前面去。

当年人们使用的 120 相机，一般是双镜头反光，上面的镜头负责取景，下边的镜头用于摄影。相机有皮制外套，用细皮带挂在脖子上，照相时使用者低下头通过相机上部的取景器取景。照完的底片用不着放大，可以直接冲印。120 相机因方便经济一度成为最大众化的相机，使用范围和频率大大超过 135 相机。

20 世纪 80 年代以后，人们的生活水平逐渐提高，胶片的质量也得到了很大的改善。双镜头的 120 相机劣势突显出来，一是照的相片少，每卷 12 到 16 张，二是机身笨重，不便携带，人们反过来又重新青睐起 135 相机。

随着现代科技的迅猛发展，具有照相功能的设备日益繁多，手机、DV、掌中宝、拍易得、数码相机等产品应有尽有，传统的胶卷式相机日见落伍，120 相机更是销声匿迹，现在成了收藏家的猎物。

难忘露天电影

现如今，除了热恋中的情人，人们已经很少到电影院看电影了。家里放着电视、电脑、手机、DVD、iPad 不看，哪有工夫往电影院跑？别说花钱，就是单位免费发票，有些影片也没人看了。我曾经历过不少次这样的场面：偌大的电影院，里面的观众只有十数人，而放映的还是国外的影片。

恋人们钻电影院，你以为单纯是为了去看电影？错了，人家享受的是那里幽暗的环境，别致的情调，增加彼此依偎亲密接触的机会。不信，你把灯光调亮了，看看里面还剩几个观众？难怪有的电影院要增设情侣座、包厢座之类的设施，没有这些东西，我敢说，电影院的上座率也一定像受了利空消息影响的股市，只剩下熊市了。

印象中，我最早看电影并不是在电影院，而是在露天的操场上。那是在"文革"初期，我还没有上学，我们家附近有一所中学，学校隔上十天半个月就在操场上免费放一场电影，美其名曰：进行宣传教育。放露天电影的时候是我们孩子们的节日，届时，街坊四邻奔走相告，人们欢天喜地，带上板凳、马扎，早早地坐在操场上等着。看着体操台前支好的幕布，我心里纳闷，这人是怎么在上面动的？电影，实在是太神奇了。

电影快到放映时，操场上挤得人山人海，密不透风，来晚了的观众爬到后边的篮球架上，骑在墙头上，黑压压一片，那场面用宋丹丹的话说："那是相当的壮观！"

当时的四大中外名片——《地道战》《地雷战》《列宁在十月》《列宁在1918》，我看的都是露天电影，而且看了不知多少遍。里面的许多台词，整段整段的，当时我都背得滚瓜烂熟，人物的一个动作、一个细节，记得清清楚楚。后来我寻思，就凭咱这么好的记性，愣没考上清华、北大，或是混个硕士、博士什么的，全是因为小时候用脑过度的缘故。不看那些电影，不记那些台词，能背多少数学公式、外语单词？后悔呀，少年不是不努力，只因儿时爱看戏。

20世纪70年代，人们的文艺生活异常单调，比较而言，电影市场还算火爆，一有新电影公映，电影院常常爆满。原因无它，物以稀为贵，可供人们观看的片子太少。"文革"前17年拍摄的老影片，统统成为"封资修"作品横遭禁演，国外影片，即使是少数几个社会主义友好国家的电影，审查严格，引进的数量也不多，而国产片的生产几乎停滞。据统计，从"文革"爆发的1966年到1973年，中国竟没有拍摄一部故事片。泱泱大国，数亿观众，可供观看的影片寥寥无几。到了70年代中期，"文革"高潮已过，文化管理才逐渐松动，看电影还是我们当时最大的精神享受，当时除了新拍的一些国产片《青松岭》《战洪图》《闪闪的红星》《创业》《车轮滚滚》《海霞》《春苗》等等，还有重拍的几部经典老片，像《南征北战》《渡江侦察记》《平原游击队》等。

重拍的老影片中，印象最深的是根据《三进山城》重拍的《侦察兵》，王心刚用雪白的手套潇洒地往敌军炮兵阵地的炮口上一抹，蔑视地瞥着弱智般的蒋军团长，拖着长腔道："你们的炮——是怎么保养的？"那动作、那神态、那声调绝对是帅呆了、酷毙了！从小到大，咱就从未追过什么星，无论是歌星、影星，新星、老星，但要让我说出平生曾经喜欢过的男演员，也就属当时的王心刚了。

当年的许多影片，我们反复看过多次。尤其是到了寒暑假，电影院放映学生优惠场，五分钱一张票。我们几个同学结伴去看电影，成了假期必不可少的节目。

相对来讲，当年的国外影片更受观众欢迎，虽然基本上都是和咱们关系友好的社会主义国家的，像阿尔巴亚的《宁死不屈》《第八个是铜像》《地下游击队》，罗马尼亚的《多瑙河之波》《巴布什卡历险记》《爆炸》，朝鲜的《卖花姑娘》《看不见的战线》《一个护士的故事》《摘苹果的时候》《鲜花盛开的村庄》，以及几部越南影片。

这些外国影片给人耳目一新的感觉，其中有些精彩的台词，我们倒背如流，许多情节让人记忆犹新，留下深刻的印象。像《宁死不屈》里游击队员见面时的暗语："消灭法西斯！""自由属于人民！"成了孩子们时常挂在嘴边的流行语，电影中的插曲："赶快上山吧，勇士们，敌人的末日将要来临，我们的祖国将要获得自由解放……"几乎每一个看过的年轻人都烂熟于心。

当年外国影片的重头戏是朝鲜电影，影响最大的莫过于《卖花姑娘》，这部影片让中国观众流尽了眼泪。记得当时人们都说，看《卖花姑娘》时必须带着手绢以备擦眼泪，人物悲惨的命运，让你止不住泪流满面。我当时虽然没流什么泪，但也曾经哽咽难过，周围不少的观众，尤其是一些女人，痛哭失声，悲痛欲绝，场内的哭声此起彼伏。除了影片煽情感人之外，当年中国人的善良单纯可见一斑。

　　给我印象较深的还有一部越南的影片《森林之火》。印象深是因为那部影片效果实在太差，从头到尾都是夜间戏，黑洞洞的，看完影片，一头雾水，弄不清演的是什么，只记住了一句台词："天灵灵、地灵灵，妖魔鬼怪快离开。"

　　当年的电影，人们用一句顺口溜来概括："中国电影——新闻简报；越南电影——飞机大炮；朝鲜电影——又哭又笑；阿尔巴尼亚电影——莫名其妙；罗马尼亚电影——又搂又抱。"顺口溜编得朗朗上口，形象生动，很能说明各国电影的特点。

　　在萧条的中国电影市场中，国外影片始终极受观众青睐。"文革"结束后，只要有引进的国外影片放映，电影院便是人满为患，一票难求。届时，门口经常有等富余票的观众和倒腾票的票贩子。记得1978年，栗原小卷主演的日本电影《望乡》，因为描写了当年妓女阿崎婆卖春的经历，一经放映，立刻轰动一时，电影票价被炒到十倍以上。即使这样，有的观众还是拿钱买不到，有的人甚至手里拿着一瓶白酒来换，而那时的白酒是凭本供应的紧俏商品，只有年节每户才供应一瓶。

　　这以后，电影逐渐开始解禁，国内国外的好影片数不胜数，旧片复映，外片引进，看得多了，印象反倒不如以前，如果再啰唆下去，怕有流水账之嫌，不说也罢。

　　露天电影的主要阵地应该是在农村。城市里有影剧院，场地也有限，除了一些大型企业机关和学校定期放映，露天电影在城市生活中不是太普遍。人们喜欢看露天电影最主要的原因是为了省钱，一些单位作为福利为职工免费放映。坐在电影院里自然舒服，但得花钱不是？在贫困时期，一两毛钱人们都得掂量着花。

　　1976年，唐山大地震波及天津，我们住的楼房震损严重，政府安置我们临时搬到南开大学的操场住了一年多，房子是临时搭建的防震棚。那时还没有恢复高考，大学学生基本上都是外地的工农兵学员，学校为了丰富学生生活，每到周末晚上都在小操场放映电影。操场上没有门，几个路口处由教职工把守着。学生老师三三两两地走向操场，拿出工作证、学生证就可以进场，我们这些外来居民的孩子只能眼巴巴地在路口等着，一面苦苦央求管理人员放我们进去，一面寻找着机会溜进操场。毕竟孩子太多了，查证的人员大多铁面无私。里面已经开演了，我们在外面听着声音，踮着脚，伸着脖子，隐隐约约看见少一半的画面，心里急得火烧火燎。直到电影开场好长时间，管理人员撤了，我们这才跑到里面。当然，好的位置没有了，站在黑压压的人群后面，我们踩着小板凳仰着头看完下半场。

后来学校开始对外卖票了，五分钱一张。偶尔我也破费一次，买一张票，大摇大摆地进场。当然得早早地进去抢占有利地形，好不容易花钱消费，就得叫它物有所值。

搬出临建棚以后，40年了，我再也没看过露天电影，但那种热闹的情景铭心刻骨，至今难忘。

这几年，生活真是今非昔比，丰富多彩，人们再也不必为看电影勒紧裤腰带了，连电影院都是门可罗雀，少人问津，露天电影更是在城市中绝迹了。生活富裕了，可每年除了看引进的分账式"大片"以外，我很少再进电影院了，有时一年也难得看两场电影。不是心疼钱，票价虽然从当年的两毛五分钱涨到了百倍以上的三五十元，但是看几场电影还是消费得起；也不是没有时间，事情再多，也不在乎这两个小时时间——主要是供我们休闲消遣的东西太多了。之所以去看"大

片"，那是因为人家有档期限制，在每座城市只放映十天半个月，如果错过机会，很可能"过这村没这店"，再也看不上了。不是有光盘吗？有的新电影还没上演，盗版光盘已经卖得满大街都是。可是看电影和看 VCD、DVD 绝对是两回事，根本没法比，就像喝惯了高度的二锅头，你非给人家上啤酒，都是酒呀，那味道可差老鼻子了。《泰坦尼克号》，多么煽情的一部大片！我先看的光盘，竟然毫无感觉。后来轮到影片上演了，坐在电影院里才感受到那种心灵的震撼，人家把煽情的手段用到了极致，那么大的场面，那么多的投入，在电视上绝对看不出那种效果。

　　看电影，我记忆最深的还是小时候看的那些露天电影！

当年的幻灯

　　说到幻灯，恐怕 30 岁以下的青少年都没有见过，也不知道什么叫幻灯。这东西现在没有了，名字却还保留着。孩子小的时候，有一次玩我的手机，在拍照功能里看到"幻灯片放映"一栏，孩子问我，什么是幻灯片？还真一下子把我问住了。

　　我们小时候看过不少幻灯片，在电影放映之前，一般要先放幻灯，内容大多是政治宣传、法律常识、科普知识或新片预告等等。当然，也有一些带有情节的专题幻灯片。它是当年除了电影之外，广为观众接受的娱乐形式。

　　幻灯，利用强烈的光线和透镜装置，把玻璃片上的文字与图画映射在银幕上供观众欣赏。电影在正式开演之前，观众陆陆续续进入场内，这时候放映幻灯，既可宣传一些相关的知识，又能起到静场的作用。

　　幻灯的底片不像电影胶片，它是一张一张画好的，投射到银幕上的画面也是固定不动的，就像一幅幅彩色的连环画页面，配置一些简单的文字说明。

　　40 年前，虽然生活条件差，但在城市里，人们看电影的机会比现在相对要多。没有那么多的报纸杂志书籍，没有那么多的歌厅舞厅餐厅，更没有什么电视电脑 DVD，人们休闲娱乐的方式相当单调，唯一可以选择的大概只有看电影了。尽管影片的品种有限，但看电影还是人们当时最大的精神享受。放幻灯作为电影的前奏，人们是再熟悉不过了。

说起幻灯，给我留下深刻印象的并不是在电影院，而是在邻居家里。

我们楼上住着一家知识分子，父母都在大学教书，他们 20 岁出头的儿子酷爱电器，自己用零件攒了一台幻灯机。有时候这位邻居大哥在家里放映幻灯片，我们几个小孩聚在一起观看，片子有的是商店里买的，有的是他自己制作的。屏幕就是他们家的一面墙。幻灯片的内容早就忘记了，想必没有什么吸引人的情节，无非是一幅幅画面打在雪白的墙上，但我们对这位邻居大哥佩服得五体投地，他几乎成了我们心中的偶像。幻灯机，当时在我们眼里，高深莫测、复杂神奇，几个零件拼凑在一起能让它照出彩色的画面，实在是太了不起了。这台幻灯机不仅让我们大开眼界，对电器知识充满了幻想和渴望，而且也对拥有知识的文化人倍加尊重。果然这位邻居大哥不同凡俗，恢复高考以后，当年就考取了一所重点大学。

现在看起来，幻灯是技术含量比较低的设施，内容简单，画面死板，但在科技水平相对落后的当年，也曾风行一时，带给人们一定的精神享受。

现如今，电视、电脑、VCD、DVD 逐渐普及，进入家庭，人们茶余饭后随时随地按下遥控键盘，各种影片、节目一览无余。现在连电影院都是门前冷落车马稀，很少有人光顾了，更不要说落后的幻灯了。

生活真是今非昔比，人们休闲娱乐的方式越来越多，高科技产品充斥在生活的每一个角落，幻灯这种落后的播映方式自然结束了它的历史使命，从生活中基本消失了。

袖珍单管收音机

在我印象中，小时候家里唯一的一件电器产品就是电子管的收音机。黑褐色的硬木壳，鞋盒子般大小，虽然用的是交流电，我们却称它为无线电。那时候收音机属于较为贵重的用品，拥有的家庭不多。在 20 世纪 80 年代以前，它还是家庭生活中所谓的三大件之一。

那时候，人们把收音机俗称为话匣子、戏匣子，大概是因为这个匣子里能传出说话唱戏的声音。幼小的我好奇地望着无线电，常常心生疑惑：人是如何进入到盒子里去的？那些美妙的声音是如何发出来的？两根细细的电线怎么就能把各种各样的声音送到戏匣子里呢？

当时的娱乐和通信方式相对落后、短缺。现在的年轻人恐怕很难想象没有电视、影碟机、电话、手机、电脑和因特网，生活会是一副什么模样！当时除了极为有限的书报之外，主要的娱乐就是电影和广播，看电影不仅要花钱，而且品种极少，一票难求，机会不多，而收听广播是免费的，所以收音机成了当年较为奢侈的高档电器。

家里的无线电摆在柜子上，有电线的限制，无法远距离地挪动。而且听无线电是大人的专利，我们不能总听，理由是：耽误时间，影响学习。

　　论体积重量，论使用方便，无线电显然无法和半导体收音机相比。能有一台收音机，哪怕是最简易的收音机也是一件相当让人渴望的事。

　　稍长，上了初中，社会上时兴攒半导体收音机。几个大几岁的邻居们整日往半导体元件门市部跑。那里常有一些处理的半导体元器件，门口总是聚着一群人在购买交换各种无线电器件。

　　那时候，我上了初中，学校功课少，闲的时间多，也没有什么书可读，闲来无事，总想动手干点什么。受这几个邻居的影响，一半是好奇，一半是赶时髦，我也混在人群当中，一点点了解了什么叫电阻电容、三极管二极管、磁棒线圈等等。回来也照猫画虎要组装一台最简单的收音机。那时候的矿石已升级进化成了磁棒，盒子是用烟盒大小的剃须刀塑料盒代替，线路板是现成的。在别人的指导下，买几个处理的元件，按图索骥，将线路焊好，装上电池，插上耳机，居然能收到一个电台的节目。尽管声音咝咝刺刺，时断时续，可它毕竟有了声音。这台自制的单管收音机放在上衣口袋里，耳机线从袖口穿过，学校开会时，坐在礼堂里，手托着脑袋偷偷地收听，不仅是一种享受，也是一种炫耀。有本事攒一台小收音机，在同学眼里就是心灵手巧、技高一筹的能人。

　　这台简易的小收音机，是我至今完成的最复杂的一项制作，完全是在别人的指导下胡乱拼凑的，至于它为什么能响，无线电都有哪些原理，我至今稀里糊涂。无线电，当时在我们眼里，就是高科技，几个元件拼装在一起能让它发出响来，绝对是一件令人兴奋无比的事件。我事后琢磨，就凭十几岁我能组装成收音机，要不是后来选错了行，鼓捣这些无聊的文字，兴许也会搞出点发明创造，获个专利什么的。可惜半途而废，至今一事无成。

我的一位同学的哥哥，当年酷爱无线电，技高人胆大，居然自己买零件攒了一台电子管的黑白电视机。电视在当时可是件极罕见极贵重的高档电器。他们家组装的电视机装在一个木头匣子里，显得十分笨重。开开机，里面黑白的图形略有重影。也许用的是处理的零件或是组装时有什么地方接触不良，接收的信号不稳定，电视机隔一会儿就会出现雪花。同学的哥哥用一支备好的胶皮锤在电视机两侧敲两下，一切都恢复正常。看一晚上节目，电视总要敲十次以上，一会儿跑过来敲一次，一会儿又得敲一次。即使这样，我们心里仍然充满了对这位大哥的崇敬赞佩，他居然能将这么复杂先进的东西组装出来，不仅有声，而且还有影儿，实在让人羡慕不已。这台电视机让我们大开眼界，对无线电知识充满了幻想和渴望。在我们眼里，有知识、有文化、有技术、有水平，就是人中龙凤，就值得我们尊重。

回想起来，那时候学生中时兴的科普小制作，尤其是无线电热对开发孩子智力是个多么好的机遇。没有人组织，没有人指导，我们朦胧的求知欲和创造力一点点地消失殆尽，随着兴趣的转移，浅尝辄止，难以继续。

在物质匮乏的年代，人们的创造潜力发挥到了极致，但凡能自己动手做的，一般不会用钱来买，比我们大一些的青年大到垒房子抹墙灰打家具，小到修理电器裁剪服装组装自行车，人人都有一点儿手艺，无师自通，百练成精，组装收音机在当年城市学生中相当流行。

三四十年过去了，想起小时候组装收音机的一些情景，至今还历

历在目。与娇生惯养、条件优越的下一代比起来，我们那时候的生活确有许多缺憾，贫困落后，物资匮乏，但我们也相应练就了一些动手能力。俗话说："穷人的孩子早当家。"条件的限制逼迫人们培养了自立意识、生存能力，这恰恰是我们下一代身上所缺少的东西。

"文革"以后，随着晶体管收音机的普及，五六十年代时兴的矿石收音机逐渐淡出大众的视野，归于沉寂，取而代之的是半导体二极管。现在，据说进入了"读图时代"、数字时代、信息时代，智能手机、电脑电视成了人们休闲方式的主流，收音机的听众日见减少，简易落后的半导体收音机早已成了古董，被生活彻底淘汰了。

被遗忘的幛子

幛子是什么？现在极少有人知道。"幛"是形声字，形"巾"音"章"，肯定和织物有关。没错，其实幛子就是一种丝毛棉布织品，三四十年前婚丧嫁娶人们用来表示关切的礼物。

据我所见，幛子当年是较为贵重的礼品，婚丧嫁娶时只有关系比较亲近的亲朋好友才送幛子。一是它的质地要够一定档次——丝质绸缎，普通的棉布一般是拿不出手的；二是它的大小要够一定的尺寸，大者要够做一床被面的，小的至少也要能做一件（身）衣服。否则，送的小了，仅够一块桌布或枕巾大小，那不是幛子，那是布头，送这么小的一块布料还不如不送，就等着挨骂吧。我琢磨，幛子之所以叫幛子，起码得够一丈吧！

20 世纪 70 年代城市青年结婚，普通老百姓送幛子的为数不多。为什么？幛子不仅价钱贵，还得要布票。一般关系的同事朋友邻居结婚，人们也就是送些暖瓶脸盆、镜框枕巾之类的礼物，东西不贵，拿得出手。那时候，亲戚朋友多的家庭，孩子结一次婚，收上十几二十个暖瓶脸盆不在话下，这么多重样的东西怕是一辈子也用不完。不过没关系，放在家里存好，留着别人结婚时再送出去。礼尚往来嘛。

接着说幛子。幛子分两种：喜寿幛和挽幛。前者多用色彩鲜艳的红、绿、绛、紫等绸缎，后者多是蓝、黑、灰、褐为主的深颜色布料。

这里只说喜幛，是我亲眼所见。20 世纪 80 年代中期，我的表哥结婚，新房里除了床上柜上摆满了亲朋好友赠送的礼品，更有两条绳子挂满了颜色图案各异的幛子。幛子太多，只好叠挂在一起，红纸上写好贺词的上款，什么"花好月圆""天作之合"之类的吉祥话只能盖住，但出于礼貌和对客人的尊重，下款写了送礼的贺宾的名字却必须露在外面，一一排列整齐。

这两排几十条幛子挂在新房里，让参观新房的街坊邻居、亲朋好友感觉像是走进了哪家布料店。我当时就想，这么多幛子，做衣服做被子做褥子，这辈子恐怕也用不完；托人转手卖了吧，就得打折受损失。人们干吗非送这些布料呢，来点实惠的，干脆送点钱不就得了？

还真让我猜着了，这以后，人们再赶上谁家有喜事，大多直接送钱了。幛子基本上退出了历史舞台，连词带物都成了那个时代的记忆。

时尚马桶包

此"马桶"非彼"马桶"也。这里说的是三十多年前社会上流行的一种马桶背包，而不是现在人们卫生间里普遍安装的洁具——抽水马桶。

背包为什么叫"马桶"，查遍资料，不得而知，反正是约定俗成，当年在我生活的城市人们都将那种用带子收口、圆柱形的背包简称为"马桶"。

马桶包的形状呈圆桶状，底部为锅盖大小的圆形，有硬衬；上部穿有不锈钢或电镀的铁环，背带环绕其中与包的底部连接。背的时候，背带抽紧，铁环收缩，包口紧成一团，形成锥形。包的前面开一小口，装有拉锁，制成内置的小兜儿。马桶可以将两条背带并拢斜挎在单肩上，也可分开双肩背在身后。

三十多年前，物资相当匮乏，皮革制品人们较少使用。"文革"期间，在我的印象中，皮鞋在商店里几乎买不到，只有一种棕黄色、翻毛面的所谓鹿皮鞋。70年代后期，南方一些城市的厂家生产过一种猪皮磨光皮鞋以代替正宗的牛羊皮鞋。但即使是这种猪皮鞋，北方的市场上一般也见不到，多是亲友到江浙一带出差时偶尔才能带回一两双。

在连皮鞋供应都十分紧张的困难时期，背包的材质更是用不上真正的皮革了。原因无他，物以稀为贵嘛！皮制的背包就算有，绝大多数人也买不起，那至少是几双皮鞋的价钱。

当年商品单一，市场上的背包样式，除了帆布书包、人造革提包，最为流行的青年大众款式基本上只有马桶包一种。似乎仅此一家，别无选择。

马桶包用人造革制成，布面胶质，压有细小的纹路。比较而言，马桶包样子新颖，方便实用，背挎两便，结实美观，备受城市青年的喜爱。如今五十岁以上的中年人当年十有八九都背过这种包。无论是走路骑车，还是上班逛街，肩背马桶，潇洒大方，富有朝气，也算是一种时尚。

　　20 世纪 80 年代，我参加工作以后，书包是用不上了，黑色的人造革手提包又嫌太老气，到商场选来选去，适合年轻人背的只有马桶包这一种样式，最后只好也买了一个背上。我记得那个包是灰色的细纹造革面，上面印有白色的"友谊"二字，每天上下班，陪伴我的就是这个结实耐用的马桶。

　　随着时代的发展，社会商品日益丰富，商店里背包的品种样式数不胜数，而且大部分材质都是真皮制作。人们的生活用品有了多种多样的选择，当年的马桶包经过改良创新，演变成了造型各异、品种繁多的双肩包，不过它们已经不过是过去意义上的"马桶"了。

告别套袖

何为套袖？顾名思义，套袖就是套在衣袖外面的、单层的布套袖子。

套袖一般有多半个袖子长，套至上衣胳膊肘附近，上下口扎着松紧带，上口宽、下口窄，用来保护衣袖。

袖套的材质、颜色不一，多以结实耐磨禁脏的深颜色粗布为主。

30多年前，套袖在人们的生活中普遍使用，机关、学校、厂矿、商店，工作人员几乎人人都有戴套袖的习惯，尤其是一些与伏案工作有关的轻体力劳动者，套袖几乎成了他们职业服装的附属物品。

人们为什么要戴套袖？说到底还是因为穷，为了节省衣服，方便清洗。套袖既可防止上衣的袖子在工作或劳动时被弄脏，又可减少肘部因频繁活动与硬物接触而造成的磨损，起到保护袖子的作用，所以套袖其实也就是袖套——袖子外面的布套。

那年月，人们普遍贫穷，养成了生活节俭、艰苦朴素的习惯。限于经济条件，一般老百姓不到逢年过节，平时极少添置衣服。买衣服不仅要花钱，还需要布票。当年流行过这样一句话："新三年，旧三年，缝缝补补又三年。"您想，一件衣服要穿九年，这在现在是根本无法想象的。现在的年轻人，衣服能穿上九个星期、九个月的都少见，有的衣服买回来，样式不喜欢，也许连上身的机会都没有。当年人们因为穷，没钱买新衣服，自然对衣服就更爱惜，上衣的袖子因经常与桌子、台面等硬物接触，容易蹭脏磨破，于是，穷则思变，套袖被派上了用场。

套袖节省布料，小布头、旧衣服剪下一块布都可以缝成套袖，干活时往袖子上一套，弄脏了摘下来一洗，十分方便实用。

坐办公室的机关人员、财会人员最喜欢戴套袖，每天伏案工作，有一副套袖护着胳膊，对衣服无疑是一种保护。

学校的教师也大多爱戴套袖。往讲台上一站，手扶课桌，还要不时地写板书、擦黑板，套袖既减少了袖子与桌面的直接摩擦，也可以防止粉尘落到袖口里，一举两得，何乐而不为。在崇尚劳动、节俭的年代，套袖几乎成了劳动者的标志性衣物。

印象里，我戴套袖是在上了中学以后。有一阵学校要求每一个学生都必须准备一副套袖，母亲不知从哪儿找来一块蓝布，为我缝制了一副。那时候的学校经常组织学生劳动，学工学农，一年至少有几个月时间不上课。除了参加各种学校劳动，平时上课我也天天戴着它，尤其是上化学实验课更是离不了套袖。一节实验课下来，套袖上很可能被硫酸等烧出几个窟窿。多亏了套袖，我们的衣服才不致被损坏。

在工人阶级领导一切、提倡"劳动者最光荣"的时代，套袖几乎成了保持劳动人民本色的标志，成了一种大众的时尚装饰。

如今，人们的生活富裕了，穿衣服追求的是舒适体面、漂亮美观，结实耐用大多不在考虑之列，方便实用而美感欠缺的套袖渐渐不再受到人们的欢迎，至少在城市居民中，戴套袖的人是越来越少了，它开始逐渐走出了人们的日常生活。

告别套袖，从某种意义上讲，意味着人们告别了那个刻意节俭的贫困时代，也意味着时代的进步和人们生活水平的提高。

曾经的脖套

脖套是人们脖子上戴的用于挡风防寒的毛线套。而今，这东西，就像早年的手揣子一样彻底走出了人们的生活。

早在 30 年以前，脖套曾经大行其道。北方城市的冬天，大街上到处点缀着五颜六色的脖套，尤其在姑娘小伙子中风行一时。出门在外，寒风凛冽，西北风顺着领口灌进前胸，脖子的保暖便显得十分重要，有一个脖套保护着颈部，保暖问题迎刃而解。

那位说了，不是有围巾吗？戴条围巾不是更保暖更美观！说的不错，围巾是保护脖子最理想的保暖物品，俗称围脖。长长的、宽宽的，柔软舒适，缠绕其上，护脖有责，正当防卫。可是围巾需要用一定的毛线织就，价钱相对脖套要贵出不知多少倍。在贫困年代，不是人人都能买得起围巾的。既要少花钱，又要办成事。于是，人们退而求其次，因陋就简发明了它的替代品——脖套。

脖套的颜色样式、质地薄厚不一，基本上为毛线织就的圆筒型，为了节省材料，只要求护住脖子即可，重点保护，不计其余。织一个脖套，所用的材料、造价只相当于围巾的几分之一，而保暖功能却相差无几，套在脖子上简洁利索，套戴方便，还能起到一定的装饰作用。

当年城里的大姑娘小媳妇人人都有一点编织的手艺，大到毛衣毛裤，小到手套脖套，大多是自力更生，自编自用。工作劳动之余，小姐妹凑到一起，嘴上唠着，手上织着，一团毛线，两根织针在手里上下翻飞，织就了对亲人的爱意与关怀，织就了平凡生活的温暖与期盼。打一手好的毛活儿是当年女人们值得夸耀的资本，在她们眼里，织个小小的脖套那不是"张飞吃豆芽——小菜一碟"吗？

20 岁以前，在我的印象里，身上穿的毛衣毛裤、线衣线裤都是姐姐织的。姐姐勤劳了大半辈子，一天到晚就知道干活，年轻的时候她一年四季手里都在不停地织着各种毛线活。

俗话说：人分三六九等，命有贵贱高低。这世上还就真有笨得连脖套都织不好的女人。当初，老婆和我谈恋爱那会儿，花前月下，情意绵绵，有一天她心血来潮，信誓旦旦地说要亲手为我织一件毛衣，这可是件感动人心的举动。您想想，心上人织的和商店里买的，那毛衣穿在身上感觉能一样吗？有这句话就足以让人感激涕零了。激动的手、颤抖的心，实在是让人热血贲张、心花怒放。她说干就干，量好了我的身长腰围，买来了毛线织针，偷偷地织开了。一个姑娘能给自己心仪的男朋友织毛衣，不用说，一般情况下，那是铁定了心要托付终身了。老婆的真情实意毋庸置疑，可惜就是手艺太差了。从开春到立秋，忙活了小半年，毛衣织了拆拆了织，不是肥了就是瘦了，不是长了就是短了，翻过来掉过去，织好的毛衣总是不合适，眼看着到了立冬，实在等不了，最后人家干脆给我买了一件，说是把织毛衣拆下来的毛线给我改成织脖套。我心说，脖套就脖套，别管什么吧，能织成件东西就行。可就是这个脖套最后也没织成套，只织了一个毛线片，接口处得用子母扣扣上。虽然样子又傻又笨，可毕竟是人家的一番心意，就凭这，咱能不把她娶回家吗？好歹还给我组织了一次"送温暖"活动。我戴着这个不尽如人意的脖套，心里也曾涌过一阵阵暖意。

这是老婆当年给我织的唯——件毛活，空前绝后，堪称绝品。从那以后，她彻底"金盆洗手"了。

小小脖套让我想起了甜蜜的过去。往事如烟，不堪回首。老婆还是当年那个老婆，而我还能找到当年那种温暖心醉的感觉吗？

手绢的记忆

手绢，小小的一方布片，丝的、麻的、棉布的，叠在一起，放到衣兜里，曾经是每个人必不可少的随身卫生物品。擦嘴擦手擦汗擦泪，都离不了手绢的帮忙，小小的手绢伴随着人们走过漫长的岁月。

手绢的方便耐用是尽人皆知的，一尺左右见方的薄布片，印上或绣上各种图案，美观漂亮；反复对折，装进口袋，便于携带、使用方便。额头的汗，眼角的泪，脸上的土，手上的水……这么说吧，手之所及的所有卫生问题，都可以靠一条小小的手绢来擦拭打理。手绢用久了弄脏了，用水洗净晾干，仍然整旧如新，反复使用。

三十年前，家无论贫富，人无论长幼，几乎人人都有手绢，都用手绢。连一条手绢都没有，都不用，说明这个人混得太惨了，不是太穷，就是太懒、太脏，概莫能外。

上幼儿园的孩子，手绢被家长别在衣服上，随身携带，孩子的手绢常洗常换，干净卫生，使用方便。擦手拭嘴抹鼻涕，手绢是尽职尽责的好帮手。有时候它还被作为小朋友们玩游戏的小道具，为童年生活带来无尽的乐趣。"丢呀丢呀丢手绢，轻轻地放在小朋友的后面，大家不要告诉他……"，这首让人耳熟能详的儿歌，至今还深藏在许多人的记忆中。

　　上了学，手绢从衣服上转移到了口袋里。女同学的手绢叠得整整齐齐，洗得干干净净，色彩艳丽，图案漂亮。一条小手绢随身携带，不仅仅用来清理个人卫生，有的还束在头发上，五彩缤纷，鲜艳美丽，妆点出花季少女的天真活泼与青春朝气。男孩子们粗心大意，丢三落四，手绢不是忘带了就是皱皱巴巴地团成一团，脏净不分，很少清洗。别人的情况不清楚，我小的时候就没有养成良好的卫生习惯，手绢即使装在兜里也难得用上一回，沾染了污垢翻过个来凑合着使，有时候手绢脏得就像一块抹布，每一次都是母亲掏出来帮我清洗干净。

　　姑娘小伙子眼里的手绢就绝不仅仅限于清理卫生了。四目相望，两情相悦，手绢往往成为传情达意、示爱定情的信物。两人约会，花前月下谈情说爱，小伙子的手绢往往成了为姑娘准备的坐垫，铺好展平，体贴入微，殷勤备至。而恋爱中的姑娘送给心上人的第一件礼物往往就是带有体香和爱意的方帕。您瞧瞧，这哪里还是手绢，分明是勾魂摄魄的爱情旗帜。

　　成年人兜里装上一条手绢曾经是文明卫生的象征。一个人的生活习性，气质修养，文明程度，不仅仅反映在言谈举止、

穿着打扮上，从他对手绢的使用态度上也能看出个大概。

小小的手绢不仅在生活中扮演了种种角色，在戏剧舞台上更演化出千种风情，万种姿态。一方丝帕缠绕在大家闺秀的纤纤玉指上，脉脉含情，用它遮起一片娇羞；梨花带雨，用它来轻轻拭泪；梳妆打扮，手绢又成了绾系发辫的头饰；情窦初开，眉写相思，手绢能巧妙地传递爱的信息。

宝二爷说过一句名言："女人是水做的。"以我的理解，这里说的水有相当一部分是泪水，无论是磅礴如注，还是汨汨细流，手绢都是最好的遮拦……

一个人用过多少条手绢，怕是谁也说不清的。但是每个人想起手绢，都能唤起一些回忆。它记载着逝去岁月中人们的情感经历和人生足迹。

现在的手绢哪儿去了？已经很少再有人用它了。至少有十几二十年了，我没再用过手绢，而且现在家里竟然再也找不到一条手绢了。不知从什么时候起，我们抛弃了曾经与我们形影不离的手绢。

有一次朋友聚会，一位年长者拿出一块叠得整整齐齐的手绢擦手，这个不经意的举动让在座的晚辈们备感新奇。有人忍不住开玩笑说："都什么年代了，您还在用手绢？太老土了您。"您瞧，手绢竟然成了落伍的象征。

当然，现在替代手绢的是各种一次性的纸巾，实用价廉，随用随扔，千篇一律，缺少个性。而既方便又环保、可反复使用的手绢却被一些人无情地抛弃，许多商店的货架上再难找到它的踪迹了。

玻璃弹球儿

　　20 世纪 70 年代，一般的家庭都比较贫穷，能吃饱穿暖已经不容易了，很少有家长肯花钱给孩子买玩具。孩子们娱乐的主要方式便是凑到一起在户外玩各种游戏，诸如弹球儿、拍毛片儿、砍柴儿、弹杏核儿、推铁环、砸娘娘、跳房子、捉迷藏等等。这些游戏大多在户外进行，边道边、胡同口、院子里、马路上，随便有块空地就能玩上半天。那时候国家还没有实行计划生育，孩子比现在多，一般家庭都是两三个，多的五六个，独生子女的家庭比较少见。孩子多，城市住房条件又普遍紧张，在家里孩子们没什么可玩的，想玩，只好到户外。玩的内容也丰富多彩，花样翻新，而且还用不着花钱，大多因地制宜，因陋就简，在简单的游戏中寻找乐趣。

　　男孩子当中，当年最为流行的户外游戏要说是弹玻璃球了。现如今五十岁以上的中年人，很少有小时候没玩过弹球儿的。

　　弹球儿实际上是一种变相的赌博，输赢之中充满了刺激。因为在所有游戏中几乎都用不着花钱，唯有这玻璃球得用钱买。那时候，城市中个体经营的小商小贩几乎绝迹，市区隔好几条马路才会找到一个特许经营的小杂货摊，卖点小孩爱吃的糖豆，小孩爱玩的小玩具什么的，这其中就有玻璃球。当年，玻璃球，"亮个儿"的不过二三分钱，

"花瓣儿"的也只有六七分钱。即使这样，小孩们也只能酌情买少量的几个玩玩。

小一点儿的孩子，大多是些小学生们，输不起玻璃球，一般是以弹球儿做工具，胜负输赢以"毛片儿"计算。70年代初，天津市面上流行的毛片儿是用卡片纸单色印上简单粗糙的司令、工兵、地雷的图案，司令吃工兵，工兵挖地雷，地雷炸司令，三者循环往复，相互制约。毛片儿十分便宜，一分钱10张、20张，小孩用弹球儿输赢毛片儿，每次两三张，十分有限，孩子们赌得起。

这种弹球儿的玩法简单。在边道的土地上，几个小孩分别从墙边磕一下，球往前滚。磕完球之后，远处的球先弹，对准前面近处的球弹，弹不中，远处第二个球再弹，以此类推，直到弹中了对方的球就算是赢，输家给赢家几张毛片儿。第一轮结束，第二轮从墙边磕起，重来。

真正以玻璃球赌输赢的是稍大一点的中学生们，因为输赢是玻璃球，对孩子们来说有一定价值，玻璃球得到小摊上花钱买，所以孩子们比较认真，玩得比较复杂，阵势相对也大。

具体的玩法是：在道边的土地上划出20平方米左右长方形的界区，在中间斜着划个碗口大小的井字，玩者在井字的交叉点上一人摆上一个玻璃球，叫作"稳匣儿"，然后几个人从边界的角落里依次朝中间的井字弹球儿，击中了匣儿中的任何一个球，算是"开匣儿"，开了匣儿才有资格用自己的球去弹别人的球；射中了匣儿中的球，增加一次弹球儿的机会，或直接对准对方的球弹，或选好角度，通过与匣中球的碰撞，反弹后接近对方的球，再弹。击中了，作为赢家，从匣中取走一个球；输家再拿出一个球补上。以此方式反复进行。

玻璃球只有葡萄大小，距离稍远，弹中不易，所以要求准确，手劲大。为的是能击中对方，或滚得较远，让别人难以击中。

弹玻璃球是一种全国性的儿童游戏，各地的名称和玩法各有不同，即使在天津，不同区域的孩子玩法也不一样。

玩弹球儿，一般都集中在秋冬季节。下了学，放了假，孩子们凑到一块儿，投入忘情，兴致勃勃，一玩就是半天，往往连饭都忘了吃。那时候冬天比现在冷得多，有时天冷得冻手，孩子们把手揣起来，弹球儿时，用拇指和食指夹住球，往嘴边上哈口热气，缓缓手劲，照弹不误。冬天天黑得早，黄昏的街道上总能看见一群群的孩子蹲在地上玩弹球儿。到了吃晚饭时间，家长们找孩子也都奔这种地方喊："小二，小三，吃饭喽。"孩子们嘴里应着，蹲在地上仍然坚持要把这一局玩完。直到家长追过来，揪着领子，扽着耳朵，这才一步三回头极不情愿地往家走。

在我家居住的那个街道的马路边玩弹球儿的孩子当中，时常能找到我的身影。从小到大我的玩心都很大，小时候街面上流行的游戏没有我不会的、没有我不精的。用不着谦虚，就连现在偶尔玩玩麻将、扑克，我都算得上技高一筹，赢多输少。这就叫"干一行爱一行，干一行琢磨一行"，我经常以自己的经历教育孩子，"就是玩，你也得动脑子，你也要玩得比别人强。"

话扯远了，还说弹球儿。

有一段时间，我对玻璃弹球儿的痴迷程度到了日思夜想的地步。当时，在我的心里，没有比亮晶晶、圆溜溜、五彩斑斓的弹球儿更好的东西了。我曾经多少次幻想着，将来有了钱，有了自己的房子，我一定在一间房的地面上满满铺上一层玻璃球，遗憾的是，直到现在我这个儿时的梦想也没有实现。

玩弹球儿是集体性的，重在参与，富于刺激，孩子们在游戏当中既得到了娱乐，也增进了感情。不像现在的孩子除了做作业，就知道在家里一个人玩游戏机，想找个小朋友一起玩玩都不容易。有时候看着孩子一个人在那玩游戏，我挺可怜他：连个玩的朋友都没有，长大了怎么办呢？我真替他担心。

朋友真那么重要吗？至少在中国是这样，孩子总不能一辈子躲在母亲的羽翼下，早晚要走向社会，成为社会成员，与人怎样相处、怎样合作就显得至关重要。

不错，我们现在的生活质量得到了明显的提高，住房宽敞了，衣食无忧了，相当一部分人生活在环境优雅的小区里，但是人与人之间，包括孩子与孩子之间是相互隔绝的，他们率真的天性逐渐失去了发展的空间。时代进步的同时，我们又失去了一些东西，如此下去，我们不能不担心孩子将来的生存能力！

拍毛片儿

火柴盒大小的硬纸片儿，上面印有五颜六色的人物图案，这就是毛片儿。

毛片儿最早是放在香烟盒里附赠的一种精美的小画片。

20世纪上半叶，随着纸烟的全面推广，印刷精美、图案漂亮的小小毛片儿曾经风靡一时，与邮票、钱币并行，成为人们的三大收藏之一。当然，谁都清楚，烟盒里装毛片儿那是商家的一种促销手段，正面印着风景、人物、民俗、故事之类的图画，反面印着香烟广告或文字说明。

在印刷业落后的年代里，收集毛片儿成了一些人的爱好。但是，你要想集齐一套完整的毛片儿，就得多买香烟或是从朋友那里收集。商家为了投其所好，吸引顾客，后来将《三国演义》《水浒》《封神演义》的人物印成系列毛片儿，一套多到百八十张，集齐这样的毛片儿也算是一项不小的工程。

毛片儿的得名同样与香烟有关。1840年以后西方列强的坚船利炮打开了中国的大门，各种洋货开始逐渐流入中国市场。中国人那时管外国人叫"洋毛子"，管外国商品叫"洋货"，像洋火——火柴、洋蜡——蜡烛、洋灰——水泥等等，凡是从国外进口的东西大多加个"洋"字。城市中流行的卷烟最早也是舶来品，人们就把里面装的画片儿叫"毛子片儿"，后来简称"毛片儿"。

毛片儿虽然是随烟赠送的，可香烟得花钱买，在温饱都成问题的贫困年代，即使是吸烟的成人一般也不会单纯为了收集毛片儿而购买香烟。于是有些商贩便单独印刷毛片儿满足孩子的需要。

毛片儿一般用彩色像邮票一样排满印在一整张硬纸板上。孩子们买回家将它们一张张剪开。一整张毛片儿往往是一套图案，自成系列，如《三国演义》系列、《西游记》系列、《杨家将》系列等等，一幅幅彩绘的人物肖像或脸谱。每个肖像或脸谱旁边大都印有该人物的名字或绰号，什么"及时雨宋江"啊，"黑旋风李逵"啊，"豹子头林冲"啊，不仅形象生动，而且文字交代明确。一个孩子往往拥有几套毛片儿，像集邮一样，每套的完整性是孩子们追求的目标之一。毛片儿呈长方形，其大小同邮票相仿或略大些。

"文革"开始以后，社会上大破"四旧"，印有帝王将相图案的毛片儿在社会上基本绝迹了。

我小的时候，20世纪70年代，孩子们手里的毛片儿极少用于收藏，大多是为了玩一种拍毛片儿的游戏。几个孩子各出几张毛片儿，正面朝上摞在一起，放在地上。孩子们依次在毛片儿旁边用手一拍，翻过面来的毛片儿就归拍者所有，余下的由下一位孩子再拍。这种略带一点赌博色彩的小游戏当年在城市男孩子中相当流行。

我们那时玩的毛片儿变成了粗制滥造的简装版，最为流行的是司令、工兵、地雷系列，由淡绿的颜色在白纸片上石印而成，面积比麻将牌略小。

毛片儿十分便宜，街头的小商贩卖的价格是 1 分钱 10 张、20 张。这种毛片儿，不便于手拍。孩子们拿在手里一赌输赢。玩法是：司令管工兵、工兵挖地雷、地雷炸司令，三者相互制约，循环往复。大一点的孩子则用弹玻璃球来赌输赢。玩者事先约定，弹中对方的玻璃球赢几张毛片儿。

后来小摊上又出现了一种稍微复杂的陆海空军武器装备的系列毛片儿，一大张硬板纸上印着一套几十种武器装备的图案，买到家后一张张剪开。这些飞机、大炮、舰船印得相对精细一些，线条轮廓比较清晰准确。街上的孩子对这些毛片儿规定了游戏规则，大致是：陆管海，海管空，空管陆，而每个兵种的武器装备中也有谁管谁的规则，比如野战炮管平射炮，重型坦克管轻型坦克，长枪管短枪，大舰艇管小舰艇，轰炸机管战斗机，战斗机管教练机。这种毛片儿的玩法一般都以翻毛片儿为主，正面的图案朝下，玩时翻过来看谁管谁，所以也叫一翻一瞪眼。玩法是：每个人单张出，在手中的毛片儿面朝下，同时亮底，如果是陆海空武器同时出现形成互相制约，就把这些毛片儿放在一边接着进行下一轮角逐，直到两个人被先后淘汰出局，这些共有的毛片儿归一个人所有。

玩毛片儿的游戏在输赢中充满了刺激，让孩子们乐此不疲。

在我的印象中，儿时的生活像是简陋斑驳、时断时续的黑白片，人们贫困而悠闲，在单调的生活中寻找着单调的快乐，就像我们玩的毛片儿，色彩单一、构图简单，印制粗糙，却令人难忘。

快乐的少年时光离我们远去了，虽然那时的生活很贫穷，很单调，可是我们很快乐，很充实，有那么多的朋友，那么多的时间，那么多的游戏，那是多么值得怀恋的时光。

说到毛片儿，想到了我小时候的一位邻居二宝。

二宝是那时候小街上出了名的玩主，成天在街上厮混，玩得昏天黑地。当年孩子们没多少功课，有大把大把的时间玩各种游戏。不同的季节有不同的玩法：春天砍柴儿，夏天挑杏核儿，秋天"砸娘娘"，冬天弹玻璃球……一年四季穿插其中的各种游戏不下二三十种。这里面从来不缺二宝的身影，他是主角，是高手，是全才，玩一项爱一项，玩一项精一项。他的话不多，但是爱动脑子，爱琢磨事，用心，专注，不是傻玩傻淘的那种孩子，凡事他都能琢磨出些道理，找出些窍门，尤其是对那些挂点彩头—赌输赢的游戏，他更是专心致志，全身投入。比如说砍"柴儿"（劈柴），二宝是小街上当之无愧的最大赢家，他们家烧火的劈柴几乎就不用花钱买，全是他赢来的。当年他狂到什么程度，玩的时候带一个小布袋子，赢一块木材往袋儿里装一块，一下午能把布袋装满。木材除了拿回家点火，有时他也和小伙伴换零食吃，糖呀豆呀，甚至冰棍儿，有不少就是他用战利品换来的。他们家穷，二宝没有零花钱，只要是挂彩赌博的游戏，他就格外有兴趣，格外认真，赢得多了就换点吃食，这也许是他精于玩技的主要动力。

到了夏天，杏上市了，街上的孩子流行玩挑杏核儿。两三个孩子各出几枚杏核儿，藏在手里，再一起亮出来，出得多的先玩：往地上一撒，其他孩子指定难度最大的两个叫你挑，中间都隔着一个杏核儿，或者用指盖挑，或者用手指将杏核儿在地上弹出弧形，越过中间的那个杏核儿，使指定的两个碰到一起。

　　二宝挑杏核儿的功夫也是技高一筹，无人能比，手指的力度、角度、弧度掌握得恰到好处。他脸贴近地面，像如今的台球高手一样反复研究，轻轻一挑一弹，十有八九能挑中。每天他都能赢得盆满钵溢，两个口袋鼓鼓的，一个夏天能装满一箱子。立了秋，二宝将攒下的杏核儿砸开，取出里面的杏仁，把它们卖到中药房换钱，为自己挣一点儿零花钱。

　　当年街面上孩子玩的各种游戏，没有二宝不会的，没有二宝不精的。可以这么说，当年，他玩遍小街无敌手，保持多项全能第一，无人超越，而且声名远播，经常转战到别的街道上去玩。

　　别看二宝个子不高，又干又瘦，沉默寡言，性格内向，但因为脑子活，心眼多，玩技高超，不要赖，讲信誉，在小街的孩子中还挺有

威望。他不光精于各种游戏，动手能力也超过常人。当年的"毛片儿"虽然不贵，麻将牌大小的"毛片儿"小摊上几分卖一板，可是消耗量稍大，孩子们的零花钱有限，就舍不得买。人家二宝瞅准了商机，用橡皮刻出图案自己印成"毛片儿"，低价卖给街上的小伙伴，用纸、色彩、图案与摊上卖的相差无几，足以乱真。一时间，二宝的生意火爆，附近几条街的小孩玩的"毛片儿"都是从他那儿进货。这么小的年纪，人家就懂得经营，在玩的同时开动脑筋，获点小利。

中学毕业，二宝当了邮递员。街上不玩了，他玩起了自己的生意，时间不长，二宝就开始倒腾小报，先是送报卖报，后来干起了批发。那时候故事类通俗类的报纸杂志的销量很大，各种奇闻轶事、明星绯闻、凶杀大案、野史怪论，无奇不有。二宝心眼活泛，早早地下了海，先是干报贩子，然后做起了书商，雇人编书、组织印刷，然后通过二渠道发行结款。当年他提着个密码箱全国各地到处跑，成年累月不回家，早早地发了财，后来像从人间蒸发一样，消失在小街人们的视线中。

我最后得到二宝的消息是在 20 年前的一天晚上。那天一边吃饭一边看电视，中央台的新闻联播，说是端掉了一个制造假火车票的团伙，首犯的名字和画面竟然就是多年没有消息的二宝。电视中的他神情镇静、泰然自若，眼神还和小时候一样，坚毅自信、倔强果敢，眉宇间透着一股不服输的狠劲。这一回，二宝玩的有点大，可能是倒腾书报不过瘾，竟然玩上了假车票。判了他多少年不记得了，既然上了新闻联播，而且是中央台，罪过应该不算轻。

从小就知道印毛片儿赚钱获利，可见二宝聪明透顶，心灵手巧，只可惜没走正道，毁了自己。

前些年，经常想起埋藏在心底的儿时游戏，我就此写过几篇小文发表，没想到引起了一些读者的反响，读者的来稿来信十分踊跃。为此，报纸开设了专栏，电视台还做了专门的节目。可见，弹球儿、毛片儿之类的老游戏唤起了人们对逝去岁月的回忆。

随着孩子的一天天长大，我突然发现，自己也到了开始怀旧的年龄，这于我是十分可怕和极不情愿的。无可奈何，小时候玩过的游戏仿佛就在昨天，而今却基本上消失得无影无踪，成了记忆中的东西。这正应了一句话："不是我不明白，这世界变化快！"

确实是变化得太快，就连毛片儿这个词也发生了变化。有一天在电脑一条街上闲逛，迎面走过来一个小伙子神神秘秘地小声问我："大哥，要毛片儿？"我一怔，怎么现在还有卖毛片儿的？小伙子见我稍有犹豫，以为遇上了主顾，顺势将我拉到一边，掀开外衣，只见里面的口袋放满一张张赤身裸体淫秽不堪的黄色光盘。

真是不看不知道，一看吓一跳，敢情"毛片儿"成了淫秽光盘的代名词了。

空竹话旧

　　十几年前春节前的一天，朋友来家里闲坐，给孩子带来一件出人意料的礼物。朋友故作神秘状，一边从包里拿东西，一边说："东西不贵，孩子喜欢不喜欢不知道，你肯定会喜欢。"

　　心里想，我喜欢什么他怎么会知道，我喜欢的他也给不了。我纳闷，看他能拿出什么稀罕玩意儿。

　　朋友解开包，解开绳，东西拿出来，我眼前一亮。您猜是什么？空竹，40 年前我们小时候常玩的空竹。这物件多少年看不见了，朋友居然还记得我喜欢空竹，真是难得。它让我一下子想到过去抖空竹的情景。

　　我们小时候，把空竹称作"猛葫芦"，也许是因为它的形状有点和葫芦相仿，又转得飞快的缘故。

　　不知道为什么，抖空竹一般都是在冬天，孩子们手握两只系着线绳的小竹棍，上下左右不停地抽动、摆动。空竹在绳子的拉动下快速地旋转，发出"嗡嗡"的声音，速度越快，声音越大。

　　那时候，街面上孩子玩的游戏都有季节性，一年四季各有各的内容，各有各的玩法：春天砍"柴儿"、跳房子……夏天玩泥巴、弹杏核儿……秋天打杂杂、"砸娘娘"……冬天推铁环、弹玻璃球……孩子们的游戏林林总总，凭我的记忆，玩过的不下二十种。

20 世纪 70 年代，国家还没有实行计划生育，孩子比现在多，一般家庭都是两三个，多的五六个，独生子女的家庭比较少。孩子多，功课少，又有充裕的时间玩，街坊邻居一般大的孩子时常聚在一起玩各种游戏。

到了冬天，男孩子玩的最多的户外运动要说就是抖空竹了。现如今的中年人，小时候大多抖过空竹。

为了写这篇小文，我特意查阅了有关资料。敢情小小的空竹在我国还有着悠久的历史。早在三国时期，曹植就写过一首《空竹赋》；《水浒传》中的宋江写过一首七言四句诗："一声低来一声高，嘹亮声音透碧霄。空有许多雄气力，无人提挈漫徒劳。"明代刘侗、于奕正在《帝京景物略》卷二中记述了空钟（空竹）的制作方法及玩法。清代坐观老人在《清代野记》中写到："京师儿童玩具，有所谓空钟者，即外省之地铃。两头以竹筒为之，中贯以柱，以绳拉之作声。"抖空竹是我国民间传统的游戏，流行全国各地，尤其在北方更为盛行。

空竹是用粗竹竿裁割与木材相组合成的，取 2 厘米高直径在 10～15 厘米的竹筒，两端封上木板，沿周沿开设小口，是为底盘。底盘中央安装一根中间有细腰的木轴。另外用两根小竹棍子拴线，把线缠在木轴上，抖动，空竹即可高速旋转。在空气的作用下，底盘周围的开口同时发声，声音高昂雄浑，十分悦耳。

空竹基本上分两种：单盘空竹——一个轴连接一个发声轮；双盘空竹——在一个轴的两端各连接一个发声轮。一般人们爱玩的都是单

盘空竹，虽然空竹不平衡，抖起来困难较大，但能表现一定的技巧。双盘的空竹平衡性好，没有什么技术含量，初学乍练的新手或小孩子才玩这种玩意儿。

圆盘四周的哨口以一个大哨口为低音孔，若干小哨口为高音孔，以各圆盘哨口的数量而分为双响、四响、六响，直至三十六响。拽拉抖动时，各哨口同时发音，高亢雄浑，响彻云表。

抖空竹时，将空竹放在地上，双手各握一根抖杆。右手持杆，将杆线以逆时针方向在空竹凹沟处绕两圈。然后右手轻提，使空竹离地产生旋转，转一圈后，凹沟处仍有一圈线，便可以双手上下不停地抖动了。空竹会越转越快，转到一定程度，鸣响装置就会发生嗡嗡的声响。空竹的基本玩法简单易学，但要玩好也不容易。

空竹虽然便宜，但不是每个家庭都舍得花钱给孩子买的，有的孩子买不起空竹，就用壶盖锅盖等类似的器具代替。

传统的竹木空竹，发出来的声音悦耳好听，但是三磕两碰，空竹容易损坏。那时候的孩子大多会自己修理，买一点鳔胶熬开灌到空竹的缝隙里，胶冷却以后就能起到密封作用。发声轮经过灌胶密封，基本上修复如初。

抖空竹是一项全身运动，在娱乐的同时，可起到全面锻炼身体的作用。一到冬季，尤其是到了寒假，胡同里、院落中、马路空地上，到处都有人在抖响空竹，悠扬悦耳的声响此起彼伏。

朋友带来的空竹，孩子看了两眼就扔在一边了，他们现在窝在家里沉迷于电脑、手机、MP4等电子产品，对传统的益智健身游戏没有兴趣。我试了试，尽管多年不玩了，居然还能抖出不小的响声，那种久违了的"嗡嗡"声，让我想起了少年时的快乐时光。

三四十年过去了，物质条件的变化、科学技术的发展，空竹的材质也发生了极大的变化，塑料的、玻璃钢的、金属的等等，林林总总。虽然花样品种越来越多，但抖空竹的人却基本上看不到了。它成了一道渐行渐远、即将消失的都市风景，留在我们记忆中。

鞭炮烟花"二踢脚"

　　一年中最大的节日莫过于春节。家长平时省吃用，所有的物质积累都集中在春节这几天消费。吃的喝的穿的用的，尽其所能，尽其所有，在春节这几天绝不吝惜。中国人对春节的重视亘古未变，就连吃不上饭的杨白劳也要在春节给喜儿扎上几尺红头绳："人家的闺女有花戴，我家钱少不能买，扯上了二尺红头绳，我给喜儿扎起来……""姑娘爱花，小子爱炮。"这两样东西孩子情有独钟，尤其是鞭炮，春节的年味和喜庆热闹的气氛，很大程度上是由噼里啪啦的鞭炮声烘托出来的，很难想象没有火火红红的鞭炮声这个春节怎么过。

　　这几年，不少城市在春节禁止燃放烟花爆竹，而我们这边"风景独好"，总还能享受到燃放烟花爆竹的乐趣。有所不同的是，现在的孩子们对鞭炮的兴趣已经大大减弱了，倒是一些大人们对过年放鞭炮越来越起劲了。做生意的盼着来年生意红火财源广进，普通百姓幻想着驱逐邪气交上好运，鞭炮是越放越多越放越大。每年春节这种震耳欲聋的鞭炮声、弥漫全城的火药味、撒满街头的鞭炮花都让我想起小时候这个年味十足的时节放鞭炮所带来的乐趣。

　　20世纪70年代上半期，我小的时候，过年放鞭炮是一件多么让人激动的事情！放了寒假，孩子们盼的就是过年，除了好吃好喝好穿戴，最大的心愿就是能放炮了。平时，节俭成性的家长很少给孩子零花钱，但是，到了春节，男孩子的鞭炮是不能少的。过年放炮的年俗，家家户户都遵守着，不仅仅是为了满足孩子的愿望，也关系着一个家庭的体面，所以临近年关，家长大多会破例给孩子几毛钱，让他们去买鞭炮。孩子们拿着钱，约上同学邻居好伙伴三三两两地去买炮，一般家庭的孩子买个三二百响，最多的买上一千响，幸福快乐的春节时光就在这噼噼啪啪的小炮声中度过了。

　　家长给的这点买炮的钱，孩子们得精打细算，将它的作用发挥到极致。副食店、土产店平常卖的炮，100响一包的2毛2分钱，个儿大却并不太响，也许是陈炮，捻子松不好点燃，一般孩子都不买它，而是喜欢买湖南浏阳产的小钢炮。这种炮个头虽小，但是声音响，价钱还便宜，只有1毛6分100响。小钢炮平时市面上见不到，只有在年前这几天，土产店才有货。届时，土产店的炮摊前挤得水泄不通，乱糟糟的一团，常常排了很长的队也很难买到。现在想想，只是为了节省6分钱，我们却能在寒风中排几个小时甚至更长时间的队，那种顽强的毅力、执着的精神，回忆起来真让人匪夷所思。

　　有一年，我还在上小学，春节前听说土产店来了一批出口转内销的小钢炮，价格是9分钱70响，我们几个同学计算了一下，平均100响还不到1毛4分钱，质量却与1毛6分100响的小炮不相上下。一包能省2分多钱，我们觉得挺划算，于是决定结伴一起去买这种炮。这种炮，附近土产店到货少，早上一开门就被人抢购一空了。排了几次长队都没买上，我们决定到别处找找看。几个孩子穿戴严实，顶着凛冽的寒风，顺着马路四处转悠，见到土产店就进去打听，溜溜儿转了一下午，足足走了有四五十里路，终于在偏远市边处的一家土产店买到了。我们像捡了个天大的便宜，兴奋得不得了，将鞭炮装好，这才发现天已经蒙蒙黑了，回家的道谁也说不清楚，我们认准了一个方向：沿着海河走，找到赤峰桥我们就能找到回家的路。

回想起来，这也许是我们当时有生以来走得最远的一回路。几个小时，我们在寒风中疾走，忘了累，忘了饿，目的竟然是为了能买到9分钱70响的小钢炮。顶风冒雪，忍饥挨饿，每个人省下的炮钱还不到1毛钱，但是我们无怨无悔，心情亢奋，毕竟通过自己的努力，自己的付出，实现了自己的愿望，那份喜悦、那份自豪是难以用钱买到的。

鞭炮买回来，节俭成性的孩子们很少有整鞭燃放的，短暂的痛快淋漓对我们显得过于奢侈。放整鞭的炮，一时的潇洒，过后意味着长时间的失落与痛苦，炮放完了你只能看着别人放，再也找不回参与的乐趣。孩子们买回小鞭炮，大多是拆散了一个个地零放，兜里放上一把，点燃一根粗棉线，噼一个叭一个地慢慢享受那种燃放的快感。一二百头小炮能放上好几天，充实而快乐的好几天，美好的春节时光伴随着噼噼啪啪的小炮声留在我们的记忆中。

对男孩子来说，过年最重要的内容就是放炮，它远胜于服装食品，吃喝玩乐，前两项是大人的事，安排得好不好，关系到家庭的体面，唯有后者才是孩子自己的事情，而尤以鞭炮为男孩的重中之重。炮放得多不多，痛快不痛快，是孩子春节过得是否快乐的一个重要标志。到了春节，孩子们到亲戚们串门拜年，长辈们问得最多的一句话便是："小三，过年买了多少炮？"如果买的足够多，小三会洋洋得意，一脸阳光灿烂，如果相反，则会垂头丧气，目光游离。所以，再困难的家庭也要挤出一点儿钱来满足一下孩子过年放炮的愿望。

那时候，放鞭炮的主角儿绝对是孩子，而大人放的则多是"二踢脚"。

　　"二踢脚"在北方的许多地方称作"两儿响"，这种炮仗，点燃了炮捻，地上响一响，蹿到空中一二十米后，再炸出更响的一声，所以俗称"两儿响"。

　　"两儿响"有常见的有蜡烛般粗细，15厘米长短，外面包着薄薄的红纸。

　　这种炮有两种放法，胆子小的放在地上，胆子大的捏在手里。年轻人点燃炮捻，就听"叮"的一声，"二踢脚"在地上炸响，紧接着半空中传来"当"的一声巨响。真可谓天上一脚，地上一脚。由于它威力大，炮捻短，危险性高，一般家长不会让孩子燃放。

　　那时候的炮仗品种极少，基本上也就是鞭炮和"二踢脚"两种。"二踢脚"价钱相对要贵，5分5一个，只有在春节时成年人才舍得放几个过过瘾。到了除夕夜，午夜12点前后，就见大人们带着孩子，嘴上叼着香烟，手里攥着"二踢脚"出来了。霎时间只听"叮叮当当"的鞭炮声此起彼伏，震耳欲聋。孩子们躲在远处，仰着头，用敬佩和兴奋的眼光看着这热闹喜庆的场景。那一刻，无论是孩子，还是大人，人人脸上充满了笑容。

　　我当年在小伙伴中逞强好胜，也放过"二踢脚"。胳膊伸平了，右手的大拇指二拇指虚捏着炮仗，以不掉到地上为限，左手哆哆嗦嗦点燃炮捻，背过脸去等着炮响。说心里话，那一刻，说不害怕是假的，心里七上八下受刑一般紧张。

　　当年的"二踢脚"危险性较大，春节期间有不少人因为燃放"二踢脚"受到伤害。20世纪80年代中期以后，它渐渐退出了人们的视线，现在在市场上已经绝迹了。

　　鞭炮是一种大众化的节庆消费，烟花在当时却绝对是贵族化的产品，市面上极少见到。刚上市那两年，一般家庭的孩子很少有买得起的。

　　我第一次看见燃放烟花竟是在屋里。我的一位邻居家的孩子是独生子，家庭经济稍微宽裕，家长给孩子买了三五个烟花放。人家花了钱，要与邻同乐，晚上把我们几个孩子召集到他们家，关上灯，在木板地上点燃，不大会儿工夫几个烟花就放完了。记得有一辆纸做的小坦克礼花，喷着五彩缤纷的火焰前行了一两米距离。这种简易的烟花在当时看来真是神奇无比，不仅令人大开眼界，也让人心生羡慕。放过的废烟花不舍得扔掉，留着还可以当一个简单的纸玩具。能让我们一睹烟花的燃放，邻居家孩子的得意与骄傲溢于言表。冲这一点，我也立志将来长大了只要一个孩子，让他也享受独生子女的待遇，过年时可着劲地买烟花放爆竹，弥补他爹小时候的遗憾。

　　我印象最深的一次放烟花是在初中同学家。他的父亲当年位高权重，上门求他办事的人很多，逢年过节送礼的络绎不绝，踢破门槛。有一次春节前的一天晚上，我们到同学家约好了出去玩。

　　临出门，伯母叫住

我们，带到另一间屋，指着地上一堆烟花对儿子说，"趁着你们都在，晚上把这些烟花都放了。"同学有些不情愿，不舍得，说哪有现在放的，留着除夕三十儿晚上再放，过几天再说。伯母坚持道："哪天放不是放，今天趁着同学们都在，一块放着热闹。都放了，不用留，小心点儿就行！"

那时候市面上很少有卖烟花的，过年能放上两鞭小炮已经不错了。同学家的烟花是他父亲的朋友从外地送来的，五颜六色，形状各异，堆在屋里足足有两大纸箱子。我们看了，两眼放光，心生羡慕，兴奋异常，恨不能立马跑到街上痛快淋漓地过足瘾。在伯母的督促下，我们每人两手提着各式各样的烟花，兴高采烈地出了门。那天晚上我们尽情地放着各种五彩缤纷的烟花，周围围满了驻足观望的大人、孩子。那是我有生以来最快乐的一个夜晚，那种新奇刺激的感受至今难忘。

随着年龄的增长，鞭炮烟花对我们早已失去了吸引力，可每到过年，无论多忙，我都要带着孩子逛逛鞭炮摊，在年味十足的市场中，看着他在花花绿绿、各式各样的烟花堆里挑来选去，然后抱着满怀烟花的那种心花怒放的兴奋劲，我也从心里感到高兴。从他的身上我看到了自己的过去。只要孩子满意，买上一堆烟花爆竹，让他高高兴兴痛痛快快地放，这钱花得值。过年，图的就是个红红火火，热热闹闹，没有鞭炮，还叫过年嘛？！

燃一挂响亮的鞭炮，驱除一年的晦气，带来明年的好运，这噼噼啪啪的响声中寄托着人们对来年诸多美好的愿望。

我心里清楚，除了从孩子身上找回我童年的乐趣之外，还有一个难以言表的原因：这么多年，我之所以"财疏学浅"，至今碌碌无为，也许全跟小时候爆竹放得太少有关，为了这，过年也得多放两鞭炮。

温情克朗棋

克朗棋是一种类似于台球的体育休闲项目，20 世纪 80 年代前后风靡全国的大中城市，成为青少年热衷的娱乐活动。

克朗棋台形状如同八仙桌，木制，有沿，有腿，台面多铺以玻璃，四角设有圆形小洞，下置布袋，用来盛放落入的克朗棋子。棋子为扁圆木制，直径 1 寸左右，如同大号的象棋子。其玩法与台球相仿，桌面中央画有 28 个圆圈，放置四色棋子，玩者以 1 米左右长前细后粗的木棍在桌角捅母棋，靠母棋将子棋碰撞击入洞中，打进者可连击一次，最后桌面上的棋子全部击入棋洞为一局，捅进棋子最多者为赢家。

30 多年前，人们的休闲娱乐方式还比较单调，台球、保龄球在社会上远未普及，克朗棋作为一种简易价廉的替代品开始流行于世。相对来讲，克朗棋占地小，价钱低，颇为适合当时的消费水平。但它毕竟属于一种较为高档的娱乐设施，一般家庭是买不起玩不起的，大多是一些单位为丰富活跃职工的业余生活而购置。届时，几个人弯腰撅腚，挥杆捅棋，旁边有人围观，说笑运动，其乐融融。

玩克朗棋讲究身体的协调，注意撞击棋子的力度角度，是一项技巧性较强的运动。

之所以想起了克朗棋，这里面有一段故事。

20 世纪 80 年代初，我上大学时，班里最重要的聚会是在新年。春节，放了寒假，学校基本上人去楼空了。每到新年临近的前几天，同学们就开始准备班里的联欢会。届时，教室的灯管缠上五颜六色的皱纹纸，颇有节日的喜庆气氛。同学们准备一些节目，买一些食品，大伙儿一边聚餐，一边联欢。饭后，还有各种娱乐狂欢活动。当时，我担任班干部，为组织新年联欢，从团总支那里借来了当时系里唯一的一副克朗棋。联欢会结束后，曲终人散，我们几个同学收拾教室时，

不知谁不小心将克朗棋桌弄倒了，玻璃桌面被摔得粉碎。当时买一副克朗棋，要百八十元，对一个穷学生来说价值不菲。棋是我借来的，损坏了当然要由我来赔，我心里琢磨着怎么能凑上这笔钱。第二天上午，让我没想到的是全班的女同学有的出五毛，有的出一块，大家凑

了一笔钱交给我，让我说不出的感动。没错，我记得清清楚楚，是全班的女生，当时我们班女多男少，阴盛阳衰。钱不在多少，这份情意，让我感念至今。

经过打听，我了解到，克朗棋的玻璃桌面需要 17 块钱，得到生产厂家去配。同学的钱，一分也不能动，只能自己想办法。为了凑够这笔钱，我到市中心的集邮市场，忍痛以十块一张的价格卖了老邮票"开国大典"，然后和外系的一位初中同学借了一辆三轮车骑到几十里外的一家校办工厂配好了克朗棋桌面。班里同学们凑的钱我一分没动，事后逐个归还到每个人手里。大学四年，同学之间的友情至今难忘，想起克朗棋，我就想起了亲爱的同学们，谢谢你们，白衣飘飘的年代，有你们做伴，有你们同行，幸甚！幸甚！

现在，很难再见到克朗棋了，取而代之的是更为高级高雅的台球、保龄球。从人们娱乐休闲方式的变化也能看出时代的发展与进步。

想起了克朗棋，我就想起了三十多年前那段难忘的学生生活。我们虽然贫穷，但我们快乐，我们知道自尊自重，知道相互帮助，更知道珍重友情。

时髦的组合家具

多年前，组合家具是城市中最时髦的家具品种。其他地方的情况不得而知，在我生活的城市，20 世纪 80 年代前后，年轻人结婚家里摆的十有八九都是组合家具。何谓组合家具？就是将各种单件家具的功能组合在一起，三四排宽窄高矮一样的柜子拼接到一起，向上发展，尽可能地节省室内空间。上有顶箱，下有抽屉，中间是衣柜、书架、写字台、梳妆台等等，组成一排整体的落地式柜子。

我小的时候，家具是紧俏商品之一，立柜、酒柜、五斗柜、沙发、床铺、写字台等等，无一不凭条供应。家具条不是所有人都能领取，主要发给那些有结婚证的年轻人，一张条供应一件，凑齐几件家具并不容易。即使手里有了条，有的年轻人也不去买家具，一是嫌贵，二是样式单调不喜欢。准备结婚怎么办？许多人选择打家具。70 年代，城市青年打家具成风，许多人无师自通，成了业余木匠。

俗话说："土木不可擅动。"打一组家具是一项不小的工程，买木料，请人工，锯刨钉粘刷油漆，工序繁杂，费力费时，麻烦程度和现在装修房屋不相上下，而最后做好的家具是不是称心如意还很难说。

进入到 80 年代，人们的生活条件得到了初步改善，商品供应日见丰富，人们的消费观念也随之发生变化。城市中待婚青年请人做家具的越来越少，大立柜、酒柜、高低柜等单件家具逐渐成了落伍的样式。买家具成了多数人的选择，尤其是组合家具的出现，独领风骚，大受年轻人的欢迎。

　　组合家具为什么一时走俏热销？除了它的样式新颖，功能齐全之外，最主要的原因，我以为还是因为它节省空间。

　　社会需要决定着社会生产，家具也是一样。当时的城市住房普遍紧张，年轻人结婚能有一间十几平方米的新房已经很满足了。一间屋子，摆单件的家具显然占的面积要大，而立柜式的组合家具整齐划一，可分可合，向高处发展，相对减少了居室占地面积，这同现在大城市的高层住宅越盖越多是一个道理。向空中发展，向高处要面积。当然，组合家具的高度毕竟有房顶的限制，一般在两米左右。

　　当年的组合家具几乎泛滥成灾，到我成家的时候，看到同学朋友家里的组合家具千篇一律，样式呆板，缺乏个性，我痛下决心，超前消费，把买家电的钱全凑上买了一套当时最好的"路易十六"单件家具。别人的"组合"后来早就淘汰多年了，而我的"路易十六"至今还摆在屋里。

门帘子的背后

门帘子，当然就是指门上挂的帘子。按《现代汉语词典》的解释，是"用布、竹子或苇子制成的起到遮挡作用的器物"。

门上为什么要挂帘子？说到底还是因为人们受居住条件所限，用于遮挡。遮挡什么？遮挡屋外的、不愿意让它进到门里的东西——人们的视线、夏天的蚊蝇和冬天的寒风等等。

三四十年前，城市居民的家庭住房十分紧张，大家混居一楼或是混居一院，单元房或独门独院的住户比较少见，许多家庭都是一间房子半间炕，人们做饭、打水、倒垃圾等等，都要在户外的楼道或院子里。频繁地出来进去，门开着，有一道门帘挂在那，屋里的情况不至于让外人一览无余。当年，家庭生活的私密性在相当程度上靠的就是门帘子。一年四季挂门帘几乎成了城市居民的习惯。

虽然过去人们屋里门的大小不一，门帘的材质也不尽相同，但所挂的门帘子不外三种：夏天用的竹帘子、冬天用的棉帘子和春秋用的布帘子。

平时，人们为了进出方便，只在门中央挂半截薄薄的布门帘，既省材料，又通风透气，只要能挡住屋外人们的视线即可。

到了夏天，蚊蝇增多，为了防止屋外的蚊蝇飞进来，又要保证屋里通风，家家户户将布门帘换成了竹帘子。当年的竹帘子，样式大致一样。材质都是半厘米宽的竹篾，高档的用竹芯，普通的用竹皮，半厘米粗细，中间等距离用棉线或尼龙绳串联编织而成，中间留有细小的缝隙以供通风。竹帘的长宽与门的大小基本等同，以能遮住两边门框为限。帘子的四周缝着三五厘米宽的布边，中间装有木夹，便于悬挂和掀动。

竹帘子用的时间长了，掀来掀去，或竹篾折断，或棉线磨断，很容易损坏。百姓人家东西坏了，能修的就修，轻易舍不得丢弃。修修能用的物件随手扔了，那不是败家嘛！竹帘子坏了，凑合着用，等修理帘子的匠人来了进行修整，然后继续使用。

到了夏天，街上有时会来走街串巷的竹帘匠。他们不用响器，用嘴高声吆喝："打帘子哟！""修理竹帘子……"以此招揽生意。修帘子的带着许多竹条、苇子、麻绳等，在木架子或长板凳上铺好破损的竹帘子，将断了的或短缺的竹条儿补充上，将一根根新竹篾顺序排好，用一个特制的木板做成线坠当竹梭。竹帘匠熟练地在竹条间上下穿梭、对调打扎、上下翻动时，线坠相碰，发出噼里啪啦、噼里啪啦的声响。每续一根竹篾，那线便将竹篾勒紧，时间不长，竹帘就编修好了。

冬天到来，北风凛冽，寒气逼人，每家每户屋里点起了炉火取暖。这时候，为了防寒保暖，人们纷纷挂起了厚厚的棉门帘，就像现在有些商场挂的透明塑胶条状的软门帘一样，用来遮挡室内外的温差。只是当年的门帘没有这么高级，是整体的一片。

门帘子现在有些家庭还在使用，只是不像过去那么普遍了。如今人们的居住条件得到了极大改善，基本上家家独立成户，尤其是商品房的逐渐增多，防盗门大行其道，上面装着铁纱窗，门帘子的功能已日见退化，终有一天它会从人们的生活中消失。

当年的油布

油布是种什么布？现在的年轻人别说没见过，恐怕听都没听说过。油布在人们生活中绝迹至少 40 年了。想当年，它的使用范围相当普遍，在不少家庭中施展过身手。

说实话，我也早把油布忘到脑后了。直到有一天，一位朋友在报纸上看到我写的怀念旧物的一组小文，打来电话问我：还记得咱们小时候家里铺的油布吗？那种东西现在肯定没有了。他的话引起了我的回忆。

油布，一种久违了的不起眼的大众生活用品，现在再也见不到它的踪影了。当年许多人家都用过油布。

油布是用粗布刷上桐油制成，柔软性强，隔热效果好，是传统的床上用品。尤其是到了夏天，床上铺一块油布，躺在上面，既凉爽又舒服。

当年，夏季床上铺的主要有油布、塑料布、苇席等几种。塑料布虽然光滑传热，但不透气、不吸汗，易撕裂；苇席是较理想的夏季床上用品，但同样不结实。介于两者之间的就是油布。

油的最大优点，我以为主要是结实耐用，论舒适方便，它也许比不上苇席和塑料布。但是在贫困时期，人们更看重的是商品的"性价比"，同样的东西，只要是价钱便宜，能长期使用，就有可能受到人们的欢迎，比如油布。

在我的印象里，小时候家里最好的纳凉用品就是床上铺的油布凉席，那是一块褐黄色的油布。三伏盛夏，天气闷热，扇着扇子躺在油布上看书是当时最大的享受。那块油布用了不下十年，长年累月的汗渍尘土浸入布面，颜色已变成了深褐，直到油面老化发黏，这才光荣退役。

油布是防水的材料，它的另一个广泛用途是制作雨伞。在塑料伞、尼龙伞、折叠伞尚未普及之前，直柄的油布伞一直是人们最主要的防雨工具。"文革"中相当流行的著名油画《毛主席去安源》，青年毛泽东手里拿的就是传统的油布雨伞。油布雨伞以竹条、麻布、桐油、柿树油为原料制成，颜色以紫红、土黄或深绿为多。

油布伞长时间不用，伞面上的桐油会稍稍粘连，打

开的时候，常会发出轻微的咔咔声响。伞面撑开，一股淡淡的桐油味
四处飘散。当年油布伞特殊的气味让人记忆犹新。

与现在时兴的雨伞相比，油布伞不能折叠，显得笨重不便，容易
老化，塑料伞、尼龙伞出现以后，油布伞很快便被淘汰。

随着经济的发展，社会生活水平的提高，许多不合时宜的传统商
品退出了生活舞台。从油布制品的基本绝迹这事，也可以看出历史的
进步。

糨糊粘贴生活

查《现代汉语词典》，"糨糊"一词的解释是："用面粉等做成的可以粘贴东西的糊状物。"词典的解释果然比较"现代"，其实，糨糊除了用来粘贴东西，过去还曾经是一些贫苦人家喂养孩子的食物，尤其是在贫困的农村，孩子多、条件差的家庭，母亲的奶水不足，嗷嗷待哺的婴儿饿得饥肠辘辘，喂到他们嘴里的多半是熬好的一锅糨糊或米汤。远的不说，三四十年前，农村别说买不到奶粉，就是有，一般家庭也供应不起。

给婴儿吃糨糊的事是听母亲说的。她们小的时候村里的不少孩子都是靠糨糊喂养大的。生在新中国，长在红旗下，我没有见过再有人吃糨糊，糨糊的主要功能就像词典里说的是粘贴一些简单的东西。

粘什么呢？粘的东西太多了。

侯宝林先生的相声里有一个《猜灯谜》："眼看来到六月中，佳人买纸糊窗棂。丈夫贸易三年整，一封书信半字空。"佳人买纸用什么糊窗棂？当然是用糨糊。那情景不难想象：妙龄少妇将熬好的糨糊抹在窗棂上，一双柔嫩的玉手轻轻托起窗户纸，小心翼翼地慢慢糊好。

我从小生活在城市，城市的窗户都装着玻璃，再也不用纸糊了，可是每到冬天我们也要糊窗户，确切地说是糊窗户缝。北方的冬天异常寒冷，西北风常顺着窗户灌进屋里。为了保暖，几乎家家户户都有冬天糊窗户缝的习惯。届时，将一碗面粉倒入锅里，兑上两三碗水用筷子调匀，然后放到火炉上熬。

熬糨糊也叫戳糨糊、打糨糊，需用慢火，以防火大烟了锅底。同样的原因，熬糨糊时要一边熬一边不停地搅拌，直到面糊熬开、熬熟，呈半透明状，面粉与水分混合在一定的温度下形成黏性，一锅糨糊就算打好了。我们将韧性比较强的牛皮纸裁成两寸左右宽的纸条，抹上糨糊贴在窗户缝上。糊好的窗户，任凭北风凛冽，寒气再也吹不到屋里。

当年每个家庭都离不开糨糊，家家都有面粉，过日子难免要贴这补那，一小锅糨糊将人们平凡朴素的生活补缀粘贴起来。

全民熬糨糊发生在 20 世纪 70 年代初。珍宝岛事件以后，中苏关系陡然紧张，城市中备战备荒搞得热火朝天，似乎一场战争不可避免。当时除了修建防空洞之外，涉及市民生活的一项重要内容就是粘贴玻璃窗户。每家每户的窗户玻璃上都用布条、纸条贴成米字型，这样做的目的据说是能防止敌方轰炸时玻璃被震碎伤人。当年用糨糊贴成的米字型玻璃窗成了城市一道独特的风景。

糨糊的黏性有限，不易保存，一般家庭都是现用现熬，当年只有邮局的糨糊是常备不断的。那时的邮票、信封口还没有用背胶，贴邮票、封信口都离不开糨糊。到邮局去寄信，桌子上总能找到一盒准备好的糨糊，极大地方便了群众。

现在已经很少有人再用糨糊了，替代它的多是各种瓶装罐装的胶水或胶棒。同样是用来粘东西，但糨糊不同于胶水。糨糊用自己家的面粉就能熬成，而胶水胶棒则需要用钱来买，虽然值不了几个钱，可是在贫困年代，人们的生活水平很低，只要是能自己动手解决的问题，绝不会花钱去买。比如要粘贴什么东西，诸如纸、布之类的，多是打一点糨糊。自己动手，丰衣足食嘛！习惯是环境条件养成的，过惯了穷日子，人们能省则省，节俭为荣！

　　现如今，随着时代的发展进步，社会商品极大丰富，人们日常生活的每一个细微需求都有了相应的产品，糨糊也基本上结束了它的使命。

城里的压把儿井

　　压把儿井现在有些地方还在使用，但主要集中在农村，城市里是极少见到了。这两年节假日偶尔到农村小住，还能见到在庄户人家的院子里装着压把儿井。洗衣做饭洗菜浇园子，有些人用的还是地下井水。孩子不知道这个铁家伙是干什么用的，我倒上一瓢水灌到井口，做几个示范动作，连续压几下，冰凉清澈的地下水"哗哗"地流出来，引得孩子好奇地玩上半天。

　　久违了的场景，让我想起小时候城市里的压把儿井。

　　谁都清楚，水是生命之源。老子云：上善若水，水善利万物而不争。水在人们生活中的重要作用不言而喻。而我生活在一个水资源相当紧张的城市。20世纪70年代，天津经常闹水荒，停水断水、限时供水的现象时常发生。有了自来水，水源却严重不足，那几年，人们挖空心思开源节流，开采地下水成了其中的选择之一。一时间，不少单位，尤其是那些用水量大的单位纷纷打井，向地下要水，城市里一度出现了无以计数的压把儿井。

　　天津近海，地势低洼，有的地方打十几米的机井就能见到水。打一口井一次性投入，成本不高，而且用水方便。当年城市里打得最多的就是压把儿井。这种井结构简单，用钢管打入地下，地上露出一截井管，里面是橡胶活塞，井管一侧是小簸箕形的出水口，一侧是长长的压把儿。打水时，往管子里倒一些水，封住活塞和井壁，然后上下不断地用力按动压把儿，不一会儿，清冷的地下水就被抽出井口。

浅层地下水的水质得不到保证，一般不能饮用。市民偶尔饮用的多是深层地下水。有一年，天津的水源严重紧张，人们喝上了咸水——一种经过处理的淡化海水。当年，所谓"自来水腌咸菜"成了天津的"三大怪"之一。这种咸水又苦又涩，用于洗洗涮涮可以，喝到肚子里实在不舒服。相对而言，地下水口感稍好，到了断水限水的那几天，每天下午我们都到街道指定的地点排队去接地下水。

给我留下深刻印象的是学校操场上的那口压把儿井，那是同学们最喜欢玩的地方，尤其是到了夏天，洗手洗脸，冲头冲脚，压把儿井

"嘎吱、嘎吱"的声音响个不停。几个人围在那里不停地玩水,你方压罢我上场,井水"哗哗"地流出,压把儿井几乎成了学生们的玩具。在当时人们的意识里,地下水是取之不尽、用之不绝的,更不用花一分钱水费,所以浪费现象相当严重。

后来听说,地下水的滥采滥用致使水位迅速下降,甚至造成了地表的沉降,压把儿井逐渐被限制使用。现在城市里已很难再见它的踪影了。

蘸水笔成古董

蘸水笔现在是见不着了。

别说是蘸水笔，这几年，我发现，用钢笔的人比过去都少多了。随着书写工具、办公条件的日益现代化，人们写字的机会越来越少，需要写点什么东西，几个手指在电脑键盘上噼里啪啦一顿敲，字就出现在了屏幕上。通信联络更不用再写信了，鸿雁传书似乎成了遥远的回忆。电话、手机、短信、微信、QQ、"伊妹儿"等等信息传播手段在改变着人们的生活方式的同时，也简化着人们的情感交流。当然，还会有人用笔书写，但绝大多数用的都是一次性的签字笔，自来水钢笔像老胳膊老腿过了气的演员，很少再有上台表现的机会了。

前一段时间外出脱产学习，同屋的老王还在用钢笔认认真真地记笔记。有一天中午，他在房间书桌上从墨水瓶里给钢笔吸水：拧开笔杆，将笔头插到墨水瓶里，一下一下挤压笔囊，慢慢地吸着墨水——那久违了的动作，一下子让我想到了过去。

过去，过去的时间其实也不远，也就是二十几年前吧，人们用的不都是钢笔吗？上衣口袋里插着支笔，那是有文化的象征；领导手里握着的一支笔，那是权力的代表。钢笔曾经风光一时，会不会写字的，肚子里有没有墨水的，手里都愿意摆弄着一支钢笔。

其实，中国人用钢笔不过百年光景。千百年来，我们传统的书写工具一直都是毛笔：竹笔管、毛笔头，蘸上墨汁，在纸上笔走龙蛇，挥洒自如。赋诗作画，书写文字，毛笔始终是人们传情达意的工具。直到今天，毛笔还在为书法、国画这些国粹艺术发挥着独特的作用。

从小到大，我始终和文字打着交道，先是上学，后是上班，无论是读书还是工作，几十年里就一直没有离开过笔。至于用过多少支笔，实在是说不清楚。蜡笔、毛笔、圆珠笔、铅笔、钢笔、签字笔……用过的笔形形色色，数不胜数。这其中给我留下印象最深的是一种特殊的钢笔——蘸水笔。

对，蘸水笔，还有印象吗？木质的笔杆，活动的笔头，写几个字就得蘸点儿墨水。这种笔没有墨囊，尖上的凸起小片内能存上一两滴墨水，常常字写到一半，缺胳膊短腿，没水了，得蘸上墨水再接着写。蘸水笔的笔尖比一般的钢笔尖略有弹性，写出的笔画有粗有细，有浓有淡，兼有钢笔的流畅和毛笔的笔锋，看起来别有风韵，起码不呆板。

　　刚参加工作那会儿，有一段时间，不知为什么我突然喜欢用蘸水笔。办公桌上摆着两个墨水瓶，一个红的，一个蓝的，写字改稿我用的都是蘸水笔。记得当年单位用的稿纸质量很好，纸白而厚，吸墨性强，用蘸水笔在上面写字手感舒服，字也显得飘逸漂亮。

　　用蘸水笔，显得老派儿、传统，透着一股文化味。您想，桌子上备着笔墨，肚子里能没点墨水吗？

　　蘸水笔比钢笔便宜许多，经济实惠，笔尖坏了可以随时拔下来更换。它的缺点是不方便，无法携带，得和墨水配合使用，写几个字蘸一下水，比较麻烦。所以，当年的蘸水笔一般都是置于案头，主要用来办公。那时候的银行、邮局，为了方便人们存款取款寄信等等业务，大多备着几支蘸水笔。

　　十几年了，蘸水笔从我们的视线中彻底消失了。说不定那一天，这种不起眼的小物件也会成为人们收藏的古董。

铅笔也有帽

笔帽，顾名思义，就是套在笔上的小帽子。现在不少的笔仍然还有笔帽。钢笔、毛笔、圆珠笔、签字笔、卡通笔、电子笔等等，大多戴着一顶或金属或塑料的小笔帽，既为了保护笔头，又可以防止笔水污染衣物。但是铅笔也有帽，现在的年轻人无法理解，他们也从来没见过，50 岁以下的人也许根本不知道它是什么东西。

铅笔戴什么笔帽？这么不值钱的东西也配得上戴一顶小笔帽。的确，铅笔是笔中的贫民，是最简单最廉价的文具。一支小木棍，中间嵌着一根细细的铅笔芯，秃秃笨笨的小脑袋，既不锋利，也没有墨水，给它配个笔帽实在是"脱裤子放屁"——多此一举。其实，铅笔的笔帽不仅是帽，更应该算是套：它平时戴在笔头上，保护着笔尖免受折断，用的时候套在后面，加长笔身，便于持握。

20 世纪 70 年代初，我上小学的时候，每个学生几乎都有几个铅笔帽。铅笔帽一般是铝制的，有小拇指长短，帽口卷着小小的边，防止划手，帽头呈椭圆锥形。五颜六色的铅笔帽放在铅笔盒里，陪伴在每一个学生的身边。

铅笔帽可以保护铅笔尖并保持笔盒干净，但它的最大作用是补充笔身的长度，延长铅笔的使用寿命，从小养成孩子勤俭节约的好习惯。

那时候，小学生用的基本上都是铅笔，铅笔用到不足一寸时，笔便没法握了，这时候，笔帽便派上了用场。笔帽套在后面，加长了笔的长度，学生的小手握在笔帽上，小小的笔头可以接着使用。

那年月，人们的生活困难，每家每户都是精打细算着过日子，人们能省的则省，绝不浪费一分钱。孩子们耳濡目染，从小就养成了节俭的习惯。使用笔帽主要是为了节省铅笔，为了使小笔头不至扔掉。就像那时候大人们吸烟，眼看一根烟快要燃尽了，还要"烟屁烫手，紧嘬三口"，轻易舍不得把烟头扔掉。有的人干脆套上个烟嘴，为的就是能多吸几口，减少浪费。

"敬惜字纸"，千百年来中国人就有这种传统美德，从王公富豪到黎民百姓，对文字纸张的尊敬与爱惜，体现了古人对文化的敬重。清代韶公在《燕京旧俗志》中说："污践字纸，即系污蔑孔圣，罪恶极重。倘敢不惜字纸，几乎与不敬神佛，不孝父母同科罪。"把污践字纸提高到这种程度，可见一字一纸的重要。同样，对于书写工具，我们刚刚启蒙时用的铅笔也应该珍惜爱护。

从小用惯了铅笔帽，直到现在我还保持着节俭的习惯。哪怕是一张纸，一张公家的纸，只要背面还能写字，一般情况下我都舍不得扔掉。

铅笔帽已经好多年不见了，的确，它早失去了存在的价值。现在的孩子还有几个能把铅笔用到秃笔头的程度？他们从小娇生惯养，东西来得太容易了。不是有那么一句话吗？"再苦不能苦孩子"，如今的父母，哪怕是收入低微的平民百姓，节衣缩食也要把自己的孩子当"贵族"养，几乎无一例外地对孩子百般呵护、千般宠爱，尽心尽力地满足孩子的要求。东西越用越高档，铅笔成了自动的，橡皮是带着香味的，哪家孩子的笔不是一把一把的！每年的学费少则几百，多则上万，谁还会在乎不值钱的几支笔？至于铅笔帽，别说没有了，就是有也不会有人再用了。可是仔细想想，在追求奢华、浪费成风的今天，人们扔掉的仅仅是不值钱的铅笔帽吗？

想起识字石板

　　我清楚地记得，多年前，我刚上小学的时候，学校给新入学的同学每人发了一块石板。当然，羊毛出在羊身上，买石板的钱是从学生交的学杂费里扣除了。我的识字启蒙就是从石板开始的。

　　石板有 16 开杂志大小，四周镶着白木茬的木框子，板面为近黑色的青石板。配上一块毡子制成的小板擦，这就成了当时孩子们普遍使用的习字工具。石板边框打上眼系上绳子，我们每天背着它兴致勃勃地去上学。

　　石板的好处是可以反复使用，练习写字做草算，石板写满了用板擦擦净重写，功能相当于袖珍的黑板。

　　在石板上书写不用笔，用的是滑石猴儿。它是一种比篆刻用的石料要软的白色滑石石料，灰白透明，光滑体软，用它能在石板上写出白字。滑石猴儿比粉笔耐磨经用，写出的笔画也漂亮。40 年前，城里的孩子每个人兜里都有几块滑石猴儿，写字画画儿玩游戏，滑石猴儿是孩子们经常使用的书写工具。

　　小小的石板为我们启蒙扫盲，简单的文字、算术在石板上反复练习着，节省了纸，节省了笔，也从小养成了我们节省的好习惯。

　　记不清从几年级开始，石板被我们掷之不用了，再见到它们竟是

20 年以后。前几年孩子从学校拿回来和我小时候一样的石板，说是美术课的工具。石板放在那儿却一次也没用过。

世事变迁，光阴荏苒。用石板的岁月，早已作为一页颇为沉重的历史翻了过去。

有一次，我对孩子说起了小时候用石板的往事，孩子像听天方夜谭一般不可理解，"现在是 21 世纪，进入数字时代了！你说的那玩意儿都是过时的老古董了。"言下之意：说那些旧皇历还有什么意义？

不错，社会总在发展，历史总要进步。我们不能沉湎于过去，应该向前看；但也不能割断历史忘记过去。最起码，我们应该从过去的生活中感悟点儿什么吧！

石板现在是见不到了，它连同人们节俭的生活习惯一道被扔掉了。想起石板，就想起难忘的童年、少年时光，那时候虽然相对贫困，可贫困有时也是一种财富，它让我们懂得珍惜，懂得爱护，懂得物尽其用，不能浪费。而这，正是现在孩子们所不懂的！

引风纳凉芭蕉扇

　　扇子，生活中经常用到，尤其是在空调、电扇尚未普及的过去，夏季纳凉，几乎人人都离不开扇子。

　　先说最为常见的芭蕉扇。

　　如今，已经很少再见到芭蕉扇了，至少在大城市是越来越少了，即使在酷暑难耐的盛夏，我们用扇子的机会也不多了。生活条件的改善，各种电器已经普及到生活的每一个角落。无论是在家里、单位，还是在饭店、商场，一门之隔两重天，空调冷气带给人阵阵凉意，扇子再难发挥它的作用了。就连相对落后的农村，电风扇也早已进入了普通家庭，电钮一按，凉风袭来。芭蕉扇被人冷落在旁边，成了即将被淘汰出局的旧物，逐渐退出人们的日常生活。

　　但是在我小的时候，到了夏天，家家户户都离不开扇子，折扇、团扇、鹅毛扇，纸的、绢的、塑料的，形形色色，式样繁多，材质各异。这其中人们用得最多、家家必备的无疑就是芭蕉扇，它是人们暑天不可或缺的纳凉工具。

　　其实芭蕉扇不是用芭蕉叶，而是用蒲葵叶做成的。蒲葵是一种棕榈科常绿乔木，叶阔呈肾状扇形，以叶面叶柄制成扇子。芭蕉扇在全国各地有不同的叫法，有的地方叫蒲扇，有的地方叫葵扇，还有的地方叫蒲葵扇。

清王廷鼎《杖扇新录》："古有棕扇、葵扇、蒲扇、蕉扇诸名，实即今之蒲扇，江浙呼为芭蕉扇也。"

棕榈又名蒲葵，《研北杂志》称《唐韵》"棕"注云："蒲葵也，乃棕扇耳。""以其似蕉，故亦名芭蕉扇，产闽广者多叶圆大而厚，柄长尺外，色浅碧，干则白而不枯。土人采下阴干，以重物镇之使平，剪成圆形，削细篾丝，杂锦线缘其边，即仍其柄以为柄，曰'自来柄'，是为粗者。有截其柄，以名竹、文木、洋漆、象牙、玳瑁为之，饰以翠蝶银花，缘以锦边，是为细者。通称之曰蒲扇，或曰芭蕉扇，实一物也。"也就是说，蒲扇、芭蕉扇其实是同一种东西，这种扇子轻便风大，价格低廉，从古到今人们都喜欢用它纳凉消暑。

三四十年前，别说是空调，电风扇都是极为罕见的昂贵商品。即使在城市，能用上电扇的家庭也是少而又少，电扇不仅贵，用着还耗电。绝大多数人家是既买不起也用不起。盛夏来临，进入三伏，气温居高不下，天空像是熊熊大火在燃烧，地上似乎也不停地冒着热气，特别是空气湿度大的"桑拿天"，让人感到像处在蒸笼里一样难熬。身体不住地出汗，浑身黏黏糊糊，很是难受，天气闷热，人们消暑纳凉的工具主要就是依靠手里的芭蕉扇。

20世纪70年代，我记忆中的夏天比现在要热得多，这种热不是温度高低决定的，主要是心理感受造成的。当年多数家庭孩子多，住房条件差，又缺乏必要的降温设施，整个夏天人们真是在溽热难耐的煎熬中度过的。

芭蕉扇由蒲葵叶做成，大似荷团，小如帽子。这种扇子，扇面薄，重量轻，风力足，扇出的风柔和凉快，使用方便。而且它的价格十分低廉，备受市井百姓的喜欢。那年头，人人一把芭蕉扇，扇风纳凉驱赶蚊蝇，成了普通百姓生活中一道常见的风景。

到了夏天，人人都离不开蒲扇。记得小时候每当进入夏季，姥姥都会把家里的旧蒲扇拿出来刷洗一番，有些坏了无法修补了，就得再买一两把新蒲扇替换上。新买回家的蒲扇，凑上去闻闻，有一股淡淡的清香味，姥姥会用布条沿蒲扇边用针线缝出花边，既增添了美观，又延长了扇子的使用寿命。

三伏天，最热的那段时间，孩子们自然是在放暑假。白天，烈日当空，酷暑炎热，毒烈的阳光晒得地上的柏油马路都发软，有时走在上面像踩在钢丝床上；蜻蜓热得躲在树叶间，像是怕被阳光灼伤了翅膀。中午，整个城市如同烧透的砖窑，热得让人喘不过气来。在我的印象中，盛夏那些天整天都处在昏昏沉沉的感觉中，白天，躲在屋里不敢出来，门窗四开，却不见一丝风吹来，手里拿着大蒲扇不停地扇着，手边放着湿毛巾，随时准备擦汗。

吃过晚饭，天色渐黑，左邻右舍的孩子大人纷纷拿着板凳、躺椅到街上乘凉。大街小巷到处坐满了三五成群的人。天气炎热，又没有电视，没有其他可供人们娱乐消遣的方式，闲来无事，邻居们凑到一块，一手茶缸，一手蒲扇，摇着扇子，聊着闲天。国家大事，小道消息，家长里短，说古论今。每天晚上，说笑声此起彼伏，我们楼栋门口成了热闹的露天茶馆。几个孩子坐在那，津津有味地听着大人们闲聊，许多课堂上学不到的东西都是从大人们的闲聊中知道的。

路灯下，一群群的成年男人围在那下象棋、打扑克，扇子不停地摇动，一边扇着风，一边驱赶着蚊虫。远远望去，忽闪忽闪的芭蕉扇像是几支蝶翼上下翻飞，煞是好看。

夜深人静，环顾全城，多一半的市民都跑到街上，人头攒动，场面壮观。有的住房小、孩子多的人家甚至把凉席铺在大街上睡觉。从小，我们家的规矩大，管教严，无论多晚，孩子都必须回屋睡觉，不许在外面过夜。在家里，天气闷热得像蒸笼一般，待到困意袭来，我们迷迷糊糊地躺在床上，很难睡一个踏实觉，这时候扇子还是不能离手，扇子一停身上的汗就会冒出来。我清楚地记得，小时候，总有一段时间，热得根本睡不着觉，夜里总要醒来几次。而每天夜里陪伴我们进入梦乡的还是扇子。

即使天气再热，家家户户也要点炉子做饭，不管是住平房的院子，还是住楼房的楼道，不管是人口众多的家庭，还是单身一个的住户，家家户户门口都放着一个炉子，人们烧水做饭，一天都离不开它。清早起来，那真是"家家点火，户户冒烟"，炊烟袅袅，缭绕不绝，直到太阳老高了，笼罩在四近的烟味还没有散去。整座城市到处是烟囱，一片烟雾迷茫。奇怪的是，烟尘不断，当年的空气质量却胜过今天，从没听说过雾霾、PM2.5什么的。天气本来就热，再围着炉火做饭，家庭主妇们的辛苦忍耐可想而知。

姥姥当年主持家政，操持一家人的吃喝，一天到晚要忙着把几张嗷嗷待哺的小嘴喂饱。老人封建，穿衣服严实，极少穿露胳膊的短衫，守着炉子忙活，经常是汗流浃背。姥姥在那做饭，有时我心血来潮，拿起蒲扇，站在旁边铆足了劲儿为她扇风，汗流满面的姥姥，显得特别高兴。我清楚地记得，每年夏天老人身上都会热得起一片痱子。

芭蕉扇，身份不高，功劳不小。在贫困年代默默地为人们做出奉献，带来了阵阵凉意，去除了团团暑气。

芭蕉扇的用处不止用于扇风纳凉。丰子恺在他的游记《庐山面目》中写道，有一次他游庐山，遇到一位湖州游客，手里拿着把芭蕉扇。丰先生问他为什么带这样一把扇子，他说：这东西妙用无穷，热的时候扇风，太阳大的时候遮阳，下雨的时候代伞，休息的时候当坐垫。您看，在这位游客的眼里，小小的芭蕉扇竟然有这么多的作用。

富有诗意渐行渐远的芭蕉扇能勾起人的无限的怀旧之感。后来，夏天虽然变得比过去热了，但是在日益科技化的现代，随着电扇、空调的普及，芭蕉扇被无情地扔在一边，成为历史的陈迹，在孩子眼里已不知为何物了。

文人雅士纸折扇

　　说完蒲扇，不能不说一下折扇。

　　过去，中国人的夏天大多是在扇子的陪伴下度过的。蒲扇、折扇、鹅毛扇，纸扇、绢扇、檀香扇，各式各样的扇子在人们手里摇来摇去，摇了几千年。最著名的是三国时期的诸葛亮，手持一把鹅毛扇，缓缓晃动，开合之间，指点江山，谋略在胸，真可谓"扇摇战月三分鼎，时黯阴云八阵图"。一把轻薄的鹅毛扇，居然能够在烈烈腾腾的狼烟中，指挥千军万马，席卷中原大地。那是何等的潇洒、何等的自信。扇子在一个个谋士辅臣的手中轻摇，尽显倜傥和儒雅。运筹帷幄，决胜千里，乱世之中，有多少历史，在扇子的摇动中被改写，有多少星星之火，被扇子扇成了熊熊燃烧的厮杀疆场。

　　一把折扇主要由扇骨、扇叶和扇面三部分构成。一般的折扇，竹木做骨，韧纸做面，用来扇风纳凉。讲究的折扇，扇骨和扇叶的材质往往是用象牙或硬木制作。上面刻上诗句、雕上花饰，扇面上题诗作画，成为艺术品、装饰品、收藏品。

　　但是谁能想到，这样一把简单的折扇最早却是从国外舶来的。据说早在唐宋时期，扇子从日本传入中国。最初是在宫廷中供贵族使用，后来成为宫女侍臣们携带的物品之一，最终流入民间，成为大众的纳凉用具。

折扇的流行据说缘于一个皇帝的喜好。

明朝永乐皇帝在铺天盖地的团扇环绕中，对折扇情有独钟。他命令内务府大量制作，并在扇面上题诗赋词，分赠大臣。上有好者，下必甚焉。一时间折扇身价陡涨，成为一种流行时尚。文人雅士竞相效仿，纷纷互赠折扇，以诗文表喻友情别意。折扇的实用价值礼品化，成为当时生活中高雅赠品的象征。后来折扇渐渐地走入民间，走近大众，成为人们纳凉消夏的工具。

30 年以前，折扇家家都有，人人必备。它不仅比蒲扇使用方便，而且还附带装饰功能，起到了一定的美化作用。

从小学到大学，我在学校用的都是折扇，装在包里，携带方便，引风纳凉，有备无患。后来我发现，过去用折扇的大多是男子，文人才子的儒雅和绅士风度从折扇中得到了部分传承，而居家女人多用团扇，尤其是绢绣绘画的团扇。杜牧有诗为证："银烛秋光冷画屏，轻罗小扇扑流萤。"女人拿一把折扇多少显得有点儿不伦不类。当然，现在的男人多数与儒雅和绅士绝交了，他们手里的折扇早就换成了手机或方向盘了。这些年，曾经摇来摇去的折扇慢慢折拢了。现在，偶尔在夏天的马路地摊上还能看到一把把折扇，材质工艺都有了明显的提高。只是在花花绿绿的商品中折扇被冷落在一边，极少有人问津了。

20 世纪 80 年代末，我到杭州出差，买回来一把颇为精致的檀香扇，玻璃盒套装，镂空雕花的檀香木，轻巧灵便，香味四溢，透着一股江南女子特有的脂粉气。这种扇子中看不中用，一直被放在抽屉里

留作纪念。

　　这些年，扇子在人们日常生活中越来越难得一见，倒是过去舞台上常见的粉绸折扇流入了街头。我家不远处的一个小广场上，每天早晨都有一群妇女聚在一起跳扇子舞，折扇骨架处甩出三两寸长的绸子，五颜六色，煞是好看。大姐大娘们手挥彩扇，翩翩起舞，扇子时而翻腾旋转，时而吧吧作响，呼应着节奏，衬托出舞姿。这里的扇子，已经脱离了它原始的功能而转化成人们手里的道具了。

　　折扇，在凉凉地扇了一千多年后，终于在 21 世纪，被慢慢折拢，束之高阁。它就像一张帷幕，渐渐低垂，楼阁亭台、山水人物、花鸟虫鱼、诗词书法……默默地隐匿或封存，在历史的角落之中回味一个又一个遥远的故事与传说……

逐渐消失的火柴

　　火柴现在还有，只是不像以前那样常见了。我家里就有几盒火柴，长棍粗头，印制精美，那都是宾馆饭店里免费提供的。街道上的商店现在还有卖火柴的吗？我没问过，应该是少而又少了。生活中，我们好像离火柴越来越远了，远得难见其踪影。那个火柴与我们息息相关、密不可分的年代似乎成了一种美好的回忆。

　　的确，我们曾经和火柴亲密接触，每日不离：点炉子生火需要火柴，点蜡烛点油灯需要火柴；平日里大人们抽烟，过年了孩子们放炮都离不开火柴……它虽然渺小，微不足道，却是人们居家过日子必不可少的火源。

　　火柴，我们这地方许多市民都叫它"洋火"，也许是我生活的天津这座城市建过九国租界，市民生活受到外来文化的影响，不少东西都带着一个洋字，像洋灰——水泥、洋蜡——蜡烛、洋布——白布、洋胰子——香皂，等等。后来看过电影《渡江侦察记》，才知道许多地方都把火柴称作洋火。那位女游击队队长化装成提篮小贩，在与侦察兵接头时，吆喝的暗号就是：香烟洋火桂花糖。

　　既然叫洋火，应该是从外国传进来的舶来品，有着四大发明的中国人就连这么简单的玩意儿都生产不了？我心里纳闷，查了查资料，陶谷在《清异录》说："夜有急，苦于作灯之缓。有智者批杉条染硫黄，置之待用，一与火遇，得焰穗然。既神之，呼引光奴。今遂有货者，易名火寸。"这里说的"火寸"是什么？不就是现在的火柴吗？

再看明代田汝成的《西湖游览志余》："杭人削松木为小片，其薄如纸，熔硫黄涂其锐（尖端），名曰'发烛'，亦曰'淬儿'。""发烛"，或说"淬儿"，即使不同于现在的火柴，一为小木棍，一为小木片，两者应该是类似的东西。您想，最早发明了火药的中国人，做个小小的火柴那还不是张飞吃豆芽——小菜儿一碟吗？

火柴制作简单，身价也不高，我小的时候，一盒火柴只卖二分钱，东西虽不贵，却一度紧俏，城市居民需要凭副食本定量购买。一根火柴的价值更是少得没法计算，可是在计划经济时代，就连火柴都得计划着用。别看它不值钱，少了火柴，不仅给生活带来诸多不便，很可能连饭都做不成。

红红绿绿的小脑袋，

直直立立的细身材，火柴棍就像一个个轻巧灵便的小矮人，整整齐齐地躺在一个小房间里。这个小房间就是火柴盒，它可不是一般的小纸盒，上面曾经印着美丽的图案，山水、书法、人物、脸谱等等，内容丰富，印刷精美，这种高级的火柴盒画片有正式的学名，叫"火花"，可以像邮票一样收藏的。

当然，早在"文革"以前"火花"就成了一种收藏品。但是在经济贫困的 20 世纪 70 年代，火柴盒上是既没花也没图了，粗糙的纸盒上一面印着"火柴"2 个字，一面印着"注意安全"4 个字，粗陋难看，质量低劣，市场上所有的火柴仅此一种，绝无二类。火柴凭本供应，重在实用，纸盒漂亮与否根本不在考虑之列。

说到火柴，人们自然会想起安徒生的童话《卖火柴的小女孩》。失去母亲的小女孩，为了养活生病的爸爸，冒着风雪去卖火柴，最后冻死在圣诞夜晚。换到现在，小女孩早该改行了，卖化妆品、减肥药、房子、保险……哪一样都能获得不菲的利润。您想想，即使有人把她的火柴全部买走，小女孩能挣回救命的钱吗？虽然安徒生写的是童话，但既然安排小女孩去卖火柴，至少说明，那个时代的火柴不仅重要，而且有一定价值。

30 多年过去了，原来普遍使用的火柴现在逐渐变成了比较稀罕的物品，正在逐步退出人们的生活，大城市里有的孩子很可能没见过火柴。燃气灶具，采用电子打火，火柴变得可有可无了。火柴的功能统统被打火机代替，"需求产生供给"，失去了市场需求，火柴的命运可想而知。说不定哪一天，火柴会被放在博物馆的玻璃展柜里，讲解员告诉人们：很久很久以前，这曾经是人们用于引火的生活用品。

剃头挑子与唤头

"嗡嗡嗡""嗡嗡嗡",街上传来那悠长发闷的响声,我们就知道是剃头的老肖来了。

20世纪70年代,老肖当时60岁左右,中等身材,慈眉善目,面色黧黑。他是哪儿的人我们不清楚,看穿着打扮、听口音语气像是附近郊县农村的手艺人。老肖来的时间不固定,相隔短则十几天,长则两三个月,他必定挑着那副剃头担子到我们住的小街转悠。

"嗡嗡嗡""嗡嗡嗡",老肖来了不吆喝,手里的响器就是那支尺把长铁镊子一样的家伙什儿。两条厚厚的钢片,一头渐窄渐近,敞着口;一头带有一个手柄。老肖一只手攥着镊子的手柄,一只手拿着磨得锃光瓦亮的小铁棍,从镊子中间快速划过,铁镊子两头碰撞,发出的"嗡嗡"声,传得很远。这特殊的声响像是吹响了集结号,很快便能召来左邻右舍的人们来剃头。"上到九十九,下到刚会走"的大小爷们儿大多是老肖的生意主顾。

那年月,大街上游走的手艺人种类繁多,络绎不绝,磨剪子磨刀的、修理搓板的、锔盆锔碗的、打帘子收破烂的……应有尽有,接踵而至,每天街道上的各种吆喝声,此起彼伏,不绝于耳。这其中就有憨厚老实、受人欢迎的老肖。

老肖受人欢迎，主要是他的手艺好，什么样奇形怪状的脑袋壳儿，歪瓜裂枣、前梆子后勺子，到了老肖手里的能给你收拾出人样来。

摆好凳子，让客人坐下，然后脖子上围好单子，穿戴整齐、干净利索的老肖准备好家伙，先征求客人的意见，留长点短点？剃平头分头？希望理个什么发型？面带微笑，和颜悦色，和客人一边聊天一边干活，不一会儿工夫，头发就剃得了。他递给你一面小镜子观看效果，呵，蓬头垢面的野小子经他那么一收拾，立时变成了精神抖擞的帅小伙。

老肖没来时，街上隔三差五地也会来别的剃头匠，"嗡嗡嗡""嗡嗡嗡"的声音响起来，来剃头的人却不多，一是不熟悉，对他们的手艺不放心，二是这些剃头匠死眉搭眼，光知道干活不爱说话，没有老肖做生意的那种活泛劲、亲近劲。

老肖嘴头甜，手艺好，服务热情，态度温和，街上的老头儿老太太，孩子姑娘小媳妇，他都能随便聊上几句，就像相处了多年的老街坊老邻居，嘘寒问暖唠家常，让人们心里感觉热乎乎的。我们几个秃小子即使不剃头，只要老肖来了，也会围在那瞧热闹，老肖手里的响器成了我们抢来抢去的玩具。"嗡嗡嗡""嗡嗡嗡"，我们不停地划着，那声音传到好远好远。而老肖任由我们打闹嬉逗，从不着急上火。

后来才知道，这个镊子形的铁家伙儿叫唤头。这名字起得通俗易懂，唤头、唤头，也许就是能唤来头的意思吧。

俗话说"剃头挑子一头热"。为什么一头热？那说的是早年间的剃头挑子，一头是带有几个小抽屉的坐凳，抽屉里放着推子、拢子、剪子、剃刀、扑粉等工具；一头有个小炉子、脸盆，剃头的时候烧盆热水，用来洗头刮脸。我小的时候，剃头匠的家伙儿简化了，我没见老肖挑的担子里有炉子、脸盆。

我从小就不爱剃头。为什么？剃怕了。那年月，人们生活困难，即使这三两毛的剃头钱有的家长也不愿意花，大多是找会剃头的邻居同事、亲戚朋友帮着理。长到十几岁，我就没进过理发店。

理发店正规，环境卫生，设施齐全，师傅们的手艺也过硬。可是到理发店剃头要花钱，比找街上走街串巷的剃头匠要贵上好几倍，除非是经济条件好又讲究体面的成年人，一般孩子们剃头，家长都喜欢找老肖那样的剃头匠。

街上的剃头匠不常来，找别人帮忙又嫌麻烦，舅舅便索性买了一把理发推子，想拿我练练手艺。他给我剃头当然不要钱，反而给我钱。"别跑，别跑。剃完了头，给你一毛钱买冰棍儿吃。"他一手拿着推子，一手晃着手里的钱。一毛钱，实在太诱惑人了，当年能买三根冰棍儿十块水果糖。

我虽然心里极不情愿，但是为了那一毛钱，只好硬着头皮乖乖地坐在那儿。

冰凉冰凉的推子在脖子上一蹭，激得我打一冷战。舅舅不仅手艺潮，剃头的家伙什儿也不好使。他给我剃一次头，我受一回罪，如同经受着一场磨难。要不是为了那一毛钱，打死我也不让他剃。

舅舅剃头时按住我的脑袋，手里的推子时不时地夹住头发，疼得我嗷嗷乱叫，如坐针毡。拧螺丝，点机油，舅舅收拾好理发推子，反复几次才剪下来。这哪是剃头，简直就是薅毛！好不容易忍受完他的折磨，照着镜子一看，头顶上坑坑洼洼剃得像是狗啃的一样。至于发型，几乎每回都是那种土里土气的"盖儿头"。"你这头是扣着碗剃的吧？整个一个土老帽。"别人爱笑话就笑话吧，反正一毛钱是到手了。

与舅舅相比，人家老肖那才叫剃头，那才叫舒服，那才叫享受。难怪"嗡嗡嗡"的唤头一响，能召唤来那么多大大小小的脑瓜壳。

老肖在小街上活动了五六年，不知道是年岁大了身体不便，还是其他原因，后来消失得无影无踪，那种特殊年代唤头发出的特殊声音只能在记忆深处寻觅了。

现在，大街上除了理发店、美容院，还有不少的理发小摊。剃头师傅有了固定的店面或摊位，再也不用挑着担子走街串巷了。当然，那婉转悠扬的唤头声也彻底绝迹了。

瓦盆面盆锔锅匠

瓦盆当然是用瓦做的盆，泥土烧就，里外挂釉，大小不一，颜色各异。过去家家户户都有几个瓦盆，用来和面洗菜，盛放饭食。别看瓦盆灰头土脸不言不语，它曾经可扮演过重要角色，默默无闻地喂养着一代又一代的国人。

瓦盆的祖先是陶罐，6000多年前的先民们就用它烧水、煮菜、熬粥、炖汤，大罐贮水，小陶贮米，钵、碟、碗用来盛饭食。陶罐带着泥土的芬芳，奉献着大地的贮藏，几千年磕磕绊绊地一路走来。人口多了，罐口大了，陶罐也换上了包装，就长成了瓦盆，依然在为人类的饭食忙活着，无怨无悔。直到三四十年前，瓦盆还在每家每户恪尽职守、尽职尽责地操劳忙碌。

虽然瓦盆笨重易碎，憨实粗陋，可是瓦盆便宜。我小的时候，它是最常见的炊具餐具容器。北方人爱吃面食，人们和面基本上用的都是瓦盆。

家里大大小小的瓦盆有好几个，我印象最深的是一个紫红色的大瓦盆。大瓦盆和姥姥最亲近，姥姥总是将它搬来搬去，双手不停地在里面揉来搓去。一家人的面食和好了，做得了。时候不长，一个个瓦盆像磁石一样吸引着全家人的目光，溢着饭香、冒着热气的瓦盆被恭恭敬敬地请上了炕桌。一家老小围着热气腾腾的瓦盆，围出了红红火火的日子。

泥烧的瓦盆厚实本分，保持着大地母亲的体香，不带铁器腥味儿，盛在瓦盆里的饭菜，它用自己的体温保护着，半天不凉。可泥烧的瓦盆脾气暴。你敬它一分，它敬你一丈，硬碰硬地对着干，瓦盆就是粉身碎骨，也不会弯腰低头委曲求全。伤害了瓦盆得给它治好，日子长了，惹翻了瓦盆，它真敢给你撂挑子！

低档的瓦盆和高端的瓷器一样，都是岩石泥土的再烧结，永远都不可再生或降解，它坚硬耐磨，美观漂亮，持久耐用，但是它们都有一个致命的缺点——易碎，一旦磕了碰了摔了，便无计可施，无法复原。家里的瓦盆坏了，留着没用，弃之可惜，但有人能将它修修补补、起死回生，焕发出第二次生命，这种手艺人早年间就是锔盆匠，也称"小炉匠"。

"锔盆儿、锔碗儿、锔大缸……"小时候街上偶尔会响起这嘹亮的吆喝声。

听到吆喝，家庭主妇们纷纷拎出打破了的饭碗、裂了璺的面盆瓦罐或瓷器等等叫锔盆匠看过，讲好价钱，锔盆匠坐在马扎上，腿上搭一块布，开始修理。

如今50岁以上的人可能还记得，以前走街串巷挑着担子或推着车子干锔活的人，他们的担子上，一头是火炉子，一头是各种工具材料。他们一边走一边吆喝，声音很高，绵长且有韵律。有的婶子大娘就等着锔盆匠的到来，把那些摔坏的、裂口的家什拿出去锔锔。

那些盆盆罐罐，磕磕碰碰是难免的事，过去人们生活比较贫困，碰坏了能锔的就锔，实在不能锔了才扔掉。谁家里都有一些不止锔了一次的陶器瓦器瓷器，只要将就能用的东西轻易不会扔掉。惜物聚福、节俭度日是中国人的一种传统。

记得当年小街上锔活的师傅姓林，70 岁左右的年纪，老实本分，手艺好，住得不远，孤身一人住在小街一所大院的门房。老林的声音很大，他这一嗓子，恨不得让整条街道的人都能听得到。平时他走街串巷到别的地方招揽生意，偶尔也在小街附近停下来，选择有阴凉的空闲场地摆好摊子继续吆喝，等到有人拿来要锔的东西后就不喊了，挽挽袖子开始干活。

锔匠主要是锔盆、锔缸、锔瓮、锔锅、锔碗儿、锔茶壶、锔罐子等等，只要是家里能锔的物件，锔匠都锔。

老林用的工具很简单，箱子里放着大大小小各种钻；每种钻都由钻头和钻杆组成，钻头固定在钻杆的一头，钻杆有大拇指粗细、20 多厘米长。还装着拉动钻杆转动的弓子、小锤子、钳子、螺丝刀、造锔子用的铁丝和铜丝。后面还装着一个一个盛有石灰膏的小铁桶。

锔锅碗瓢盆可是个细活儿。俗话说得好："没有金刚钻，别揽瓷器活儿。"瓦盆虽然比不上瓷器硬，干这种活也离不开金刚钻。原来都是手钻，后来有了电钻。

譬如锔盆吧，在锔之前要先拿起来用小锤挨着敲打敲打，仔细看看裂缝在哪里，有几条，有多长，需要用多少锔子。看好后再钻眼，先从裂缝的边上钻一溜儿小眼，之后取一根铜质的如订书针大小的枣核形巴锔用小槌细心钉入小孔，再比照着锔子的长短在裂缝的另一边钻上一溜儿眼。这些眼要离锔子的另一头稍远一点，然后再用锤子轻轻地、慢慢地将锔子的另一头砸到眼里去……如此一个锔子一个锔子锔下去，最后再用石灰膏抹一下裂缝和锔子眼，这样盆就算锔好了。

锔锅碗瓢盆也是个技术活，钻的眼既不能过深又不能过浅，过深了容易钻透，漏了就不能用了；过浅了锔子砸不进去，高出一截，使用时不方便，而且锔子容易掉下来，不结实，也影响美观。有的瓷器很薄，甚至只有一两毫米，这更考验锔匠的手艺了，钻眼要更加仔细。在这么薄的瓷器上要先凿出小点，然后再钻孔，只能钻到瓷片厚度的一半或三分之二，您想这难度有多大。

放好了锔子砸严实，抹上石灰膏，老林还要用细砂纸轻轻地打磨打磨，使其更加漂亮。我们街坊邻居当时经常找老林锔东西，看着人家在那儿一丝不苟地又修又补，一件件残破不堪的瓷器修整如新，觉得太神奇了。

老林有个习惯，如果是锔盆锔碗，干完活，他一定要找主家讨一碗水喝。主家把锔好的盆碗洗干净倒好水端出来，老林慢条斯理一口一口地抿着。当时不明白，有时他喝几口就把水倒了，锔完一件还要喝水，后来我才明白，人家那是让主家检验他的手艺：锔完的盆碗绝对不漏，绝对能接着用。

老林的绝技不仅仅是锔这些盆盆罐罐，更绝的是能修补贵重的瓷器。我们那一带，早年间是租界地，有钱的人家多，经常有人拿一些漂亮的瓷器摆件让他修。有的缺个碴口对不上了，老林能用铜片把它镶上，天衣无缝，精美至极。他用铜片砸出花纹图案，这个像一条龙，那个像一只鸟。

　　突然有一天，听说老林他们家被人抄了。一个锔盆匠，无权无势、靠手艺吃饭，孤身一人，与世无争，他们家有什么值得抄的？可是据街坊们说，这个看着普普通通、不声不响的人，过去在宫里当过太监，家里竟然存着不少古董。抄家那天就有人看见特别好看的瓷瓶"咣咣"地摔了一地，那小薄瓷片透明的，说是什么"洪宪瓷"。谁能看得出，一个锔盆锔碗的手艺人家里能趁那么多值钱的东西。

　　没过多久，深藏不露、神秘莫测的老林被连批带斗，三折腾两折腾，离开了人世。他是我见过的手艺最好的锔盆匠。

　　当年，器具上锔钉子，是一种锔补生活、修复生命的综合艺术，一个锔匠，责任是把破碎归于完整，把残缺整合为完美，将碎片组合成新的生命，使之成为另类艺术品。一件残破的东西在人家手里三弄两弄就能起死回生，正是他们精湛高超的手艺，缝合了平凡的生活。

后来我了解到，锔瓷手艺由来已久，在中国瓷文化中占有了一席之地。至迟在一千多年前的宋朝就有锔瓷匠人的记载。宋代张择端的巨型手卷《清明上河图》中就有一处锔瓷艺人干活的场景。到了清代，锔瓷手艺发展到了极致，除了为民间百姓修补日常用具的锔瓷粗活，还有为达官贵族服务的锔瓷细活。八旗子弟们陶醉于"赏花弄鸟，玩瓷藏玉"，清花、斗彩、紫砂、南泥……在赏玩中免不了磕磕碰碰，不慎失手摔破裂，便找精细铜匠锔补，要求他们用金、银、铜钉锔补修复古旧瓷器来比富显阔。一时间，"锔活秀"烽烟四起，坏的、破的锔补，完好的也要故意弄破再锔好来比秀。这时的锔瓷具有了修复古董的功能，嵌补、嵌口、包边、包嘴、镶包、嵌饰、做件、补件等等镶嵌包锔法，可以把所有的破损瓷器修饰完好，使其变成另外一种形式的工艺品。

随着人们的生活一天比一天好，"锔盆儿、锔碗儿、锔大缸"，锔瓷艺人的吆喝声，已经成为了遥远的记忆，难以寻觅。古人留下来的布满锔钉的瓷器，浸透着岁月的沧桑，沿着瓷器裂痕排列的一个又一个锔钉，记载着一代又一代锔瓷艺人的辛劳与智慧。镶嵌在瓷器上的锔钉体现着一种工艺之美，让人叹为观止，呈现着人类对自身劳动成果的珍爱和情感。

现在，瓦盆在城市里都很少见到了，锔盆匠也自然成了一种消失的行业。谁家再有锔过的瓦盆一定要留好了，虽然品相差点，但肯定具有一定的收藏价值。

姥姥家的笼屉

"卖了孩子买笼屉，不蒸馒头蒸口气。"您瞧瞧，为了买个笼屉连孩子都不要了。笼屉是干什么用的？真的有这么重要？当然，这只是人们用来调侃的戏谑之语，不可当真，但至少说明了笼屉在人们居家生活中的重要。

笼屉现在偶尔还能见到，但基本上已经走出了人们的家庭生活，成了专供某些饭店使用的辅助炊具。过去，它几乎是人们居家必备的物件，蒸饭熥菜加热食物大多离不开笼屉。

笼屉的材质分多种。三四十年前，最为常见的是传统的竹笼屉。软木条箍边，上面是竹篾为面，下面用毛竹窄片做成的篦子，一般分作两三层。它的主要功能是用来蒸馒头、蒸米饭、蒸包子、蒸窝头……只要是用水蒸气加热，笼屉是最好的工具。那年月，人们的生活水平较低，极少有人在外面买东西吃，下一次饭馆不说是件破天荒的大事，至少也是相当罕见的举动。一年到头能下几次饭馆的人少而又少。当年的餐饮业也不发达，到饭馆吃一次饭，得在乱哄哄的大堂排队等坐。每家每户天天都是在家里做饭，只要是自己能动手做的绝不会花钱去买，即使是面食等主食也是自己做着吃。做饭的工具也相当简单，笼屉是必不可少的加热用具。

笼屉用木片、竹片、藤条制成，天长日久，笼屉损坏，修理笼屉的匠人生意就来了。当年，各行各业都有手艺人，走街串巷招揽生意，几乎居家过日子的所有物品坏了都有修理的，大到修房子补漏糊顶棚，小到磨剪子磨刀修理雨伞扇子，无所不包，无所不能。北方人粗放，说话直白，称呼这些手艺人有一个约定俗成的叫法，在他们从事行业的后面直接加个"的"字。比如，剃头的、补锅的、修理搓板的、爆米花的、收废品的……南方人则以"匠"称之，修理笼屉的人家叫篾匠，显得尊重，有文化。笼屉虽然不值钱，但是修的总比买的更便宜。困难年代，修修补补，节俭度日，成了人们的习惯。

到了盛夏三伏，人们常用"热得像蒸笼一样"来形容天气之热。可见，笼屉总是和热气相伴相随。下面一口铁锅，放好水坐在炉子上，上面盖着的大多是笼屉，一层二层三层，米饭、窝头、馒头等等，加上剩饭剩菜，一股脑地放在笼屉里，火舌头呼呼地舔着锅底，水蒸气咕咕地冒上来，过一段时间，饭菜就蒸熟了热好了。千百年来，粗陋简单的笼屉为人们奉献着数不清的蛋白质、淀粉、纤维、维生素……

我小的时候，对笼屉有着特殊的感情，每天放学回到家，第一眼看的就是炉子上有没有笼屉，家里的饭菜做熟了没有。我们这一代中年人，真可谓"先天不足，后天失调"，生于节粮度荒的20世纪60年代，长于物质匮乏的70年代。一个个孩子如狼似虎，饥肠辘辘，总像吃不饱似的。正是长身体的时候，放了学我们常常被饿得两眼发花，困兽一般围着锅台转，眼巴巴地望着笼屉，恨不能马上将食物吃到嘴里。绝大多数人家，除了正顿的饭，也没有零食可供孩子充饥，笼屉就是我们的希望所在，就是我们的目光所及。饭菜出锅，我们操起大碗狼吞虎咽，风卷残云，那才叫"牙好，胃口好，吃饭倍儿香"。虽说是粗茶淡饭，缺少油水，但照样吃得有滋有味、头顶冒汗。

随着社会的发展，城市中几代同堂的大家庭基本解体了。随着生活水平的提高，物质条件的改善，家庭炊具也有了很大改进，金属炊具渐渐取代了传统的木制笼屉。其实，两者相比，各有利弊，铝的、铁的不锈钢的金属炊具耐用美观好清理，但天然的木竹席藤制成的笼屉透气均匀，蒸出的食品味道纯正，有种独特的香气。现在有的饭馆仍然用笼屉蒸一些传统风味、特色食品，深受顾客的欢迎，但在家庭生活中，笼屉风光不再，基本上被淘汰出局了。

蒜锤子蒜臼子

突然就想到了蒜锤子，这个不起眼的小物件我至少有十年没见过了。

长细把、短粗头，石头或木头的蒜锤子像是个老式的小手榴弹。

锤子不能单独用，得配蒜臼子，就像"老头配老婆，碾子配盘磨"，是成双配对合着套的。

臼子是用来研磨的器具，中间凹下，比碗深点，比罐子浅点。蒜锤子、蒜臼子无疑都是用来捣蒜的，我们这地方合二为一，统称蒜锤子。

"去，二狗子，把蒜锤子拿来。"家长一吩咐，二狗子屁颠屁颠地拿来的准是蒜臼子和蒜锤子两样东西，蒜锤子或蒜臼子单拿一样来，那孩子肯定是缺心眼。

蒜锤子过去是人们居家过日子必不可少的用品。我们家就一直用着一个木制的蒜锤子，又轻巧，又好用。每到家里吃饺子，蒜锤子就乒乒乓乓地忙活开了。

那时候，大人包饺子，我的任务就是剥蒜，捣蒜泥。蒜剥好了放在臼子里，用蒜锤子捣。蒜瓣儿光滑，一捣一跑，用手将蒜臼子口捂严实，压碎了蒜瓣儿再捣，它就不会往外跳。捣出的蒜泥原汁原味，和空气发生微妙的氧化反应，蒜味更鲜更香。蒜泥是北方人吃饺子必不可少的佐料。

从小到大，每逢家里吃饺子，捣蒜几乎成了我一个人的专利。多少年了，当仁不让，蒜锤子属我用得最多。

俗话说："舒服莫过倒着，好吃莫过饺子。"这话实在是至理名言，精辟透彻。别人怎么样我不知道，反正这两样都是我最喜欢的。睡懒觉，吃饺子，至今积习难改。我以为，中国最好吃的食物就是饺子。相信绝大多数的北方人都和我一样，对饺子情有独钟，十分偏好。可饺子好吃包着麻烦，洗菜、剁馅、和面、擀皮，包了，煮熟了，盛好了，每一道工序都不可少。所以，虽然我爱吃饺子，可是不爱包饺子。结婚以后，老婆知道我偏爱这一口，隔三差五就包一顿。"要拴住男人的心，得先搞掂他的胃"，这话一点不假，冲着老婆总给咱包饺子吃，咱也不能心生二意，这叫天地良心！

家里包饺子，我从一开始就袖手旁观，绝不插手。在做家务活方面，我有个"秘招"，即使会干也不能轻易干，干惯了你就摆脱不了了。男人就算干不了大事，也绝不能围着锅台转。

　　当然，人心都是肉长的，有时候看着老婆一个人在那儿忙活包饺子，我心里也不落忍，人家挣着工资，忙完家里忙单位，忙完孩子忙大人，也挺辛苦，也不容易。做人要厚道，要有良心。咱不能总吃现成的吧，我寻思着得干点儿活，搭个下手什么的。没办法，谁让咱心眼好呢？这时候，十有八九我会剥两头蒜，用蒜锤子捣成蒜泥。后来，习惯成自然，家里的捣蒜工作叫我承包了。手握蒜锤子一边咚咚地捣着，一边和老婆不停地唠着，你包饺子我捣蒜，夫妻恩爱心喜欢，家庭气氛那叫一个和睦。

　　后来我从洋货市场买了一个俄罗斯产的铝制压蒜器，剥好的蒜瓣儿放在槽子里，用手一挤，蒜泥就出来了。这东西我用了不长时间就丢在一边了，挤蒜泥是容易了，可每次用完了还得清洗压蒜器，里外里一点儿也不省事。

　　不知从什么时候起，蒜锤子极少有人再用了。现在人们吃饺子，剥好了蒜瓣儿直接咬着吃，蒜泥成了生活中的罕见之物。不吃蒜泥，蒜锤子何用之有？

　　过去人们之所以喜欢用蒜锤子，是因为那时候生活困难，吃顿饺子虽然算不上改善生活，但毕竟只能偶尔为之，捣点蒜泥显得郑重其事，像模像样。而更重要的是，捣烂的蒜泥比成瓣的蒜好吃，挤出蒜汁，经过氧化，味道更加淳厚。

　　现在，生活水平提高了，生活节奏加快了，饺子成了家常便饭，很少再有人费工夫去捣什么蒜泥。蒜锤子被人们抛之不用，成了生活中难得一见的历史旧物。

重温月饼模子

一年一度的中秋节又要到了，岁岁中秋，今又中秋，遍地月饼分外香。套用一句歌词就是："星星还是那颗星星，月亮还是那个月亮。"如果不是满大街的月饼香，人们也许早就将这个节日淡忘了。

毫无疑问，月饼成了中秋的传统性标志食品，就像端午的粽子，除夕的饺子，正月十五的元宵一样，没有月饼的点缀与烘托，我相信，中秋节很可能就像一条沉默的游鱼，无声无息地滑过我们平凡琐碎的日子。没有月饼的中秋节还叫中秋节吗？难以想象。

"悠悠万事，唯此为大"，我们的节日似乎简化到只剩下吃了。这也难怪，贫穷了多少年的老百姓，不就指望着过节能吃上点好的吗？平时辛辛苦苦、节衣缩食，为的就是把年节过好，而节日过得好不好的重要标准自然是吃得如何。有句俗话说得好："谁过年不吃一顿饺子？"再穷不能穷过节，再苦不能苦肚子。

这自然都是旧话，是小农经济、贫困经济的过节方式，如今我们虽然不敢说都"小康"了，但至少在吃的方面，基本上得到了满足。每逢中秋，月饼随处可见，唾手可得，越来越变得微不足道。随之而来的，中秋的节日氛围也开始渐渐淡出了人们的视线。富裕了，衣食无忧了，我们不再为中秋能吃上月饼而兴奋而企盼。

　　记得在 40 年前，我小的时候，过中秋，月饼还是定量供应的难得之物，所以每到中秋节前夕，姥姥都在家里自己做月饼。

　　做月饼得用专门的工具，这种工具就是月饼模子。我清楚地记得那个月饼模子是用硬杂木制成，圆形内陷的模子里刻着简单的花草动物等形象。姥姥将面和好，包上各种馅料，放在模子里压好，一个个在炉子上烤好。

　　那年月，许多家庭都有月饼模子，自制月饼成了家庭主妇的拿手活儿。月饼模子虽然大小不一、图案不同，但基本上大同小异，主要以圆形为主，上面刻着吉祥图案或月宫等简单画面。说心里话，家里自制的月饼总是比不上商店里卖的，一是烤制得不均匀，形状不如人家的漂亮；二是馅料口味单调，油性少，甜度差。即使这样，一年难得吃上一次，人们已经是相当满足了。

姥姥烙月饼时一般是背着我们孩子的，否则烙好的月饼等不到中秋节就让我们偷吃了。每年的中秋前几天，姥姥都是在秘密状态下完成她的节日准备，将月饼、水果早早地存放在两个瓷坛子里藏起来。我们等呀盼呀，直到中秋节前的一天晚上，瓷坛子才被变戏法一样郑重地抱出来开封，家里几个孩子一人一份：几个月饼，几个水果。之后的几天，我们早早去上学，一路上几个同学掰着手里的月饼，你一块我一块，交换吃着不同的口味，心里充满了骄傲与自得。虽然那时的月饼口味与现在相比相差很大，可孩子们仍然吃得津津有味，心满意足。

如今月饼的质量是越来越好了，价格也越来越高了，过去流传的那种能轧进路面的硬月饼再也不见了，取而代之的是松软低糖、制作精美、包装华丽的高档月饼。花色品种也不断更新，每年的中秋都是月饼的大展销。单位发的、朋友送的，月饼多得吃不了。生活越来越富足，商品越来越丰富，现在不会再有人自己做月饼了。月饼模子彻底成了被淘汰的生活旧物，成了具有一定收藏价值的民俗文物。

风行挂历的年代

　　临近新年，孩子他娘从单位拿回一本挂历。挂历印制得十分精美高档，厚厚的铜版纸，彩印烫金，包装豪华，看了看定价，吓了我一跳：498元！这么贵的挂历，谁会自己掏钱买呢？

　　挂历当然是别人送的，孩儿他娘的单位算是个权力部门，每到年底总能收到几本。挂历是她给孩子的爷爷奶奶拿的。至少十几二十年了，我自己的家里再也没挂过这东西。洁白如雪、装修一新的墙上我舍不得钉钉子。亲戚朋友里大概也只有老人的家里还保留着挂挂历的习惯。这东西每到年底老爹老娘都等着盼着，就像孩子们过年盼着花盼着炮一样痴痴地等待。

　　在挂历流行之前，人们习惯在家挂月份牌。月份牌仿佛一本小小的厚字典，有365页，每一页代表一天。纸质特别普通，薄薄的，薄到模模糊糊可以看到下一页的字。封面纸稍稍厚一点。日历的字一般为黑红两色，上面印着农历和阳历的日期、星期几、二十四节气什么的，如果那天是节假日，也会注明。有的还在背面或页末印上一些生活小常识、小窍门、谜语、格言、名人小故事、历史典故、某某节日的来历什么的。后来又出现印上财神的月份牌。

日历模样朴素简单，挂在墙上，绝不惹眼，扯去一张，就意味着又过去了一天，或是离某个日子又近了一天。当厚厚的一叠纸渐渐薄去，一年的日子也渐渐逝去——仿佛这岁月就是自己用手一天天扯去了似的。这就像一句诗中写的那样："最后一个日子，像蝴蝶一样随日历飞去。"

使用月份牌，因为天天要光顾它，所以人们会把日子记得清清楚楚，准确无误，绝不会发出"今夕是何年"的感慨。

月份牌的升级换代产品就是后来风行于世的挂历。中国人过去有在年末岁尾张贴年历画的习惯，内容多为花卉、吉祥人物、福、禄、寿、喜、天官赐福、迎春接福及仕女图等等。

年历年历，一贴一年，天天都是老样子，不免单调。月份牌的页面小、印制差，天天撕页，显得麻烦。而挂历12个月有12张不同的彩色画面，而且画面美观大方，月月给人一种新鲜感，客人来了往往翻一翻，欣赏一番，赞美一番，不仅使客人享受了"美"，也让主人心里美滋滋的。因此，挂历将年画与月份牌的作用合二为一，一上市就受到人们的喜爱。

挂历现在是越来越少见了，二三十年前，挂历曾经在城市中风靡一时。每当进入到11月份，挂历就开始铺天盖地席卷而来。山水风景、花鸟走兽、香车美女、书法绘画……各种图案、印制精美的挂历挂满了大大小小的书店、商店，真可谓琳琅满目，令人眼花缭乱。那时节，每天下班的路上都能看见一些人的自行车上放着一卷甚或几卷挂历。

这么多的挂历基本上都是别人送的或是用来送人的，极少有人自己花钱买来自己用的。挂历消费自始至终都是以公款为主,许多单位用作联络感情的礼品赠送给相关人员,或是买来作为福利分发给职工,或是自己印制带有地址电话的广告内容。送挂历,当年也成了人们年底必不可少的一项事务。那时的挂历价格不高,实用美观,当作普通的礼品送人,对方宜于接受;挂在屋里,既可以当日历,又可以起到装饰室内环境的作用。

　　20世纪80年代中期以后的十几年,是挂历风行、最为热销的时期。那年头,每到年底,我都能收到十几、几十本内容不同的挂历。当然,除了自己留下一两本以外,绝大部分被我转送给了亲朋好友。

记得有几位大学老师，我每年年底都要送上一本挂历，这几乎成了一种习惯，有的老师，到了年底就等着我上门呢，知道我到时一准来送挂历。在"天增岁月人增寿"之际，与老友新朋互致问候，送人一本挂历，的确是增进感情、加强联系的好方法。那几年，送挂历成了我必须完成的一项任务。

当年，经销挂历是利润相当高的一个行业，专营挂历的商人或有权购进挂历的单位领导有不少人因此发了大财。我认识的一位朋友，手里掌握着一点儿职权，每到年底都找一些关系户推销挂历，几块钱一本批发购进，按几十块的定价卖出，扣除给相关人员的提成，一倒手赚得盆满钵流，没两年就提前跨入了小康行列。

挂历的时间性强，如果过了元旦还没出手，身价肯定会大跌。所以每到 12 月中旬，商店里的挂历都会赶快打折处理，三折五折的挂历比比皆是。个体的书商更是铺开了地摊，有的三块五块赔本抛售。即使如此，个人消费买挂历的也屈指可数。

90 年代后期，挂历开始淡出人们的生活，随着住房条件的改善，装修精美的房间已经很少再有挂历的位置了。挂历不仅失去了美化居室环境的作用，也显得落伍土气。

我已经好多年不挂挂历了，只有在老爹老娘的屋里还能见到它的身影。

也许，有朝一日，挂历将会成为人们的一段记忆，一个名词而已。

另类烟斗

　　说到烟斗，先想起两位近代的强人，他们的形象都和烟斗有关。一位是斯大林，两抹浓重的胡须，表情严峻，手里总是端着一只大号的枣木烟斗；另一位是麦克阿瑟，鹰一样的眼睛注视着前方，他手中的爱物是一只自制的玉米芯烟斗。对斯大林，中国人是再熟悉不过了，这位叱咤风云的政治人物，对 20 世纪的历史进程产生过重要影响；而麦克阿瑟是美国远东战区的司令，在 50 年代的朝鲜战争中出尽了风头，官拜五星上将。这两个人都是一副威风凛凛的形象，烟斗成了他们显示性格的标志性道具。

　　麦克阿瑟手里的玉米芯烟斗不能抽，只能看，不过是用它玩玩造型而已，而斯大林手里拿的是传统 S 形烟斗，像是顿笔写下的对钩。这种烟斗，前面是粗粗的烟锅，后面是弧线形的烟柄和烟嘴。抽烟时将烟丝填到烟锅里，用火点燃，吸烟者用嘴吧嗒几下，一股浓烈呛人的烟雾散开。手端烟斗为男人们平添了一种粗放潇洒的气概。

　　40 年以前，抽烟斗的烟民在城市中比比皆是，到处可见。

　　我小的时候，邻居中有一位叫二胖的大哥年纪轻轻就叼上了烟斗。以他的年纪，20 岁不到，本应是上山下乡到农村接受再教育的，

另
类
烟
斗

可是二胖却泡了病号，任凭学校、街道的人们怎么动员也不走，就赖在家里吃闲饭。当然，他也并不闲着，整天在街面上和一些小玩闹胡混，打架斗殴，为所欲为，在附近的街面上称王称霸。

　　当年的小玩闹没有不抽烟的，他们和规矩老实孩子的区别之一就是嘴里叼着根烟卷儿。二胖更是特立独行，人家不抽烟卷儿，抽的是烟斗。二胖家里穷，老爹一个人上班挣钱，养着老婆孩子一家六七口人，平时家里吃饭都成问题，哪有闲钱供他抽烟？二胖开始抽的都是"伸手牌"的便宜烟，一来二去便端上了烟斗。

　　那是一只乌突突的黑硬木烟斗，二胖有事没事手里总拿着它。人家讲究的就是这种派头，用现在的话说就是另类、扮酷。

二胖每天叼着个烟斗，眯缝着眼，表情冷酷，一副不可一世的样子。他的身后时常跟着几个小兄弟，耀武扬威，趾高气扬。当年，在附近的街面上，二胖属于跺脚乱颤的人物，社会上的地痞流氓小玩闹对他都是敬怕三分。后来，随着年龄渐长，慢慢地他在街面上越混越惨，不知什么原因，新起来的一些小玩闹不断弄出挑战他权威的事端。二胖后来参加了工作，在街面上混的时间少了，过去的威风也日见收敛。

后来就听说他在外面有个响当当的绰号："烟头儿"。他不是抽烟斗吗，怎么叫成了"烟头儿"？原来，他根本就没钱卖烟丝，除了抽别人送的烟，相当一部分抽的都是捡来的烟头。那时候的香烟还没有过滤嘴，烟抽到快烫手时就得把烟屁股扔掉。二胖烟斗里烟丝的主要来源就是在公园里捡的烟头。他将烟头拆开，把里面的烟丝攒起来留着享用。

二胖捡烟头的事成了街面上的笑料，他手里的烟斗也失去了往日的光彩。

二胖参加工作之后，似乎突然之间长大了，开始变得心事重重，很少有时间在街面上混了，每天早出晚归，行踪诡秘，据邻居小孩们说他在外面挂上了"货儿"。那年头，小玩闹交女朋友都这么称呼。所谓"货儿"，也说不上是什么正式的女朋友，正经的女孩儿是不会和小玩闹交朋友的，这些"货儿"基本上都不大规矩，随随便便找个人玩玩而已。那时的二胖已经过了 20 岁，又有了正式工作，拍婆子挂"货儿"也不足为奇。但奇怪的是他后来竟然陷入其中，闹出了一件轰动邻里的大事。

有一天二胖喝了安眠药试图自杀。当然被及时发现连夜送到医院救了回来。

二胖自杀的消息很快就在邻居们中间传开了。原因很简单：二胖参加了工作，年龄也大了，社会上混的小玩闹都成了后起之秀，二胖进入青春期，体内分泌的荷尔蒙促使他开始把心思放在交女朋友方面。据说他最后找了一个在百货商店当售货员的女朋友，搞了一段时间，对方对他的家庭和过去有所了解，人家最后提出了分手。这种打击让二胖受不了，一时想不开，便吃了安眠药打算殉情自杀。

二胖没有死成，从此却坏了名声，一个在街面上混的小玩闹，白刀子进去，红刀子出来，为朋友两肋插刀，宁死不屈的汉子，如今却为一个女人要寻短见，这在一些小混混的眼里，实在是太丢人现眼了，实在是太让人看不起了。二胖的所作所为，太不爷们儿了，太给小玩闹栽面丢脸了。从此，他在朋友圈子里已无任何威信可言，名声彻底臭了。

40多年过去了，当年二胖手捏着烟斗不可一世的样子却始终刻在我的脑子里。

大众乐器话口琴

多少年没见到口琴了。这种简单的小乐器不知深藏在生活的哪个角落里。在我灰暗贫寂的少年生活中，悠扬清脆的口琴声带给我多少快乐，多少心动，多少想往，真是说也说不清。

20 世纪七八十年代的孩子，如果说也算有一两件乐器的话，那就得说是口琴了。吹口琴是当年城市青年相当时尚高雅的活动，不仅要花钱买口琴，而且还要掌握一定的技巧，懂得一定的乐理知识，具备这两样条件的年轻人，即使是在大城市，也是为数极少的。

70 年代，我上小学的时候，口琴开始在城市学生中流行。邻居中几个稍大些的孩子陆续配置了口琴，他们有时候聚集在院子里，坐着小板凳，手握口琴，摇头晃脑、有腔没调地吹着，这其中就有我的表哥。他们放了学，没事就凑在一起练习吹口琴，一来二去，无师自通，竟也能吹出一些简单的曲子。口琴在他们的嘴上左右滑动着，优美的曲调显得格外动听悠扬。我痴痴地坐在一边听着，心生羡慕，心生好奇：这么简单的东西竟能吹出如此优美的旋律。

口琴像宝物一样被表哥珍藏着，每一次吹完他都用水冲洗干净，然后用毛巾擦干放在抽屉里。我央求过几次："让我玩一会儿，就一会儿，行吗？"平时还算慷慨的表哥这一回却不为所动，始终不让我动他的口琴。"不行，口琴只能一个人用。用嘴吹的东西，你用了，不干净！"从他决绝的表情中，我知道没有商量的余地。我不明白，一支口琴吹完洗洗不就完了，他竟然嫌我脏，嫌一个天天漱口的表弟脏，你可以不让我动你的东西，可你不能伤害我的自尊心。

　　我开始渴望自己拥有一支口琴，也像他们一样能吹出一支支曲子。我想象着自己握着口琴摇头晃脑吹奏的样子，同学小伙伴们见了会是怎样的羡慕。

　　表哥从小好交际爱热闹，家里时不时总有同学找他一起玩。他们在一起的时候，我总像跟屁虫一样围在他们周围。有一天，有两个同学来找他，提出要借他的口琴玩两天。表哥支支吾吾，显得很为难，最后推脱说口琴不在他手里，让邻居家的孩子借走了。我站在一边，想也没想就脱口而出："口琴不就放在抽屉里了吗？我亲眼看见的……"

话没说完，我发现表哥的眼睛像冷冰冰的刀子狠狠地瞪向我。我马上意识到说走嘴了，慌忙抽身跑掉！

表哥最终借没借口琴我不清楚，可当时他的尴尬窘境是可想而知的，为了这件事，事后我不仅挨了一顿臭骂，而且被冷落了好长一段时间。事情过去了 40 年，至今想起来我仍然心生愧疚。

后来，我也有了自己的口琴，可练来练去，始终吹不好一支完整的曲子，我对吹口琴已以失去了信心。它成了我一块忘不掉的心结。

口琴，少年时代的口琴，带给我太多的回忆。

40 年过去了，口琴渐渐淡出了人们的生活，在日益嘈杂纷乱的今天，我们很难再听到口琴的声音，那种单纯的清脆的悦耳之音离我们远去了，但是关于口琴的记忆却深深地埋在我的心里。

逝去的录音机

录音机走进人们的生活不过三四十年。20 世纪 80 年代在社会上风行一时，成为城市中最时尚的电器产品。如今，录音机的风光不再，大多被人们冷落在家庭的角落里。

我最早接触到的是老式录音机，学校每天用来播放广播体操乐曲。老式录音机十分笨重，像小型的旅行箱卧放在桌子上，大开盘的磁带有盘子大小，褚红色的带子缠绕其上，密密匝匝长度有千八百米。录音机的音质也不理想，放出的声音咝咝刺刺。可是在当年，它也许是学校最贵重的广播器材。

20 世纪 70 年代改革开放前后，那时候，港台的流行歌曲开始在城市青年人中间偷偷流传，传播的工具主要就是依靠录音机。我们这些初、高中学生，任何人家里都没有这种高档电器。有一位同学是本校老师的孩子，有办公室的钥匙，他每天晚上带着我们几个同学偷偷溜进办公室里躲在那儿听流行歌曲。几个人围在录音机旁，竖起耳朵，屏气静声地听着，音量不敢放高了，怕外面的人听见。歌曲已经翻录了不知多少遍，歌词模模糊糊听不清楚，曲调分明与革命歌曲大不一样。轻柔缓慢、缠绵委婉、如泣如诉，所谓的靡靡之音就是那种感觉。

这种港台流行歌曲当时被认为是不健康的，我们只能像做贼一样怀着一颗忐忑之心偷偷地听。

从那时起，我们知道了邓丽君的名字，知道了凤飞飞、张帝、刘文正等港台流行歌手。时间不长，市面上开始热销日本产的单卡的盒式录音机，体积比饭盒略大，卡式磁带，轻便灵巧，音质优美，备受城市青年的喜爱。以当时的消费水平而言，录音机的价格比较昂贵，最简单的单卡录音机也要140多块钱，是一个青年工人三四个月的工资，除非经济条件比较好的人家，一般家庭置办不起。录音机在家庭生活中属于罕见之物。

我的一位同学，是家中的独子，学习成绩不好，初中毕业即顶替他母亲参加了工作。有了收入，家里条件又好，早早地就买了一台单卡录音机。有时候，我们聚在他们家的小屋里听歌，那些旋律优美、歌词动人的港台歌曲让我们如醉如痴。几个同学一边听歌一边精心地记下歌词。从录音机里记下的歌词，都被我们工整地抄在歌本里，抄得最多的是邓丽君的歌，她成了我们当年最崇拜的歌星和青春偶像。邓丽君柔美婉转的歌声，一如荒漠中的清泉，滋润着我们苍白干涸的精神世界。她的歌我们反复听了不知多少遍，每一首基本上都能烂熟于心。《何日君再来》《路边的野花不要采》《甜蜜蜜》等等名歌至今我们还记忆犹新。

我的这位同学为人仗义，跟我的关系很好，他破例把录音机借给我几天。我至今还清楚地记得，那几天，每到晚上我都是戴着耳机，在录音机歌曲的陪伴下入睡。我当时是多么渴望能拥有一台属于自己的录音机呀。可是为了听歌让家长买一台录音机显然不是适合的借口，只能把这种渴望深埋心底。

随着人们生活条件的逐渐改善，录音机品质的迅速提高，许多国产的录音机品牌陆续占领市场。80 年代中期，中国最火的一段电视广告就是推销录音机的，"燕舞，燕舞，一曲歌来一片情……"唱遍全国、家喻户晓。录音机开始慢慢地走进家庭，在社会上广泛流行，成了大众追求音乐享受的一件必备之物。尤其是城市青年，一度把录音机当成了相互攀比、热衷追捧的高档消费品。个别的时髦青年甚至眼戴蛤蟆镜，手提录音机，招摇过市，目空一切，成为当年都市街头的一景。

我清楚地记得，1980 年考上大学的暑假，身心放松，时间宽裕，我到外地旅游时，从街头小贩手里花 5 块钱买了一盘邓丽君的磁带，虽然不一定是原版的，但彩色封套、印制漂亮，里面的歌曲音质也不

错。这种磁带当年在国内还没有正式发行，是由广东福建一带伪造翻录的，买磁带时都是地下交易，偷偷摸摸，提心吊胆，如同前些年街头交易黄色光盘，唯恐被人发现。

我一直渴望有一台自己的录音机。上了大学，有一天我终于忍不住向母亲提出要买一台，这一次理由相当充分：为了学习外语。从小到大我极少向家里要东西，母亲每一次基本上都能满足我的要求。那时已经是 80 年代初，人们在工资之外开始有了少许奖金，我就是拿着母亲当年的 300 多块钱年终奖买了一台比较高档的双喇叭录音机。说句心里话，那台录音机主要被我用来听歌曲、广播，对学习外语丝毫没有起过作用。

这以后，我陆陆续续买过、用过多少台录音机，自己也说不清了。这些年，我再也没用过录音机，倒是柜子里、抽屉里总能找到一盒盒磁带，它们就像生活中的"鸡肋"，扔了可惜，放着无用。好在占不了多大地方，暂时没被清理掉。

我相信，录音机有些家庭现在很可能还有，但基本上都成了摆设，极少有人再用了。如今电脑、电视、手机、MP3 等高科技影音产品越来越多，人们像抛弃传统书信一样抛弃了录音机，它的功能被整合在 MP3、手机里，成为现代都市人乘公交、地铁时的耳朵快餐。而我仍然怀念那些听录音机的日子，怀念那时几个同学凑在一起听歌曲、抄歌词的情景。它带给我的激情和快乐，已经永远体味不到了，留下的只有深深的惆怅和温暖的回忆……

手机中的"大哥大"

手机这玩意儿如今已经"臭"遍大街了，什么样的人兜里都装着一个。当初，这劳什子刚从海外舶来的时候，人们还不知道该叫它什么，索性就叫"大哥大"吧。您想，它比大哥都大，用着它能不提气来神嘛？

30 年前，"大哥大"可是个贵重的物件，没个两三万块钱绝买不下来。那时用"大哥大"的人不是做生意的"款爷"们，就是在官场上混得够一定级别的"公仆"们，反正都是有头有脸有身份的人物。它是所谓"成功人士"的标志，绝对属于高档贵族化的用品。"款儿"们有的是大把大把的钞票，买个"大哥大"，花点话费，用广东人讲话，那不是毛毛雨吗？个别当头儿的"公仆"们更不在话下了，公款消费，反正不花自己的一分钱，可着劲儿打呗，心黑一点的索性把家里的座机电话都掐了。那时候，普通老百姓也不做那手机梦，即使买得起也用不起，你那点儿工资够付话费吗？而且当时打进接听都是双向收费！

最早的"大哥大"，黑色硬塑外壳，有半块砖头大小，好几斤的分量，兜里放不下，只有用手提着，所以也叫手提电话，俗称"砖头手机"。我琢磨，除了技术原因，这玩意儿当初也许就是人家专门为中国市场产生的，造得太小了，随身一装，显不出威风气派，那不就像项羽说的"穿着华贵的新衣服在夜里走路"（"富贵不还乡，如锦衣夜行"），谁看得见呢？对有些人来说，有了这件时髦贵重的物件，藏在兜里不让人看见，

那不是花冤枉钱吗？如果真像我猜测的那样，老外们的这点市场眼光算是把中国人的消费心理研究透了。"大哥大"成天不离手，带着到处走，那让主人多威风，多体面！就为这，有的烧包儿即使欠着一屁股债也得买上一台招摇过市，不为别的，就为了摆阔、炫耀！

　　当年，我在大街上就经常看见有的人举着"大哥大"不停地嚷嚷，有的人一边骑着自行车一边打电话，声音之大，唯恐路人听不见似的："喂喂，我在道上呢？长话短说，我这可是用'大哥大'给你打的！"这使我想起30多年前满大街的蛤蟆镜，上面的商标像是焊上的；还有那手拎着录音机四处闲逛的红男绿女们。真是林子大了，什

么鸟都有，这就叫生态平衡！

当年我住的楼里就有这么两位主儿，父亲是一位小处长，儿子在一家私企打工，爷俩一个毛病，不出家门不打电话，一边下楼一边吵吵，哪儿人多在哪儿打——"喂喂，我出来了，正下楼呢……不是我不给你回电话，实在是太忙了……你记一下我的手机号，960……我平时不开机。就这样吧，又有人呼我了……"神情专注，昂头挺胸，旁若无人，引得邻居们不住地拿白眼珠子瞥他们。我明白，这明摆着是羡慕嫉妒恨，人家未必是显摆，也许是真忙，打电话只能利用走路这点儿工夫。

那时候，用"大哥大"的人基本上都另配一台 BP 机，电话拿在手里像摆设一样，轻易不往外打。为什么？话费贵呀！不仅通话费比座机贵好几倍，而且实行双向收费。在有些人手里，"大哥大"平时舍不得用，它的主要功能不过是炫富摆阔的一件道具而已。

说句露怯的话，在流行"大哥大"的年代，我也曾好几次拿着朋友的手机不知道怎么打，好在都是朋友，人家并不笑话咱，我脸皮也厚点，没感到有什么尴尬。不就是个手机吗？不会用也没啥。

手机是身份的象征吗？过去曾经也许是。但真正有身份的人不会拿它当回事，除非是工作业务需要才使用。中国的大人物不说了，外国的克林顿、布莱尔身份不低吧？好像当时也没见过用这玩意儿。20多年前我接触过一位身价过亿的大老板，对他也用着这家伙不以为然："这玩意儿应该是司机秘书带的，您这么个人物，得有点儿神秘感，带个手机 BP 机，随时随处找得到，不是太跌份儿了吗？"好在人家也是苦孩子出身，不在乎份儿不份儿的，不仅没怪罪咱，反而要给我也配一个，说是联系着方便。我当时没敢要，吃人家的嘴短，拿人家的手短，自由散漫惯了，有这东西拴着，到哪儿都能找到你，我不是把自己卖给人家了嘛。与人方便，与己方便，太方便了就是麻烦，这就是生活的辩证法。

在手机全民普及几乎人手一台的今天，我却佩服那些至今坚持不用手机的人物。有一位作家，从来就不用手机，过着与世隔绝的平淡生活，全身心地用在创作上。这样的人物，那才叫真牛。

我当年不要手机的原因是我确实不需要它，除了在家里和单位，我很少在外面跑，既没有生意可做，也没有太多的应酬，而且咱早就过了那赶时髦好虚荣的年纪，弄这么个家伙，花不花钱放一边，也是个累赘。

随着电子产品的更新换代，过了没两年时间，笨重昂贵的"大哥大"就成了淘汰产品，像是由贵族沦落成平民羞于见人似的，取而代之的是轻巧灵便、功能齐全的各种手机，而且越来越小，有的还不如半包香烟盒大；而价格也越来越低。现在谁再拿这玩意儿炫耀，那不是有病吗？

据说我们已经进入了资讯时代，那意思照我的理解，也许就是：出点资就能通上讯，只要这点儿资能让老百姓承担得起，谁愿意拖时代的后腿呢？这不，似乎一眨眼的工夫，手机便成了再普通不过的物件，遍布大街小巷，人们像挂一串钥匙链一样带在身上。不管怎么说，现在毕竟有钱了，通信发达了，有个手机，再也不用满大街找电话了。

风靡一时"BP机"

　　"BP机"也就是寻呼机、传呼机，是英文 Beeper 的缩写，也有人将其误写误读为"BB机"。20世纪90年代中期，它在城市通信中被广泛使用，如今除了个别专业领域，传呼机早就没有人用了。人们的手机都不知换了多少个，传呼台都不知到哪去了。似乎在转眼之间，"BP机"就成了落伍产品。

　　20多年前，电信业"井喷"式地快速发展，最先进入大众日常生活中的通信器件就是"BP机"。那时候，"腰揣'BP机'，手拿'大哥大'"成了追求时髦有钱有权人身份的一种象征。

　　"BP机"进入中国市场之初，身价昂贵，售价高达几千元一台。而"大哥大"，虽然只有半块砖头大小，当年曾卖到过三四万元的天价。当年，这笔钱对工薪阶层来讲是个相当可观的数字，当时除了做生意的老板或是公款消费的官僚，一般人是买不起用不起"BP机"的。

　　科技的发展真是日新月异，只一两年时间，"BP机"就在城市青年中迅速普及，在功能体积进一步完美精巧的同时，价格反而急速下跌，最便宜的时候，半个烟盒大小的"BP机"只卖到几十块钱一个，连一些大中学生的腰里都别上了它，真可谓"旧时王谢堂前燕，飞入寻常百姓家"。

　　曾几何时，人们见面分手时说得最多的一句话就是："有事呼我。"怎么呼？记住了对方的传呼号，有事给传呼台打电话，或人工或自动，转瞬之间，你的电话号码就在对方的"BP机"屏幕上显示出来。当然，回不回电话要看对方的心气了。后来，出现了一种汉字显示（简称"汉显"）的"BP机"，能将你要表达的意思编辑成汉字短语传递给对方，极大地方便了人们之间的通信联络。

　　"BP机"当年风靡一时，城市青年几乎人手一个，与现在手机的

普及程度不相上下，没有"BP机"便显得落伍。那时候，大中城市遍设寻呼台，大街小巷到处都能听到类似蝈蝈的"嘟嘟"叫声，信息传递靠着这么个小盒子将人们紧紧地捆绑在一起，难怪有人将它戏称为"拴狗的链子"。有了"BP机"，你就处于被动的呼叫之中，"嘟嘟嘟"，声音响起，你得赶快掏出来看或是四处找电话。

从小到大，我基本上没赶过时髦，没追过时尚，算是传统本分中规中矩的一个人，但在那几年，也用过一个"BP机"。那时候孩子还小，接送孩子主要靠孩子他妈。有时候遇上老婆单位有事，为了能及时找到我，老婆给我也配了一个"BP机"。不过，那时的"BP机"早已泛滥成灾，不再新鲜了。

有一则笑话说：街头人群中突然响起了"嘟嘟"声，众人忙各自掏出"BP机"查看，却见是一位拾废品的老妇人在那看着机屏，上面写着：某某处废纸成堆，速来！可见"BP机"已身价大跌，泛滥成灾。后来报纸上有一条消息说，在英国，"BP机"是供农夫挂在牛脖子上、防止牛走失用的。这恐怕对热衷时髦的传呼一族是一个不小的打击。

"BP机"流行了几年就被迅速发展的手机取代了。如今，我家里还扔着两个"BP机"，当初更新换代花了我不少银子，现在却一无所用，成了名副其实的废物。

"BP机"的命运，反映着科技进步的飞速发展。为了与时俱进，跟上时代的步伐，该扔的东西就得扔掉。

"面的"黄大发

　　随着 2005 年 10 月 1 日天津市最后一批"面的"禁止运营，全国主要城市的出租行业彻底告别了"面的"时代。

　　"面的"就是所谓的"面包的士"。"的"读（dí），不读 (de)，它是英文 taxi 的汉译简称。车因形似传统的长方形面包，也就俗称面包车。

　　"面的"刚面世那会儿，我听院里的大娘们议论："大街上到处跑的小黄车，明明是铁的，怎么上面写着是'面的 (de)'呢？"街道大娘们平时极少乘坐出租车，难免会闹出点儿笑话。

　　20 多年前，出租车很少，即使在大城市，只有高档宾馆才有为数不多的出租车。人们出行，主要依靠公交、自行车，私家车的拥有量比现在豪华游艇还要少。那时候能在单位开小车的司机那是风光无限，炙手可热，许多人会有求于他。一来，小车司机都是伺候头儿的，在领导鞍前马后精心伺候，大都是领导的红人，能得到好处不说，一般人还轻易不能得罪，得罪了司机，说不定什么时候他给你"上眼药""紧鞋带"，在领导面前说你的坏话。二来，当年没有出租车，谁家有点私事，老人孩子生病，娶媳妇嫁姑娘，运送东西，免不了要麻烦单位的司机。开着公家的车干点私活，既落人情，也得实惠。

20世纪80年代民间流行的顺口溜，总结出城市中的十等人："一等人，掌实权，各种好处说不完。二等人，当厂长，年年月月都有奖。三等人，大盖帽，发给服装省布票。四等人，开轿车，跟着领导混吃喝。五等人，坐机关，一张报纸看半天。六等人，个体户，挣钱从来没准数。七等人，跑供销，什么条子都报销。八等人，站柜台，整点票证发小财。九等人，是教员，吃粉笔灰挣死钱。十等人，临时工，苦活累活打先锋。"小车司机名列第四，比老师的地位都高。

随着人们生活水平的逐步提高，小轿车越来越多。在私家车还没有普及之前，城市中最先出现的是出租车，这其中最先大量投入市场的便是那种黄"面的"。

"面的"的主要车型基本上就是黄色的"大发"微型面包车，俗称"黄大发"。当年生产"大发"的天津汽车公司在中央电视台做过一个广告，广告词用的是："要发家，买大发，发发发！"简洁明了，十分迎合人们幻想发财致富的心理。

"面的"耗油少，空

间大，座位多，价格低，备受出租司机的欢迎。当然，普通市民也喜欢坐这种车。一是起步价低，各城市 5 公里之内最初三五块钱，一定的公里数内基本上每公里 1 块钱。二是车内宽敞，最多能载 7 位乘客，几个人合伙搭乘一辆"面的"，比坐公共汽车还划算。尤其是需要拉一些货物时，自行车、电视机、洗衣机什么的物件都能搬到车上，属于客货两便的经济型出租车。

当年，黄"面的"威风凛凛，奔驰在大中城市的大街小巷中，黄色车流像一条黄色丝带将发展中的城市点缀得艳丽多彩。"面的"发展到鼎盛时期，仅北京的街面上每天就跑着 3 万多辆黄"大发"。那是何等的壮观，何等的气派！

当然，过犹不及，"面的"的急速膨胀，也带来了一些人的反感，有的人将其贬为"黄灾"泛滥，"黄虫"横行。随着城市的发展和人们环保意识的加强，"面的"自身的缺陷也日见显现，除了车型颜色单一，功能配置较低以外，废气污染也比较严重。一些城市从环境质量和城市形象考虑，开始陆续淘汰"面的"，换成了轿车型出租车。

"轻轻地我走了，正如我轻轻地来，我轻轻的招手，作别西天的云彩。""大发"车停产以后，形容憔悴的"面的"带着一脸的忧伤无奈地被人们抛弃了。说句心里话，许多人心里怀念着它，他们并不因乘坐"面的"而感到羞愧，绝大多数百姓出门打"的"为的是方便，图的是实惠，不大考虑舒适和体面。那些年，我只要乘坐出租车，首选的就是"面的"，不为别的，就为了省钱。

随着时间的流转，不知不觉间，"面的"从生活中消失了。如今它成了首都博物馆的展品，记录着逝去的岁月，逝去的风景。

后 记

按照惯例，稿子写完有必要向读者作个交代。

这一系列短文最初是给报纸写的专栏。因为有版面的限制，每篇文章千字左右，长短由不得我。结集成书时，文字有所增加充实；此次修订出版，我又认真做了补充，算是了却了心愿。

怀旧是一种老态，已过天命之年，不知不觉中，我已到了开始怀旧的年龄。儿时的许多记忆像放电影一样时常出现在脑海，这于我是十分可怕的。

平日疲于奔命，游走在生活了几十年的城市街道，有时静下来一想，我突然发现，其实自己的生活半径十分有限。不知不觉中，城市正在发生着翻天覆地的变化，许多曾经熟悉的地方已经变得陌生。一排排的平房被拆除，一条条的街巷被改建，一幢幢的高楼拔地而起，一片片的商业住宅小区像雨后的蘑菇一样窜出地面……

在城市面孔变脸的背后，生活的种种变化都在以令人猝不及防的速度改变着我们。每一天生活都会出现花样翻新、层出不穷的新元素，同时也在淘汰着一些旧事物。在这个瞬息万变的时代，有些东西很快就会变成"出土文物"，我们还来不及多看它一眼就随着城市的河流匆匆而过了，留下的只有记忆的碎片……

　　城市的昨天并不久远，三十年弹指一挥间，那些与我们生活曾经息息相关的城市旧物如同远行的征帆，悄悄地远去，已经驶出或正在驶出我们的视线。

　　从小到大，我一直生活在城市。那些记忆中的都市风景，如同褪了色的老照片，渐行渐远，模糊不清。在这些正在消失的都市旧物中，有许多和我的少年经历有关。在回忆它们的同时，我仿佛又回到了那种贫困落后而又快乐充实的岁月。当然，随着时代的发展，数不清的城市旧物逐渐退出历史舞台，但我只能写那些熟悉的东西，和自己经历有关的东西，有些题目，由于力所不能，只好割舍，留待别人完成。

　　书稿最初写作的时间较长，历时一年有余。其间杂事缠身，断断续续写成，有时一天能完成三四篇，有时竟两三个月不动笔。这也反映出我不求上进、疏懒成性的性格。文章发表之后，效果还不错，一些朋友觉得这种轻松的小文至少让他们感到亲切。在这次修订的过程中，我逐一上网查看了相关的资料，竟然发现"百度"中许多名词的解释就是采用了我写的内容，这也算我为记录历史留下了一些资料，谈不上准确，但至少真实。

　　著名漫画家左川老师为书中的文字配画了精美的插图。他的漫画形象传神、生动逼真，历来为广大读者喜欢。左老师不厌其烦地为拙文配图，其认真敬业和奖掖后学的精神让我由衷感动。

　　书中的绝大部分文字曾在全国大大小小的报纸杂志上得以发表。这有赖于不少朋友抬爱捧场，拿出难得的版面让拙文面世，对他们的热情帮助，我心存感激，在此一并致谢！

张映勤